❖ 후한 말 삼국지 배경 시기의 13개 주 지도

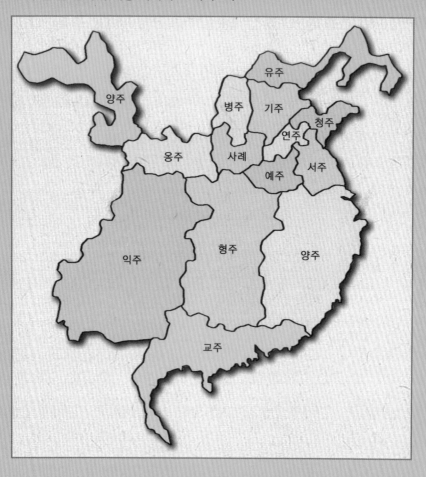

❖후한 말 군웅할거시대의 세력도(2세기 말)

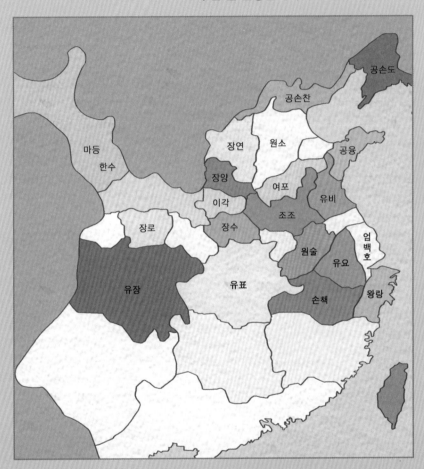

동탁의 죽음 이후 각지에 난립하던 군웅들의 세력도이다. 손책은 아버지 손견이 죽은 후에 원술 밑으로 들어갔다가 독립하여 자신의 세력을 얻고, 파죽지세로 주변의 성을 정복해나간다. 동탁이 죽은 후에 조조는 청주의 황건적 토벌을 위해 출진하여 보다 많은 병력을 얻게 되고, 조조는 아버지를 맞아들이려 한다. 그러나 도중에 도겸의 부하인 장개에게 살해당하고 이에 화가 난 조조는 서주의 도겸을 토벌하기 위해 군사를 일으킨다. 그때 조조는 백성들까지 모두 살해하며, 도겸은 유비에게 서주를 양도하게 된다. 그 틈을 타 여포가 조조의 세력권 안에서 반란을 일으키나 진압당하고 유비에게 가서 소패를 얻는다. 또한 황제는 이각, 곽사 들에게서 달아나 조조가 천자를 받들게 된다.

三國志

삼국지 7
망촉·주인을 부르는 서촉西蜀

초판 1쇄 발행   2013년 1월 10일
15쇄 발행   2018년 8월 25일

지은이   나관중
평 역   요시카와 에이지吉川英治
옮긴이   강성욱
펴낸이   한승수
펴낸곳   문예춘추사

편 집   정내현
마케팅   신기탁
디자인   이은주

등록번호   제300-1994-16
등록일자   1994년 1월 24일

주 소   서울특별시 마포구 동교로27길 53 지남빌딩 309호
전 화   02 338 0084
팩 스   02 338 0087
E-mail   moonchusa@naver.com

ISBN   978-89-7604-108-1 04820
   978-89-7604-107-4 (전10권)

망촉 · 주인을 부르는 서촉西蜀

7

三國志

나관중 지음
요시카와 에이지 吉川英治 평역

문예춘추사

| 일러두기 |

1. 이 책은 일본 고단샤講談社에서 발간한 요시카와 에이지 평역의 『삼국지』(요시카와 에이지 역사 시대 문고 33~40, 1989년 초판)를 저본底本으로 삼았다.

2. 원서는 총 8권으로 구성되어 있으나 커다란 제목에 따라 각 권으로 분리하여 총 10권으로 재편 집했다.

3. 가능한 한 원본에 가깝게 번역했으나 지나치게 일본적인 표현은 중국 고전소설임을 고려하여 우리 실정에 맞게 고쳤고, 원서 내용을 해치지 않는 범위 안에서 대화와 본문이 연결되는 부분을 일부 수정하여 우리 독자들이 읽기 편하게 했다.

4. 각 권 및 각 장의 제목은 가능한 한 원서의 제목을 살려 풀어 썼으며, 원서의 각 장을 재편집하 여 내용의 흐름을 쉽게 이해할 수 있도록 했다.

5. 한자 표기는 정오正誤에 상관없이 원서를 따랐으나 동일 인물이나 지명의 상반된 표기가 있는 경우에는 올바른 한자를 찾아 표기했다.

6. 이 책의 삽화 및 지도는 내용에 맞게 새로 제작한 것이다.

72
적벽의 대습격

마침내 동풍이 불어오자 주유는 총공격을 명하고,
유비에게 돌아온 공명은 조조가 도망칠 길목마다 군사를 매복시키는데……

절호의 기회를 놓쳐서는 안 된다는 노숙의 간언에 주유도 분기했다.

주유가 감녕을 부르라는 명령을 내리자 영중의 참모부는 활기를 띠었다.

"감녕, 대령했습니다."

"오, 왔는가."

"드디어 적을 치시려는지요?"

"그렇다. 그대에게 명을 내리겠다."

주유는 엄숙하게 군령을 내렸다.

"계획한 대로 먼저 내부에 들어와 있는 채중과 채화를 역으로 이용해 적의 대세를 뒤엎어야 한다. 매사에 빈틈이 없도록 하라."

"명심하겠습니다."

"채중을 앞세워 조조에게 항복을 전하고, 배를 적의 북안에 댄 후 오림에 상륙하라. 그런 다음 채중의 깃발을 꽂고 조조가 군량을 비축해 둔 창고로 쳐들어가 불을 질러라. 불길이 솟아오를 때 적의 진영에 쳐들어가 측면에서 그들의 진지를 교란하라."

"알겠습니다. 그런데 채화는 어떻게 하실 생각입니까?"

"채화는 따로 이용할 데가 있으니 남겨두고 가는 것이 좋겠다."

감녕이 물러간 후 주유는 바로 태사자를 불렀다.

"그대는 병사 3천 명을 이끌고 황주의 경계로 가서 합비슴淝에 있는 조조군에 일격을 가하라. 그 후 그대로 적의 본진으로 쳐들어가서 불을 놓아 적들을 태워 죽여라. 그리고 붉은 기를 보면 우리 오후 휘하의 군사인 줄 알거라."

주유는 세 번째로 여몽을 불러 명을 내렸다.

"병사 3천 명을 이끌고 오림을 건너 감녕과 합세하라."

주유는 네 번째로 능통을 불러 병사 3천 명을 내주며 명령했다.

"이릉夷陵의 경계에서 대기한 후 오림에 불이 솟는 것을 보면 바로 소리를 지르며 쳐들어가라."

주유는 다섯 번째로 동습을 불러 한양漢陽에서 한천漢川 방면으로 공격하라 이르고, 마지막으로 반장을 불러 병사 3천 명을 주고 한천 방면으로 돌격할 것을 명했다.

이렇게 선봉에 선 여섯 부대는 백기를 표식으로 삼아 서둘러 출발했다. 한편 일찍부터 일거에 반간계反間計를 성공시키기 위해 손에 침을 바르며 기다리던 황개가 급히 조조에게 사람을 보냈다.

"드디어 때가 왔습니다. 오늘 밤 이경에 오의 군량과 군수품을 모조리 탈취한 후 약속대로 위군에 항복하러 가겠습니다. 선수에 청룡기를 꽂은 배를 보시면, 오를 탈주하여 위군에게 향하는 항복선이라고 여기십시오."

이렇듯 황개는 결전의 준비를 착착 진행하고 있었다. 먼저 20척의 화선火船을 선두에 세우고, 그 뒤로 4척의 병선을 연결했다. 1대에는 영병군관領兵軍官 한당, 2대에는 주태, 3대에는 장흠, 4대에는 진무, 그리고 3백여 척의 크고 작은 배가 선수를 나란히 한 채 밤이 오기를 기다렸다.

어느덧 어스름이 내리고, 강 위에 풍랑이 거세게 일었다. 새벽부터 불어온 동남풍이 오후가 되자 한층 더 세차게 불었다.

후덥지근하고 나른한 밤이었다. 그런 탓에 강 위에서 수증기가 피어올랐다. 황개는 좋은 징조라 여기며 뱃줄을 풀고 일제히 출정 명령을 내렸다.

3백여 척의 몽동은 하얀 물결을 가르며 북안으로 나아갔다. 그 뒤를 이어 주유와 정보가 탄 거대한 기함이 활짝 펼친 돛을 펄럭이며 움직이기 시작했다.

후진으로 뒤따르는 제1선열의 오른쪽이 정태의 부대, 왼쪽이 서성의 부대였다. 그날 밤 노숙과 방통은 아무도 없는 본진을 지키고 있었다.

그날 저녁, 손권의 본진은 휘하의 군사와 함께 벌써 황주의 경계를 넘어 전진하고 있었다. 병부를 받고 출정을 알게 된 주유는 바로 일군을 보내 남병산의 정상에 큰 깃발을 펄럭이며 먼저 선두의 대장 육손을 맞이한 후, 손권에게 밤이 되기를 기다리는 중이라는 보고를 올렸다. 시시각각 짙어지는 어스름 속에 장강의 물결 소리가 예사롭지 않게 들려왔고, 따뜻한 바람이 북쪽을 향해 불어갔다. 이렇듯 천지는 일촉즉발—觸卽發의 전운이 고조되고 있었다.

한편 하구의 유비는 공명이 귀환하기를 하루가 여삼추로 기다리고 있었다. 어제 계절에 어울리지 않는 동남풍이 불기 시작하자 유비는 일전에 공명이 남긴 말을 떠올리고는 조자룡에게 공명을 맞이하러 가라고 일렀다. 유비는 아침 일찍 망루에 올라 강을 바라보며 공명이 돌아오기만을 학수고대했다.

그때 한 척의 작은 배가 강을 거슬러 오는 것이 보였다. 가까이 다가가서 보자 강하의 유기였다. 유비는 망루 위에서 유기를 맞이하며 물었다.

"아무런 연락도 없이 어찌 갑자기 왔느냐?"

"어젯밤부터 척후병들이 하류에서 속속 돌아와 보고하기를 오의 병선과 기병 들이 동남풍이 불어오자 분주히 움직이기 시작했고, 바람이 잦아들기 전에 반드시 일전을 벌일 것이라 했습니다. 황숙께서는 아직 아무런 연락도 받지 않으셨는지요?"

"나도 어젯밤부터 보고를 받았지만, 그보다 오에 가 있는 공명이 아직 돌아오질 않아 걱정하고 있던 참이다."

두 사람이 대화를 나누는 사이 장수 한 명이 언덕을 뛰어 올라와서는 큰 소리로 말했다.

"지금 번구 쪽에서 배 한 척이 돛을 펼치고 이쪽으로 오고 있습니다. 선수에 나부끼는 깃발을 보니 조 장군의 배 같습니다."

"드디어 돌아온 것인가."

유비는 유기와 함께 서둘러 망루에서 내려왔다. 그러고는 어귀에서 서성이며 배를 기다렸다. 가까이에서 보니 그 배는 공명을 태운 조자룡의 배였다.

유비는 이루 말할 수 없을 만큼 기뻤다. 유비와 공명은 서로 무사를 축하하며 나란히 하구성의 일각에 올랐다. 유비가 오와 위 양군의 상황을 묻자 공명이 대답했다.

"상황은 긴박하게 돌아가고 있습니다. 지금은 소상히 말씀드릴 시간이 없습니다. 주군께서는 만반의 준비를 하셨는지요?"

"언제라도 출정할 수 있도록 수륙의 전군을 준비해놓고, 한참 동안 군사의 귀환을 기다리고 있었소."

"그럼 즉시 임무를 정하고 요지를 향해 명령을 내리셔야 합니다. 주군께서 이의가 없으시다면, 저는 그보다 먼저 준비를 끝내고자 합니다."

"군사의 생각대로 하시면 되오이다."

"그럼 외람되지만 그대로 하겠습니다."

공명은 단에서 일어선 후 가장 먼저 조자룡을 불렀다.

"장군은 3천 군마를 이끌고 강을 건너 오림의 소로에 깊이 숨어 있으시오. 오늘 밤 사경쯤 조조가 도망쳐오면 선두는 그냥 보내고 중간을 쳐들어가되 모조리 죽이려고 하거나 도망치는 자를 쫓아서도 안 되오. 그런 다음 적당한 때를 살펴 불을 놓아 적의 중추를 분쇄하시오."

조자룡은 물러가려다 다시 몸을 돌리더니 공명에게 물었다.

"오림에는 두 갈래 길이 있습니다. 한쪽은 남군南郡으로 통하고, 또한쪽은 형주로 나뉘어져 있습니다. 조조가 어느 길로 오겠습니까?"

"반드시 형주로 향하다 방향을 바꿔 허창으로 돌아가려 할 것이오."

공명은 마치 손바닥을 들여다보듯 말했다.

그다음으로 공명은 장비를 불렀다.

"그대는 군사 3천 명을 이끌고 강을 건너 이릉의 길을 끊고 호로곡葫蘆谷에 매복하고 있으시오. 그러면 조조가 반드시 남이릉의 길을 피해서 북이릉을 향해 도망쳐올 것이오. 내일 비가 갠 후, 조조의 패군은 이곳에서 밥을 지어 먹을 것이오. 밥을 짓는 연기가 나면 단숨에 쳐들어가 공격하시오."

장비는 공명의 예언이 의심스러웠지만 알았다고 대답한 후 즉시 군사를 이끌고 나갔다.

장비가 물러가자 공명은 미축, 미방, 유봉 세 사람을 불렀다.

"세 장군은 배를 모아 강안을 둘러싸고 있다 위의 군영이 무너지면 병기와 군량 등을 탈취하여 배에 옮겨 실으시오. 또한 패잔병들이 길에 떨어뜨린 마구 등의 물품도 모두 노획하시오."

이어 공명은 유기를 불러 말했다.

"무창武昌은 중요한 요지이니 반드시 공자께서 지키셔야 합니다. 단강변의 방어를 굳게 하고 도망쳐오는 적이 있으면 포로로 잡아 아군으로 삼으십시오."

마지막으로 공명은 유비에게 말했다.

"주군과 저는 번구의 고지대에 올라 오늘 밤 주유가 지휘하는 장강의 수상전을 보시지요. 주군, 어서 준비하십시오."

유비는 서둘러 갑옷과 투구를 갖추고 공명과 함께 번구의 망대로 이동할 채비를 마쳤다. 그때 아무런 명령도 받지 못하고 우두커니 한편에 서 있던 장수가 큰 소리로 공명을 불렀다. 바로 관우였다. 공명은 태평한 얼굴로 시치미를 떼며 말했다.

"아, 관운장. 무슨 일이오?"

관우가 불만이 가득한 얼굴로 물었다.

"제게도 임무를 내릴 줄 알고 아까부터 이곳에서 기다리고 있었는데, 한마디도 없으니 어찌 된 일입니까? 저야말로 형님을 따라 수많은 싸움을 하면서 한 번도 선두를 내준 적이 없는데, 어찌 저 혼자만 쓰지 않는지, 그 이유가 무엇입니까?"

관우의 눈가에 눈물이 고였다.

그런 관우를 보며 공명은 냉정하게 말했다.

"그대를 긴요히 쓰려 해도 한 가지 마음에 걸리는 것이 있소. 그 때문에 일부러 장군은 이곳을 지키도록 한 것이오."

"마음에 걸리다니요? 분명한 이유를 말씀해주시오. 관우의 절의節義가 의심스럽다는 말씀이오?"

"아니오. 그대의 충정은 조금도 의심하지 않소. 하지만 떠올려보시오. 이전에 그대가 조조에게 몸을 의탁하다 떠날 때 조조로부터 깊은 정과 극진한 대접을 받았소이다. 그때 후일 반드시 그 은혜를 갚겠다고 맹세하지 않았소. 지금 조조는 오림에서 패하고 그 퇴로를 화용도華容道로 삼아 반드시 도망쳐올 것이오. 그 길에 장군이 매복해 있다 조조의 목을 거두는 일은 참으로 쉬운 일이나, 장군의 성정으로 보아서 반드시 지난날의 후은厚恩에 마음이 동해 조조를 놓아줄 것이 분명하오."

"그건 군사의 지나친 생각이시오. 이전의 은혜는 이미 조조에게 갚았소이다. 그의 군세를 빌려 안량顔良과 문추文醜 등을 베어 백마白馬의 포위를 푼 것으로, 그 은혜를 갚았단 말이오. 그런데 어찌 오늘 다시 그를 놓아줄 수 있겠소이까. 필히 이 관우를 보내주십시오. 만일 사심으로 그를 놓아준다면 기꺼이 군법에 따라 벌하십시오."

관우의 절절한 말을 듣고 있던 유비가 그의 입장을 측은히 생각하며 중재에 나섰다.

"군사가 심려하는 것도 무리는 아니지만, 결전을 앞에 두고 관우와 같은 장수가 집이나 지키고 있어서야 그 체면이 뭐가 되겠소. 부디 군사를 내려 관우에게도 역할을 주는 것이 어떻겠소?"

공명은 께름칙한 얼굴로 말했다.

"그렇다면 군명을 어길 경우 어떠한 죄라도 달게 받겠다는 군령장을 쓰겠는가?"

관우는 즉시 군령장을 쓴 후 군사에게 내밀며 말했다.

"명대로 저는 이렇게 군령장을 썼소이다만, 만일 군사의 말씀과 달리 조조가 화용도로 도망쳐오지 않을 경우, 군사께서는 어떻게 하시겠소이까?"

공명은 웃음을 지으며 약속했다.

"조조가 만일 화용도로 오지 않고 다른 길로 도망갔을 시에는 나도 반드시 벌을 받겠소."

그러고는 관우에게 명을 내렸다.

"그대는 화용산의 기슭에 숨어 있을 것이며, 산마루 쪽에다 불을 놓으시오. 불을 지필 때는 연기가 나는 마른 잡목 등을 피워야 하오. 그다음 조조의 퇴로에 매복하여 있으시오. 조조가 반드시 그쪽으로 올 것이오."

명을 받은 관우가 공명에게 물었다.

"산마루에 연기가 오르면 기껏 도망쳐온 조조가 적의 매복이 있다는 것을 알고 방향을 바꿔 다른 쪽으로 도망치지 않겠습니까?"

공명은 고개를 저으며 말했다.

"병법에 허허실실虛虛實實이란 말이 있소. 조조는 본래 허실의 이론에 밝은 자이오. 자신이 가는 방향인 산길에서 연기가 피어오르는 것을 보면, 적의 군사가 매복한 것처럼 보이게 하려는 계략으로 생각하여 반드시 그쪽으로 올 것이오. 적을 속이는 데에는 적의 지혜가 얼마인지를 헤아려 행해야 한다는 말은 바로 이를 두고 하는 말이니, 의심하지 마시오. 관운장은 어서 출발하시오."

관운장은 공명의 말에 감탄하고 물러났다. 그러고는 양자인 관평關平과 심복인 주창周倉 등과 함께 군사 5백 명을 이끌고 화용도로 내달렸다.

관우가 떠나자 유비가 공명보다 더 걱정스러운 마음으로 입을 열었다.

"아우 관우는 남보다 정이 많고 의리가 강한 성격이라 저리 보내기는 했지만, 조조를 놓아주지 않을까 걱정이오. 역시 군사의 생각대로 이곳에 남도록 하는 것이 좋았는지 모르겠소이다."

"꼭 그것이 좋은 방법이라고는 할 수 없습니다. 오히려 관우를 보내는 편이 하늘의 섭리에 맞는 듯합니다."

유비가 의아한 표정을 짓자 공명이 설명했다.

"제가 천문을 살펴 조조의 수명壽命을 보았더니, 이번 전쟁에서 조조의 기운과 군세가 쇠퇴하는 건 분명하나, 조조의 수명은 여기서 끝나지 않을 듯싶습니다. 그에게는 아직 천수가 남아 있었습니다. 그래서 관우의 마음 깊은 곳에 조조에게 받은 은혜를 갚고자 하는 정이 남아 있다면, 그 인정을 다하도록 해주는 것이 좋을 듯싶었습니다."

"선생, 아니 군사. 그대는 거기까지 꿰뚫어보고 관우를 보낸 것이오?"

"그 정도 일을 헤아리지 못한다면 군사를 부리고 적재적소에 배치할 수 없을 것입니다."

말을 마친 공명은 곧 하류에서 화염이 하늘을 검게 물들일 것이라며 유비를 재촉했다. 곧바로 두 사람은 번구의 산정에 올랐다.

* * *

'이것은 불길한 징조다. 아군에게 있어 기뻐할 일이 아니다.'

정욱은 자신의 생각을 에둘러서 조조에게 말했다.

"승상, 현명하게 살피십시오."

그러자 조조가 말했다.

"어찌 이 바람이 아군에게 불길하다는 것인가? 생각해보게. 지금은 동지이네. 만물이 말라 천하에 음기가 가득한데, 양기가 한번 생겨 복을 부르는 때가 아닌가. 이때 동남풍이 부는 것이 어찌 이상한 일이겠는가?"

그때 강남에서 배 한 척이 올라왔다. 파도도 바람도 모두 남쪽에서 북안 방향으로 맹렬히 불다 보니 그 작은 배는 마치 날아오는 듯했다.

그 배는 황개가 보낸 한 통의 밀서를 전해주고 사라졌다.

"황개가 보낸 밀서가 왔다!"

조조는 기다리고 있었다는 듯 급히 밀서를 뜯었다. 읽어 내려가는 눈길이 분주했다.

> 일전의 대의大義 주유의 군령이 엄하여 경솔히 움직이기 어려웠습니다. 오로지 좋은 기회만 엿보던 중 때가 도래했습니다. 파양호에 비축한 군량을 비롯한 군수를 제가 강안의 전선으로 운반하게 되었습니다. 이 천재일우의 기회를 놓치지 않고 계획한 대로 시행하려 합니다. 오늘 밤 이경(밤 10시), 제가 강남의 무장의 목을 취하여 군수품과 군량을 만재하고 투항하려 합니다. 항복선은 모두 선수에 청룡아기青龍牙旗를 꽂아둘 테니, 적으로 오인하지 마시기 바랍니다.
>
> 건안 13년 겨울 11월 21일

"어찌 되었는지 궁금해하고 있던 터에 과연 노후老朽한 황개로다. 좋은 기회를 맞이했구나. 때마침 바람도 오군을 탈출하기 좋은 풍향이다. 빈틈없이 준비하라."

조조는 크게 기뻐하여 각 부대의 장수들에게 내용을 전하고 자신도 휘하의 군사들과 함께 수채로 가서 가운데에 있는 기함에 올랐다.

석양이 질 무렵에 바람은 한층 강해지고 물결은 높이 일었다. 강 위는 마치 태풍이 부는 듯했다.

그러는 동안 밤이 다가와 오의 진영에도 심상치 않은 일이 생겼다.

이미 황개와 감녕도 진지로 떠나고 진영에는 채화 혼자 남아 있었다. 갑자기 한 무리의 병사가 와서 주 도독의 명령이니 급히 같이 가자며 그를 둘러싸고 포박했다.

채화는 깜짝 놀라며 소리쳤다.

"내게 무슨 죄가 있는가!"

"우리도 자세한 것은 모른다. 할 말이 있으면 도독 앞에서 말하라."

병사는 가차 없이 채화를 끌고 갔다. 기다리고 있던 주유는 채화를 보자마자 검을 뽑았다.

"너는 조조의 간자다. 출정의 의식으로 네 목을 군신軍神에게 바치기 위해 오늘까지 기다렸다. 각오하라."

채화는 감녕과 감택도 한통속이라며 자신의 목을 치지 말라고 애원했다. 주유는 웃으며 말했다.

"그것은 모두 내가 시킨 것이니라."

주유는 말을 끝내자마자 단칼에 채화의 목을 내리쳤다.

***

때는 이미 초경에 가까웠다.

주유는 채화의 목을 올려 수신과 화신에게 기원하고 군기에 피를 뿌려 제사를 지냈다. 그러고는 마지막 수군에게 출정의 명령을 내렸다. 이미 선발 부대들은 선수를 나란히 하고 강의 상류로 진격하고 있었다.

황개가 탄 기함에는 '황黃'이라고 새긴 큰 깃발이 휘날렸고, 다른 배에는 모두 청룡아기가 펄럭였다.

밤이 깊어질수록 열풍은 잦아들었지만 풍향은 변하지 않았다. 강 위에는 여전히 큰 물결이 넘실거렸고, 구름 사이로 비치는 괴괴한 달빛은 한순간 투명하게 빛나다가 또 한순간 파르스름하게 어두워졌다. 천지는 시시각각 폭풍 전야의 기운으로 가득 찼다.

> 삼강三江의 수천水天 밤은 한층 깊어지고
> 만조万条의 은사銀蛇는 춤추는 듯하고
> 전장의 북소리는 멈추고 뱃전에서 노래하니
> 억만億萬의 몽혼夢魂이 수채에 깃드네

위의 북안에 있는 진중에서 누군가 노래를 불렀다. 기함에 앉아 있던 조조는 문득 귀를 기울이다 옆에 있던 정욱에게 물었다.

"노래를 하는 이는 누구인가?"

"선미에서 망을 보고 있는 초병입니다. 승상이 시인이어서 저절로 부하들까지 시정을 읊게 된 듯싶습니다."

"하하하, 지금 상황과 시가 어울리지 않지만 그 마음만은 곱구나. 그

초병을 불러오라. 내 술 한 잔을 포상으로 내리겠다."

휘하의 부하가 바로 자리에서 일어나 선미로 뛰어가려는 순간, 남쪽에서 많은 배가 올라오고 있다는 소리가 들렸다.

모두 일제히 일어났다. 망루에 오르는 사람도 있었고, 이물을 향해 뛰어가는 사람도 있었다. 멀리서 황천荒天 아래 거친 파도를 헤치며 줄지어 오는 배의 돛이 보였다. 달빛이 그 위에 비쳐서 선명해지는 듯싶더니 이내 구름이 달을 가리자 한 치 앞도 분간할 수 없이 어두워졌다.

"기가 보이느냐? 청룡아기가 보이지 않느냐?"

아래쪽에서 조조가 물었다. 망루에서 장수들이 대답했다.

"보입니다. 모든 배가 돛대에 용설기龍舌旗를 달았습니다."

"청기 같습니다. 청룡의 아기가 틀림없습니다."

조조는 만면에 희색을 띠며 흡족한 듯 고개를 끄덕이더니 선수 쪽을 향해 큰 걸음으로 걸어갔다. 그러자 그곳에서 망을 보던 장수가 말했다.

"멀리 후방에서 오는 선단 중에 '황' 자를 새긴 큰 깃발을 꽂은 배가 보입니다."

조조는 무릎을 치며 말했다.

"그것이 황개가 타고 있는 배이다. 그가 정말 약속을 지켜 이곳에 오는 것은 하늘이 진정 우리 위군을 돕는다는 증표이다. 모두 기뻐하라. 이제 오는 패한 것이나 마찬가지이다. 이미 이 손에 오가 넘어온 것과 같구나."

동남풍을 받은 배들의 속도는 놀랄 만큼 빨랐다. 이미 몽동의 선단은 눈앞까지 다가왔다. 그때 정욱이 병사들에게 경계심을 북돋으며 소리쳤다.

"아무래도 수상하다. 방심하지 마라."

조조는 그 말을 듣고는 불쾌한 듯 정욱을 돌아보며 물었다.

"정욱, 무엇이 수상하다는 것인가?"

조조가 묻자 정욱이 대답했다.

"군량과 병기를 만재한 배라면 반드시 흘수吃水가 깊이 물에 잠겨 있어야 할 텐데, 지금 눈앞에 와 있는 배는 모두 얕게 떠 있고 그다지 중량이 무겁지 않은 듯 보입니다. 이는 눈속임의 증거가 아니겠습니까?"

정욱의 한마디를 듣고 조조는 모든 것을 깨달은 듯했다.

"흠, 과연 그렇도다."

조조는 깊이 신음한 후 고개를 들어 바람을 맞으며 생각에 잠겼다. 그러고는 불현듯 입을 열고 소리쳤다.

"당했다. 이런 큰바람 속에 적이 화공을 쓴다면 막을 방도가 없다. 누가 가서 저 배들이 수채 안으로 들어오지 못하도록 막아라."

조조는 우선 눈앞의 화급을 피하기 위해 명령했다.

"제가 막는 사이에 대책을 세우십시오."

문빙이 대답한 후 기함에서 작은 배로 옮겨 타고 앞으로 나아갔다. 문빙은 가까이 있는 병선 7, 8척과 쾌속정 10여 척을 이끌고 물살을 헤치며 전방의 대선단의 진로를 가로막았다. 그러고는 선수에 서서 큰 소리로 말했다.

"조 승상의 명령이다. 앞에 오는 배들은 모두 수채의 바깥에 닻을 내리고 키를 멈추고 돛을 내려라."

하지만 대답은커녕 배가 계속 돌진해왔고, 선두의 배 한 척에서 화살이 날아와 문빙의 왼쪽 팔꿈치에 꽂혔다. 문빙은 쓰러지면서 '속임수다'라고 내뱉었다. 그 순간 양군이 서로 화살을 쏘아대기 시작했다. 그때 오의 기습함대 한가운데 있던 황개의 배가 재빨리 속도를 내어 수채 안으로 돌입했다.

황개가 선루에 올라 큰 목소리로 지휘했고, 허리에 찬 검을 뽑아 아군의 1열을 불러 명령했다.

"지금이다, 지금. 조조가 자랑하는 거함대선이 눈앞에 늘어서서는 우리의 습격을 반기고 있다. 저걸 보아라. 적은 혼란에 빠져 어쩔 줄 모르고 있다. 돌진해서 그대로 받아 산산이 부셔버려라."

교묘하게 위장하고 선두에 섰던 화약을 실은 배들과 연초, 기름, 건초 등을 가득 싣고 장막으로 덮어 숨겨왔던 쾌속정과 병선이 위의 대함거선을 향해 돌진했다. 쿵 하는 소리와 함께 삼강의 강과 땅이 흔들렸다.

불새처럼 강물을 가르며 적선을 들이받은 작은 배들을 위의 병사들이 밀어냈지만 꿈쩍도 하지 않았다. 들이받은 화선의 뱃머리에는 창과 같은 대못이 박혀 있었던 것이다. 오의 병사들은 적선의 옆구리를 깊이 꿰뚫은 것을 확인한 다음 작은 배를 띄워 사방으로 흩어져 도망쳤다.

위의 거함대선이 아무리 크다고 한들 나무와 가죽으로 만든 배였다.

위의 병선은 순식간에 산과 같은 화염으로 변해 강 속으로 침몰했다. 위군의 배들은 전부 쇠고리로 연결되어 있었다. 연환계로 인해 한 척에서 불길이 솟으면 이내 다른 한 척으로 불길이 옮겨 붙었다. 전선들은 하나같이 제대로 교전도 해보지 못하고 불에 타 가라앉기 바빴다. 오림만의 수면은 발광하듯 불길에 휩싸여 새빨갛게 물들고 있었다.

폭발과 함께 불길이 솟을 때마다 불꽃이 하늘을 수놓았다. 차례로 기울기 시작한 거대한 병선은 마치 불꽃 바퀴처럼 빙글빙글 돌다가 이내 강물에 닿아 연기를 피워 올리며 강물 속으로 자취를 감추었다. 게다가 화염의 물결과 불똥 폭풍이 강의 수면에 머물지 않고 육지의 진지로 옮겨 붙었다.

오림과 적벽의 기슭과 바위와 숲이 불타더니 각 진영의 건물에서부터 군량 창고, 책문, 마구간에 이르기까지 눈에 보이는 것은 모두 불길에 휩싸였다.

"화공은 성공했다. 이 기회를 놓치지 말고 북군을 섬멸하라."

그날 밤 주유는 화선이 돌진한 후 당당히 대선단을 이뤄 오림과 적벽으로 왔고, 아군의 유리한 형세를 확인한 후 육지로 나아가 수륙 양군을 격려했다.

그에 반해 조조가 승선했던 북군의 기함과 그 전후에 집결하고 있던 중군부대는 무참한 혼란을 겪고 있었다. 검은 연기와 새빨간 불길 속에서 절규하는 사람이 정욱인지, 장료인지 서황인지 확실하지 않았고, 몇 명인지조차 분명하지 않았다. 하지만 조조를 에워싸고 불길 속에서 도망치려는 장수임에는 틀림없었다.

"빨리, 빨리."

뱃전에 댄 작은 배에 탄 사람이 불꽃 아래에서 애타게 부르짖었다. 넘실거리는 강물은 끓어오르고, 새빨간 열풍은 그 배와 사람까지 순식간에 덮칠 기세였다.

"자, 어서 승상께서도."

아슬아슬하게 조조는 장수들과 함께 뛰어내렸다. 모두 몸 하나 피하는 것만으로도 감사할 따름이었다. 그 광경을 목격한 오의 군사들이 사방에서 조조를 잡으러 쫓아왔다. 강물 위에는 불에 탄 사람과 말의 시체와 배 등이 어지럽게 떠다니고 있었다. 조조의 배는 그 속에서 서둘러 도망치고 있었다.

그때 황개가 조조를 죽일 수 있는 때는 지금뿐이라는 듯 쾌속선에 옮겨 타더니 급히 조조를 쫓았다.

"조조는 게 섰거라."

황개가 쇠갈퀴를 집어 든 채 선수에 버티고 서서 몇 척의 배와 함께 노를 저어왔다. 그 모습을 본 장료가 일어서서 철궁 한 발을 쏘았다. 화살은 황개의 어깨에 꽂혔다. 순간 황개는 비명을 지르며 강물 속으로 떨어졌다.

오의 병사가 당황하며 강에 빠진 황개를 찾는 사이에 조조는 간신히 오림의 기슭에 닿았다. 하지만 그곳도 화염으로 덮였으며, 어디를 둘러보아도 얼굴을 들 수 없을 만큼 열풍이 불어왔다. 한때 잠잠해진 듯한 바람도 맹렬한 불길에 다시 살아나서 주위를 집어삼킬 듯 불어왔다.

"이것이 꿈인가?"

조조는 주위를 둘러보며 망연히 중얼거렸다. 그도 그럴 것이 불과 얼마 전의 천지와는 완전히 다른 모습이었다. 건너편의 적벽, 북안의 오림, 서쪽의 하수夏水가 한결같이 화마와 적들로 가득했다. 그리고 조조 자신이 거느리던 수많은 전선들이 강물로 가라앉았거나 거대한 화염에 휩싸여 불타고 있었다.

"아아, 꿈이 아니구나."

조조는 하늘을 향해 절규하며 말에 올라탔다.

청사에 남을 적벽대전이었다. 세상에 길이 회자되는 삼강의 대전은 그날 밤 조조가 맛본 고배였다. 그리고 그 전장은 지금의 양자강 유역의 호북성湖北城 가어현嘉魚縣의 남안과 북안에 걸친 땅과 강이 만나는 복잡한 지역이었다.

73
화용도에서 조우한 조조와 관우

조조의 대군은 주유의 화공에 궤멸당하고,
패주하던 조조는 화용도에서 매복하고 있던 관우와 조우하는데……

　이번 패전으로 80만이라고 자랑하던 조조의 군세는 하룻저녁에 3분의 1로 줄었다.

　물에 빠져 죽거나 불에 타서 죽거나 화살을 맞고 죽은 사람, 또 말에 밟히고 창에 찔려 죽은 사람이 산을 이룰 정도였다. 동오의 희생자도 적지 않았다.

　물결 속 저편에서 구해달라는 소리가 들려 오의 한당이 살펴보니 황개였다. 갈퀴로 건져 올리자 황개의 어깨에 화살이 꽂혀 있었다. 한당은 화살촉을 뽑고 깃발을 찢어 상처를 감싼 후 서둘러 황개를 후방으로 보냈다.

감녕, 여몽, 태사자 등은 벌써 요새의 중심부에 돌입해서 10여 곳에 불을 질렀다. 그 외에 오의 능통, 동습, 반장 등도 종횡무진하며 위력을 떨치고 있었다. 한 장수는 채중의 목을 베어 창끝에 걸고 돌아다녔다.

상황이 그렇다 보니 위군은 싸우려는 의지조차 없었다. 도망가는 아군들의 머리를 밟고 넘어 도망치거나 적에게 쫓겨 나무 위로 올라간 사람도 있었다. 그것을 본 오의 병사들이 나무에 불을 질렀다.

"승상, 승상. 전포戰袍의 소매에 불이 붙었습니다."

뒤에서 쫓아오던 장료가 말 위에서 소리쳤다. 앞서 채찍을 치며 도망가던 조조는 당황하며 소매를 털었다. 달려도 달려도 불길이 숲을 이루고 있었다. 산은 불타고 강물도 끓어오르고 있었다. 바람에 재가 비처럼 끝없이 휘날리다 보니 말이 미친 듯이 날뛰었다.

"오, 장료가 아닌가."

뒤에서 따라오던 10여 명의 장수와 병사 중에 모개가 있었는데, 그는 깊은 상처를 입은 문빙을 데리고 있었다.

"여기는 어디쯤인가?"

조조가 숨을 헐떡이며 뒤를 돌아보자 장료가 대답했다.

"아직 오림입니다."

"아직도 오림이란 말인가?"

"숲이 이어지는 평지입니다. 곧 적들이 쫓아올 것입니다. 쉬고 있을 시간이 없습니다."

조조는 20여 명밖에 되지 않는 아군을 돌아보자 눈앞이 암담했다.

지금 믿을 건 오직 말뿐이었다. 다시 채찍을 휘둘러 뒤도 돌아보지 않고 내달렸다. 그러자 숲길 한쪽에서 오의 여몽이 '역적 조조야, 게 섰거라' 하며 병사들을 이끌고 쫓아오는 것이 보였다.

"여기는 제가 맡겠습니다. 어서 가십시오."

장료가 남아 뒤를 책임지기로 했다.

하지만 얼마 지나지 않아 능통이 나타나 조조에게 외쳤다.

"오의 능통이 여기에 있다. 역적 조조는 말에서 내려 항복하라."

간담이 서늘해진 조조가 옆으로 피해 숲 속으로 뛰어들었다. 하지만 그곳에도 한 무리의 병마가 매복해 있었다. 당황한 조조가 말을 돌리려고 하자 서황이 나타나 외쳤다.

"승상, 걱정하지 마십시오. 소장 서황입니다. 이곳에서 기다리고 있었습니다."

"아, 서황인가."

조조는 크게 숨을 내쉬며 한숨을 돌리고는 서황에게 장료를 도와 데려오라고 했다.

서황은 군사를 이끌고 장료가 있는 곳으로 달려갔다. 그러더니 얼마 지나지 않아 적장 여몽과 능통의 병사들을 물리치고 포위망 속에서 장료를 구출해 데리고 왔다.

조조의 일행은 그곳에서 하나가 되어 동북을 향해 달려갔다.

그사이 한 떼의 군마가 산을 등지고 기다리고 있었다. 서황과 장료 등이 적들과의 일전을 각오하고 살펴보니 조조에게 투항했던 원소의 부하 마연馬延과 장의張顗였다. 둘은 급히 조조를 만나러 온 것이었다.

"실은 저희 둘의 이름으로 북국의 병사 수천 명을 모아 오림으로 가고 있었습니다. 그런데 어젯밤 맹풍과 하늘을 가득 채운 불길을 본 후 행군을 멈추고 여기서 대기하며 만일의 사태에 대비하고 있었습니다."

조조는 큰 힘을 얻었고, 마연과 장의에게 선봉에 서서 길을 열게 했다. 그리고 그중 군사 5백 명을 후진으로 삼아 조금은 안심하고 길을 재촉했다.

그렇게 10리 정도 가자 아군의 두 배가 넘을 듯한 군사가 새까맣게 달려와 앞을 막아섰다. 곧 장수 하나가 말을 타고 나왔다. 마연은 그들도 아군이라 생각하고 앞으로 다가가 누구인지 물었다.

그러자 그 장수가 큰 소리로 말했다.

"나는 오의 감녕이다. 어서 나와 내 칼을 받아라."

감녕은 말을 끝내자마자 단칼에 마연을 베었다. 뒤에 있던 장의가 놀라 창을 집어 들고 덤볐지만 그도 감녕의 적이 되지 못했다.

눈앞에서 장의와 마연의 죽음을 목도한 조조는 감녕의 용맹함에 놀라 도망쳐온 남이릉의 길을 피해 급거 서쪽으로 방향을 틀어 도망쳤다. 다행히 그를 찾고 있던 위군을 만났는데, 조조는 말도 멈추지 않고 뒤에 오는 적을 막으라고 명령하면서 그대로 달려갔다.

밤은 이미 오경이었다. 뒤를 돌아보니 적벽의 불길도 이제는 멀리 희미해졌다. 조조는 그제야 한숨을 돌리고 뒤늦게 쫓아오는 부하들을 기다리며 그곳이 어디인지 물었다. 본래 형주의 선비였던 한 장수가 오림의 서쪽, 의도宜都의 북쪽이라고 대답했다.

"의도의 북이라. 아아, 방향을 이리 잡았단 말인가."

조조는 말 위에서 끊임없이 부근의 산골짜기와 지형을 살폈다. 산천은 험하고 수림은 깊고 길은 한없이 험했다.

"아하하하. 하하하."

갑자기 조조가 큰 소리로 웃기 시작하자 주위의 장수들이 얼떨떨한 얼굴로 그에게 물었다.

"승상, 무엇 때문에 그리 웃으시는지요?"

조조가 말했다.

"아니다. 특별한 일도 아니다. 지금 이곳의 지세를 보고 주유의 얕은 재주와 공명의 미숙함을 알게 되어 그만 웃음이 절로 나온 것이다. 만일 내가 주유나 공명이었다면 먼저 이 지형에 복병을 두고 도망치는 적을 섬멸했을 것이다. 적벽의 일전은 그들의 판전승이라 할 수 있지만, 이런 지리地利를 이용하지 못한 걸 보니 주유와 공명도 아직 부족한 게 많구나."

조조는 말 위에서 사방의 숲과 산을 가리키며 병법에 대해 일장 연설을 늘어놓았다.

조조의 연설이 채 끝나기도 전에 좌우의 숲에서 군사들이 튀어나왔다. 그리고 앞뒤의 길을 둘러싸는가 싶더니 누군가 큰 소리로 외쳤다.

"역적 조조야, 상산의 조자룡이 여기서 기다리고 있었다."

조조는 너무 놀란 나머지 하마터면 말에서 굴러떨어질 뻔했다.

그곳에서도 조조의 군사는 무참히 패배했지만 조조는 장료와 서황의 선전으로 간신히 호랑이 굴속에서 도망칠 수 있었다.

그렇지만 무정하게도 하늘에서 큰비가 내려 패잔병들의 몰골은 비참하기 이를 데 없었다. 비는 갑옷 속까지 들어왔다. 11월의 추위와 함께 길은 진흙탕으로 변했고, 밤은 아직 새지 않아 조조를 비롯한 부하들은 몹시 피로했고 고달팠다.

날이 샐 무렵, 일행은 궁핍해 보이는 산촌에 간신히 도착했다.

"불은 없는가? 먹을 것은 없는가?"

부하들이 앞다퉈 농가로 들어가더니 얼마 지나지 않아 이런저런 음식을 한 아름 안아들고 돌아왔다. 하지만 불을 피워 그 음식들을 만들어 먹을 틈도 없었다. 마을 뒤쪽 산에서 불이 피어오르자 적이라고 생각해 도망치느라 여념이 없었던 것이다.

그들이 생각한 적들이 머지않아 뒤쫓아왔다. 하지만 그들은 적이 아니었다. 아군인 이전과 허저 외의 백 명의 병사들이 산을 넘어 도망쳐 온 것이었다.

"허저도 무사한가? 이전도 있는가?"

조조는 기뻐했고 곧 일행은 말을 달려 길을 서둘렀다. 태양이 중천에 걸리고 밤새 내리던 비도 개고 동남풍도 점차로 잦아들었다. 조조는 문득 말을 멈추더니 눈앞에 나타난 두 갈래 길을 바라보았다. 일행 중 한 사람이 말했다.

"한쪽은 남이릉의 대로, 다른 한쪽은 북이릉의 산길입니다."

"어느 쪽으로 가는 것이 허창에 가까운가?"

"남이릉입니다. 도중에 호로곡을 넘어가면 거리를 많이 줄일 수 있습니다."

"그럼, 남이릉 쪽으로 가자."

조조는 이내 남이릉의 큰길로 들어섰다.

오후가 지날 무렵, 조조 일행은 호로곡에 이르렀다. 말과 병사 들은 녹초가 되어 조금도 움직일 수 없었다. 조조도 심신이 지쳐 정신이 혼미할 지경이었다.

조조는 휴식을 명하고 말에서 내렸다. 병사들은 마을에서 약탈해온 음식을 한곳에 모은 다음 땔감을 쌓아 불을 피웠다. 그러고는 투구와 징을 냄비로 이용하여 밥을 짓거나 닭을 구웠다.

병사들은 그제야 마음이 조금 놓이는지 어젯밤부터 비에 맞은 옷가지와 전포를 불에 말렸다. 조조도 불을 쬔 후 수풀 밑에 가서 앉았다. 처참한 몰골로 그는 하늘을 응시하더니, 이내 무엇을 깨달았는지 혼자서 웃기 시작했다.

부하들이 그에게 물었다.

"아까도 승상이 크게 웃으시자 조자룡이 나타났습니다. 지금은 대체 무슨 일로 웃으시는지요?"

조조는 한층 크게 웃으며 말했다.

"공명과 주유는 모두 대장의 재주는 있지만 아직 지모는 부족하구나. 그것을 비웃는 것이다. 만일 내가 적이었다면 여기에 복병을 심어놓았을 텐데, 참으로 허술하기 짝이 없구나."

조조의 말이 채 끝나기 전에 별안간 북소리와 함성이 사방에서 울려 퍼지더니 사방팔방에서 적의 모습이 나타났다.

"조조야, 잘 왔구나. 연인 장비가 기다리고 있었다. 꼼짝 말고 게 있어라."

장비가 시커먼 수염과 장팔사모를 휘날리며 모습을 드러냈다.

"장비다."

병사들은 장비의 이름만 듣고도 간담이 서늘해졌다. 그들은 갑옷과 속옷을 불에 말리고 있던 참이어서 알몸으로 어찌할 줄 몰라 했으며, 그중에는 도망치는 병사들도 있었다.

허저가 조조를 보호하려고 안장도 없는 말에 올라 돌진해오는 장비를 가로막아 시간을 벌고 있었다. 그사이 장료와 서황이 간신히 투구와 갑옷을 갖추고 조조를 먼저 보낸 후에 말을 달려 장비에게 달려들었다.

그들은 장비가 휘두르는 장팔사모를 당해낼 수 없었다. 적을 해치우기보다 적의 맹렬한 돌진을 간신히 막으며 버티는 것이 전부였다.

조조는 귀를 막고 눈을 감고 죽을힘을 다해 몇 리를 오로지 달리기만 했다. 이윽고 아군이 조금씩 그의 뒤를 쫓아왔지만 모두가 부상을 입고 있었다.

"또 갈림길이다. 이 두 개의 길 중 어디로 가는 것이 좋은가?"

조조의 질문에 지리를 잘 아는 병사가 대답했다.

"양쪽 다 남군南郡으로 통하지만, 길의 폭이 넓은 큰길은 50리 이상을 우회하게 됩니다."

조조는 고개를 끄덕이며 부하를 산 위로 보냈다. 이내 부하가 돌아와서 보고했다.

"산길 쪽을 살펴보니 건너편 산마루와 계곡 곳곳에서 희미하게 연기가 피어오르고 있습니다. 분명 적의 매복이 있는 듯합니다."

조조가 눈꼬리를 실룩거리며 말했다.

"그렇다면 산길을 거쳐 가기로 한다. 제군들이여, 산을 넘어갈 것이다."

조조의 말에 병사들이 의아하게 생각하며 물었다.

"산길의 봉우리를 끼고 복병이 기다리고 있는 줄 뻔히 알면서 지친 병사를 이끌고 산을 넘는다니 대체 무슨 생각이십니까?"

조조는 쓴웃음을 지으며 말했다.

"내가 듣기로 이곳 화용도는 그 주변이 숨기 어려운 곳이라고 하니 일부러 산을 넘기로 한 것이다."

"적의 연기를 보고도 그 봉우리로 향한다는 것은 너무 위험한 일이 아니겠습니까?"

"그렇지 않다. 너희도 기억해둬라. 병서에 이르기를 실즉허지實則虛之 허즉실지虛則實之라 했다. 즉 허한 곳이 오히려 실한 곳이고, 실한 곳이 오히려 허한 곳이라는 말이다. 공명은 계략에 대단히 능한 자이다. 산마루와 계곡에 약간의 병사를 두고 연기를 피워 일부러 병사가 많은 것처럼 보이게 하여 내가 큰길을 선택하게 한 후 그곳에 복병을 두어 나를 치려는 계책임에 틀림없다. 보아라, 저 연기 아래로는 진짜 살기가 느껴지지 않는다. 바로 공명이 속임수를 부리는 것이다. 저 연기를 피해 큰길을 선택하면 이전보다 많은 적에게 포위당해 한 사람도 살아남지 못할 게 확실하다. 자, 산길로 가자."

부하들은 조조의 심려深慮한 지혜에 감탄했다.

그사이에 후방에서 잔병들이 따라붙어 다시 패군의 수가 늘어났다.

"어서 빨리 형주로 가야 한다. 형주까지 이르기만 하면 어떻게든 될 것이다."

조조는 헐떡이며 화용도의 산기슭에서 봉우리를 넘는 길로 접어들었다. 초조한 조조와는 달리 말은 지친 데다 부상자도 버리고 갈 수 없어 1리를 오른 후 쉬고, 또 2리를 가서는 쉬기를 반복했다. 10리의 산길을 헐떡이며 오르는 사이 드디어 선두는 완전히 지쳐 더 이상 나아가지 못했다. 공교롭게도 때마침 산중의 구름의 형세가 수상하더니 눈까지 내리기 시작했다.

* * *

길이 험한 데다 눈이 쌓이다 보니 위군은 제자리걸음만 했다. 조조는 좌불안석 말 위에서 호통을 쳤다.

"선봉대는 어떻게 된 것이냐?"

전열의 장수가 울상을 지으며 눈보라 속에서 대답했다.

"어젯밤의 큰비로 인해 산사태가 나서 길이 끊어지고 곳곳에 계류溪流가 생겨 말도 건너지 못합니다."

"산을 만나면 길을 열고 물을 만나면 다리를 놓으라 했다. 그것이 전쟁인 것을 싸우기 어렵다 하여 포기하는 병사가 있는가?"

조조는 말에서 내린 후 부상을 입고 노쇠한 병사들을 후진으로 돌리고 건장한 병사들을 전열에 세웠다. 그런 다음 주변의 나무를 잘라 다리를 만들고 잡목과 풀을 베어 길을 열고 진흙으로 메우도록 했다.

"추위에 기죽지 말라. 추우면 땀이 날 때까지 움직여라. 목숨이 아까우면 서둘러라. 꾀를 부리는 자는 그 즉시 벨 것이다."

조조는 검을 뽑아들고 작업을 독려했다. 진흙과 계류와 싸우고 벌채하여 목재를 만드는 등 소처럼 일하다 기아와 추위로 목숨을 잃은 병사가 얼마인지 모를 정도였다.

싸우다 죽는다면 가치라도 있지만 지금 하는 일은 원망만 쌓였다. 하늘을 원망하고 또 조조의 가혹한 명령을 원망하는 목소리가 전군에서 들려왔다. 하지만 조조는 조금도 개의치 않고 오히려 화를 냈다.

"죽고 사는 것은 모두 타고난 것인데, 누구를 원망하는가. 다시 그런 소리를 하는 자는 즉시 목을 벨 것이다."

병사들의 처절한 노력과 조조의 가혹한 독촉으로 간신히 첫 번째 난관은 넘었지만 남은 병사를 헤아려보니 불과 3백 명도 되지 않았다. 게다가 무기와 식량을 가지고 있는 사람도 없었고 병사와 말의 몰골도 진흙투성이였다.

"얼마 남지 않았다. 형주까지 가는 동안 어려운 곳도 없다. 어서 빨리 형주에 도착하여 마음껏 쉬도록 하자. 힘을 내거라, 이제 코앞이다."

조조는 채찍으로 전방을 가리키며 병사들의 지친 마음을 독려했다.

산마루를 넘어 5, 6리쯤 가자 조조가 또 안장을 두드리며 혼자서 웃기 시작했다.

장수들이 조조에게 물었다.

"승상, 또 무슨 일로 웃으십니까?"

조조는 하늘을 우러르며 한층 크게 웃었다.

"주유가 어리석고 공명이 둔하다는 것을 지금 이곳에 와서 깨달았다. 그들이 어쩌다 적벽의 싸움에서 나를 이기고 위세를 떨치고 있지만, 소 뒷걸음질로 쥐를 잡은 격과 마찬가지구나. 만일 이 조조라면 적벽에서부터 패장을 추격할 경우 반드시 이 부근에 매복을 심어 일거에 적을 사로잡을 것이다. 그렇지 않고 쓸데없이 이곳저곳에서 연기를 피워 올려 우리를 평탄한 큰길로 유혹한 후 이 산을 넘게 하지 못하려 하다니, 흡사 어린아이를 속이려는 얕은 계략이 아니고 무엇이겠느냐."

조조는 어깨를 들썩이며 웃었다. 그런데 그 웃음소리가 끝나기도 전에 한 발의 철포가 저편의 숲에서 울렸다. 포성과 동시에 앞뒤에서 철갑鐵甲의 병사들이 나타났다. 그들을 이끌고 선두에서 달려온 사람은 청룡언월도를 들고 적토마를 탄 관우였다.

"이제 마지막이구나."

조조는 전의까지 상실한 듯 망연자실했다. 뒤따르던 병사들도 지금까지 살아남은 보람이 없다는 얼굴로 다들 포기한 상태였다. 하지만 정욱만은 그렇지 않았다.

"무엇 때문에 그리 죽음을 서두르십니까? 어떤 사지에서도, 마지막 한순간이라도 한 가닥 희망의 끈을 부여잡고 죽기 살기로 싸워야 할 것입니다. 저는 관우가 허창에 있을 무렵, 아침저녁으로 그를 지켜보아 그의 인품을 잘 알고 있습니다. 그는 의협심이 강하여 교만한 자에게는 강하면서도 약한 사람들에게는 약합니다. 의를 위해 몸을 희생하고 은혜를 잊지 않아, 그의 절의는 천하에 널리 알려져 있습니다. 일찍이 관우가 유비의 두 부인을 모시고 오랫동안 허창에 머물 당시, 승상은 비록 적일지언정 관우를 극진히 대접하며 끝까지 은총을 베푸셨습니다. 그 일은 천하가 알고 관우 자신도 잘 알고 있을 것입니다."

"……"

조조는 눈을 감았다. 지난날을 떠올려보았다. 잠시 뒤 생각난 듯 눈을 퍼뜩 떴을 때에는 이미 함성이 사방에서 울려 퍼지고, 맨 앞에서 달려오는 관우의 모습이 조조의 눈에 크게 들어왔다.

"오, 관운장."

조조는 자신도 모르게 관우의 이름을 큰 소리로 불렀다. 그리고 말을 타고 관우의 앞으로 나아갔다.

"장군, 오랜만이오. 반갑구려. 헤어진 이래 얼마 만이오?"

당장 적장의 목을 벨 기세로 달려오던 관우가 조조의 말을 듣고는 청룡언월도를 내리며 고삐를 늦추었다. 관우는 말 위에서 정중히 답례를 한 후 말했다.

"실로 뜻하지 않은 곳에서 만나게 되었습니다. 오늘 주군의 명을 받고 여기서 승상을 기다리고 있었습니다. 듣기로 영웅의 죽음은 천지도 통곡한다고 합니다. 자, 의연하게 죽음을 받아들이시기 바랍니다."

조조는 이를 악물고 미소를 띠며 말했다.

"관운장, 영웅도 때로는 패배할 때가 있고 비참해질 때가 있지 않소. 지금 나는 싸움에 패하여 얼마 되지 않는 부상병들을 이끌고 이 험준한 산속에서 눈을 맞으며 예까지 왔소이다. 내 죽는 것은 억울하지 않지만 영웅의 업이 여기서 끝이 나려 하니 더없이 무상하오. 만일 예전에 그대가 한 말을 기억한다면 나를 놓아주시구려."

"비겁한 말씀입니다. 아무리 지난날 허창에 머물며 승상에게 깊은 은혜를 입었다고는 하나, 승상이 백마의 싸움에서 위험에 처했을 때 구해드렸으니, 그 은혜는 이미 갚았습니다. 오늘의 이 관우는 사사로운 감정으로 승상을 보내드릴 수 없소이다."

"과거의 일만을 들추는 듯하지만, 장군이 주군 유비의 행방을 모른 채 적중에서 두 부인을 보호했던 일은 사사로운 일이 아니라 공무였을 것이오. 내가 인의를 베푼 것은 장군의 그 봉공심에 감동했기 때문이었소. 누가 그것을 사정私情이라 하겠소. 장군은 「춘추春秋」에 밝다고 하니, 유공庾公이 자탁子濯을 놓아준 고사를 알고 있을 것이오. 대장부는 신의를 중시하오. 인생에 만일 신信과 의義와 미美가 없다면 실로 인간이 짐승과 그 무엇이 다르단 말이오."

조조의 말을 듣는 사이 관우는 어느새 머리를 숙인 채 눈앞의 조조를 벨 것인가, 놓아줄 것인가, 공과 사의 사이에서 고민하는 듯했다.

조조의 뒤에는 그의 부하들이 있었는데, 모두 말에서 내려 처참한 몰골로 땅에 무릎을 꿇고 엎드려 눈물을 흘렸다.

"주종主從의 정이 애처롭구나. 어찌 저들을 죽일 수 있으리."

마침내 관우는 정에 마음이 흔들렸다. 관우는 조조에게는 아무 말도 하지 않은 채, 말을 돌리더니 자신의 부하들에게 무언가 큰 소리로 명령했다.

조조는 그 틈을 이용해 부하들과 함께 서둘러 산마루에서 도망쳤다. 조조의 일행이 산기슭으로 도망친 후 모습이 보이지 않게 되자 관우는 일부러 먼 협곡으로 우회하여 쫓아갔다.

그러는 도중 한 무리의 비참한 몰골을 한 부대와 조우했다. 살펴보니 조조의 뒤를 따라온 장료였다. 무기와 말도 없을뿐더러 부상을 입지 않은 병사도 드물었다. 관우는 비참한 적의 모습에 긴 한숨을 쉬고 눈물을 보이며 그들을 놓아주었다.

장료와 관우는 오랜 친구였다. 정이 많은 관우는 역경에 처한 친구를 차마 죽일 수 없었던 것이다. 장료도 그것을 알고 마음속으로 관우에게 감사하며 사지를 벗어났다.

가까스로 사지에서 벗어난 장료는 마침내 조조를 따라잡아 합류했지만, 조조의 군세는 5백 명도 되지 않았고 군기조차 없었다.

그날 저녁 무렵에 이르러 조조는 다시 앞에서 기세등등하게 다가오는 군대와 맞닥뜨렸는데, 이는 복병이 아니라 남군성을 지키고 있던 조인曹仁이었다.

조인은 조조가 무사하다는 것을 보고 기쁨의 눈물을 흘렸다.

"적벽의 패전 소식을 듣고 당장 달려오고 싶었지만, 남군성을 비우면 후일의 방어도 불안해서 그저 무사하기만을 빌고 있었습니다."

조조는 조인과 함께 남군성에 들어가 적벽 이래의 피로를 풀고 간신히 심신의 안정을 회복했다.

전쟁의 여독을 풀고 따뜻한 음식을 먹고 수면을 취한 조조는 홀연히 하늘을 우러르더니 눈물을 흘리며 오열했다.

곁에 있던 사람들이 의아한 얼굴로 조조에게 물었다.

"승상, 어찌 그렇게 통곡을 하십니까? 아무리 적벽에서 패했다고는 하나 이곳 남군에 있는 이상 무기와 군사가 갖추어져 있으니 반드시 홋날을 기약할 수 있습니다."

그러자 조조는 고개를 내저으며 말했다.

"꿈속에서 예전 요동 원정에서 죽은 곽가郭嘉를 보았네. 그가 만약 오늘 살아 있었다면, 하고 생각하니…… 나도 푸념을 늘어놓는 나이가 되었나 생각이 들고, 그 또한 슬프기 그지없군. 그대들은 나를 비웃어 주시오."

조조는 가슴을 치며 이어 말했다.

"슬프도다, 곽가여. 애통하구나. 아, 봉효奉考는 다시 오지 않는구나."

그리고 조조는 조인을 불러 말했다.

"내게 목숨이 붙어 있는 한, 적벽의 원한은 반드시 갚을 것이다. 지금은 잠시 허창으로 돌아가서 후일 군비의 재정비에 매진할 수밖에 없다. 너는 남군을 지키고 있으라. 적이 습격 해오더라도 방어만을 생각하고 절대로 성을 나가서는 안 된다."

형주의 남군에서 양양과 합비 두 성을 관통하는 지방은 이제 조조에게 중요한 국방의 외곽선이 되었다. 이에 허창으로 돌아갈 즈음 조조가 다시 조인에게 말했다.

"여기에 상세히 계책을 써두었으니 만약 성이 위험해졌을 때, 이것을 펼쳐보고 쓰여 있는 대로 성을 지키도록 하라."

양양성은 하후돈에게 맡기고, 합비 지방은 중요한 요지여서 장료에게 지키게 했다. 또 악진과 이전을 부장으로 삼아 보좌하도록 했다.

조조는 만전을 기한 후 마침내 남군성을 떠났다. 좌우의 부장과 군사를 남겨두었기 때문에 조조를 따라 허창으로 돌아간 수는 불과 7백 명에 지나지 않았다.

한편 그 무렵 하구성의 성루에서는 승전의 기쁨이 들끓었다. 장비, 조자룡과 병사들은 모두 전장에서 귀환하여 적의 수급과 노획품을 펼쳐놓고 훈공을 겨루었다.

유비를 중심으로 공명도 전승의 축하를 받고 있었지만, 마침 그때 관우가 부하들과 함께 돌아와서 배례했다.

"오, 관운장. 기다리고 있었소. 조조의 목을 가져온 것은 분명 그대일 것이오."

"……."

"장군, 어찌 그런 얼굴로 서 있소? 자, 공을 말하고 공명첩에 기재토록 하시오."

"아닙니다. 아무것도……."

관우는 고개를 숙이고 있을 뿐 목소리마저 풀이 죽어 있었다. 공명은 눈썹을 찡그리며 '아무것도'라는 말의 의미를 물었다.

"실은 제가 이곳에 온 것은 공을 말씀드리기 위함이 아니라 죄를 청하기 위해서입니다. 군법에 준하여 벌을 받고자 합니다."

"뭐요? 그럼 조조가 화용도로 도망오지 않았다는 말인가?"

"군사의 선견지명대로 화용도로 왔습니다만, 제가 무능해서 그만 놓치고 말았습니다."

"뭐라, 놓쳤다고? 관우의 정예병이 당해내지 못할 정도로 적벽에서 패주한 잔병들과 조조가 강했단 말이오?"

"그건 아니지만, 놓치고 말았습니다."

"그렇다면 조조는 잡지 못했다고 해도 그 수하의 장수와 병사는 얼마나 잡았소?"

"한 명도 사로잡지 못했습니다."

"수급은 얼마이오?"

"하나도 없습니다."

"음, 그렇군."

공명은 입을 다문 채 맑은 눈으로 관우를 응시할 뿐이었다.

"관운장."

"예."

"그대는 지난날 조조로부터 받은 은혜에 얽매여 고의로 조조를 보내주었구려."

"지금에 와서 제가 무슨 말을 하겠습니까. 그저 용서를 구할 수밖에는……."

"입 다물라."

공명은 관우를 꾸짖은 다음 병사들에게 명했다.

"군법은 국가의 근본이다. 사사로운 정으로 군령을 어긴 관우의 죄는 용서받을 수 없는 일이다. 무엇을 하는가, 저자를 끌어내서 목을 베도록 하라."

공명이 진심으로 화를 내는 모습을 본 것은 유비도 처음이었다. 좀처럼 화를 내지 않는 선한 사람이 화를 내면 주변 사람도 무서운 법이었다. 하물며 군사의 직책에 있으면서도 평소에 큰소리조차 내지 않던 공명이 단호히 목을 베라고 명한 것이어서 사람들은 모두 크게 놀라 어쩔 줄 몰라 하며 우두커니 서 있었다.

공명의 앞으로 가서 무릎을 꿇은 것은 관우가 아닌 유비였다.

"나와 관우는 예전에 도원결의를 맺고 생사를 함께하기로 맹세했소. 하여 관우의 죽음은 나의 죽음을 의미하오. 오늘의 죄는 용서하기 어려운 일임에 틀림없으나, 나를 봐서라도, 아니 내게 그 죗값을 맡겨 주시오. 후일 반드시 이 죄를 속죄할 공적을 세우도록 하겠소. 군사, 군법을 희롱하는 것이 아니라 잠시 집행을 유예해주기를 부탁하는 것이오."

주군인 유비가 신하의 목숨을 위해, 또 다른 신하에게 무릎을 꿇고 애원했다. 공명은 유비의 말을 물리칠 수 없었다.

"용서할 수 없는 일입니다. 어디까지나 군기는 엄격히 지켜져야 하겠지만, 말씀대로 잠시 처벌을 보류하여 관우의 죄를 유예하도록 하겠습니다."

* * *

수만 명의 포로가 적벽에서 오로 끌려왔다. 오군은 그들을 모두 포용해서 일약 대군이 되었다. 또 정비를 증강하여 강북으로 건너왔다.

어느 날 유비가 중군에 있는 주유에게 사자를 보냈다.

"유비가 사자를 보내왔습니다. 가신인 손건孫乾이라는 자가 선물을 지참하고 승전을 축하하기 위해서라고 합니다."

적벽에서의 대승에 주유뿐 아니라 오의 전군은 파죽지세를 보이며 병사들에 이르기까지 무적 오군이라는 자부심이 넘쳐났다. 주유는 이러한 기세로 남군南郡을 공략하여 다섯 곳의 요새를 격파했다. 그 후 남군성으로 진격하여 진을 친 날이었다.

"유비가? 그럼 들이거라."

손건이 안내를 받으며 들어왔다. 이런저런 이야기 끝에 주유는 손건에게 물었다.

"주군 유비와 공명은 지금 어디에 계시오?"

"유강油江에 계십니다."

"뭐요, 유강?"

주유가 놀란 얼굴로 되물었다.

연회를 끝내고 돌아가는 손건에게 주유가 말했다.

"답례로 머지않아 내가 찾아뵙겠다고 잘 전해주시오."

다음 날 노숙이 주유를 찾아와 물었다.

"어제는 왜 놀란 표정을 지으셨습니까?"

주유가 노숙에게 말했다.

"유비가 유강에 있다는 것은 한 귀로 듣고 한 귀로 흘려버릴 일이 아니오."

"어째서입니까?"

"그가 유강구油江口로 진을 옮겼다는 건 분명히 남군을 공략하려는 야심이 있기 때문이오. 우리 오군은 막대한 군마와 전량錢糧을 쏟아부어 적벽에서 이겼지만 아직 그 전과를 얻지 못하고 있소. 그것을 유비에게 빼앗긴다면 싸운 의미가 없어지게 되오."

"그 점에 대해서는 이전부터 저도 방심할 수 없다고 생각하고 있었습니다."

"서둘러 유비의 진영을 방문하여 못을 박아두어야겠소. 병마와 선물을 준비해주시오."

"알겠습니다. 저도 함께 가겠습니다."

74
삼성三城 공략

주유는 남군성을 공략하다 조조가 남기고 간 계책에 빠져 독화살에 쓰러지고,
유비는 제갈량의 계책으로 형주, 남군, 양양의 삼성을 수중에 넣는다

손건은 유강구에 있는 아군의 진영에 돌아오자마자 유비에게 귀환
을 알렸다. 그리고 주유가 곧 답례를 하러 직접 올 거라는 이야기도 전
했다.

유비가 공명을 바라보며 말했다.

"그 정도 의례에 주유가 직접 답례를 하러 온다는 게 이상하지 않
소? 무엇 때문에 오는 것 같소?"

"물론 남군성이 마음에 걸려 우리의 동태를 살피러 오는 것이겠지
요."

"만약 병사를 이끌고 온다면 어떻게 해야겠소?"

"걱정하지 마십시오. 이번에는 동태만 파악하러 오는 것일 겁니다. 주유와 이야기를 나누실 때 이렇게 말씀하십시오."

공명은 유비에게 무언가를 속삭였다.

얼마 지나지 않은 어느 날, 유강구 강가에 주유가 도착했다. 주유가 병사 3천 명을 거느리고 배에서 내린 후 살펴보니 육상과 강가에 병마와 큰 배가 정연히 늘어서서 깃발을 펄럭이고 있었다.

'예상했던 것보다 무시할 수 없는 병력을 지니고 있구나.'

주유는 속으로 생각하며 조자룡의 배웅을 받아 진영으로 들어갔다.

유비와 공명, 그리고 그 외의 부장들이 주유를 반기며 맞이했고 귀빈의 예를 갖춰 연회의 상좌를 권했다. 유비는 잔을 들어 적벽의 대승을 극찬하며 말했다.

"도독이 강북으로 진출하여 조금이나마 도움이 되고자 급거 이곳 유강구에 진을 쳤습니다. 만약 도독께서 남군을 공략할 의지가 없으시다면, 제가 대신 시도해볼까 합니다."

그러자 주유가 웃으며 말을 받았다.

"천만의 말씀입니다. 오가 형주를 병합하려 노력한 지 오래입니다. 지금 남군은 이미 오의 수중에 있는 것과 마찬가지니 괘념 마십시오."

"수중에 있는 물건이라고 반드시 수중에 넣을 수 있는 것은 아니라는 말도 있습니다. 조조가 허창으로 돌아갈 때 남기고 간 조인은 북국의 명장입니다. 그리 만만한 상대가 아닌 듯 생각됩니다."

주유는 일순 마음이 상했지만, 이내 조소하는 듯 말했다.

"만일 제 손에 넣지 못한다면 황숙의 손으로 공략해도 좋을 듯합니다."

"아, 그렇습니까? 송구합니다만, 이 자리에 있는 노숙과 공명 두 분은 도독께서 지금 하신 말씀을 잘 들어두시기 바랍니다."

"남아일언중천금이거늘, 증인 따원 필요 없소이다."

"나중에 후회하지 않으시려는지요?"

"그럴 일은 없을 것입니다."

주유는 잔을 비우고 다시 웃었다.

곁에 있던 공명이 주유의 말을 칭찬했다.

"과연 주 도독의 말씀은 대국인 오의 관록을 보여주는 데 부족함이 없는 공언公言입니다. 형주의 땅은 당연히 먼저 오군이 공략하는 것이 옳습니다. 그런데 만에 하나라도 오가 취하지 못한다면 유 황숙께서 시험 삼아 공략해보는 것도 좋을 것입니다."

주유가 돌아간 다음, 유비는 한심하다는 듯 공명을 책망했다.

"주유와 대담할 때, 나는 선생이 말한 대로 대응했소이다. 그런데 선생은 주유에게 남군을 취하라 격려하고 돌려보내다니, 대체 무슨 생각이시오?"

"예전에 제가 형주를 취하라고 그토록 말씀을 올렸는데 주군께선 조금도 귀를 기울이지 않으셨습니다."

"우리는 지금 의지할 땅도 없이 이렇듯 궁핍한 처지요. 옛날 이야기는 하지 마시오. 사정이 바뀌지 않았소이까."

"걱정하지 마십시오. 제게 다른 계책이 하나 있습니다. 가까운 시일

안에 반드시 주군이 남군성에 입성하실 수 있도록 하겠습니다."

* * *

진영에 돌아온 주유는 바로 남군성을 공격하기 위한 명령을 내렸다. 그러자 노숙이 주유에게 물었다.

"유비를 만나서 어찌 우리가 남군성을 공략하지 못할 때에는 그보고 남군성을 취해도 좋다고 하셨습니까?"

"그것은 단지 말뿐이었소. 이미 적벽에서 대승을 거둔 아군에게 남군성을 취하는 일은 손바닥을 뒤집는 것보다 쉬운 일이 아니겠소?"

5천 선봉군의 대장에 장흠, 부장에 정봉과 서성을 삼고, 주유의 중군도 전진하여 드디어 남군성 앞에 이르렀다. 그때까지 성안의 조인은 조조가 남기고 간 말을 철칙으로 생각하며 오직 성을 굳게 지키고 있었다. 부하 우금이 조인에게 권했다.

"수성守成은 일정 기간 동안만 가능합니다. 고래로 함락되지 않은 성은 없습니다. 이미 오군이 성 앞까지 닥쳐왔는데, 성을 나가 공격하지 않으면 성안의 사기는 떨어질 것입니다. 그럼 결국에는 오래 견딜 수 없습니다."

"그 말에도 일리가 있다."

조인은 성문을 박차고 나가 적의 선봉인 정봉의 군대를 공격했다. 정봉은 우금에게 도전했지만 이내 꽁무니를 빼고 도망쳤다.

우금의 5백 병사는 도망가는 정봉을 뒤쫓아 적진 깊숙이 들어갔다.

그런데 갑자기 방향을 바꾼 정봉의 군대가 북을 울리고 군사를 규합하더니 우금의 5백 군사를 독 안에 든 쥐의 형상으로 만들어버렸다.

성루에서 상황을 지켜보던 조인은 우금이 위급한 것을 보고 직접 군사를 이끌고 구하러 나가려 했다. 그때 장사長史 진교陣矯가 간했다.

"승상이 성을 맡기고 허창으로 돌아가시면서 뭐라고 하셨습니까?"

"우금은 소중한 장수이고 부하 5백 명은 성안에서도 뛰어난 정예들이다. 저들을 모두 죽게 내버려두는 것은 이 성을 포기하는 것과 같다."

조인이 이렇게 말한 후 병사 천 명을 이끌고 성 밖으로 나가자 진교도 어쩔 수 없이 성루에 뛰어올라 북을 치며 사기를 북돋았다.

조인은 오군의 한가운데로 뛰어 들어가 먼저 서성의 군대를 치고 우금을 구출했다. 그런 다음 아직 5, 60명의 병사가 포위망 속에 남겨져 있는 것을 보고는 모두 구출해서 돌아왔다.

오의 선봉 장흠의 부대가 길을 막고 조인에게 달려들었지만 조인은 종횡무진 분전했고, 성안에서는 아우 조순曹純이 합세하여 싸웠다. 마침내 조인은 목적을 달성했고, 그날 그의 이름을 적에게 각인시켰다.

그날 밤, 성안에서는 서전의 승리를 축하하며 축배를 들었다. 하지만 서전에서 패한 오군의 진영은 살벌한 분위기였다.

"적의 몇 배나 되는 군세로, 게다가 성안에서 나온 군사에게 기습을 당하다니 창피하지도 않은가."

주유는 책임을 물으며 장흠과 서성을 호되게 질책했다.

"내가 직접 남군성을 공략하여 빼앗겠다."

주유는 화를 내며 호언장담했다. 그간 연전연승을 했더 터라 장흠의 작은 패배를 도저히 용납할 수 없었던 것이다.

"그런 사소한 싸움에는 직접 나서지 않으시는 게 좋을 듯합니다."

감녕이 주유에게 간언했다.

"남군과 호각을 이루어 이릉성도 전비를 단단히 갖추고 있습니다. 더욱이 그곳에는 조인과 호응하여 조홍이 지키고 있으니 섣불리 남군에만 집중하다 언제 측면에서 기습을 당할지 모릅니다."

"그럼 어찌하면 좋겠는가?"

"제가 병사 3천 명을 이끌고 이릉성을 공략하겠습니다."

"좋다. 그 전에 남군성은 내 손으로 처리하겠다."

감녕은 강을 건너 이릉성을 공격했다. 남군성에서 그것을 지켜본 조인이 놀라 말했다.

"오군이 이릉을 공격하려고 한다. 이릉은 아직 방비가 완전하지 않으니 조홍이 곤란해질 것이다."

조인이 진교에게 방도를 물었다.

"조순을 장군으로, 우금을 부장으로 삼아 즉각 구원군을 보내는 것이 좋을 듯합니다. 이릉성이 함락되면 이 남군성도 위험해집니다."

조순과 우금은 서둘러 이릉을 돕기 위해 달려갔다. 조순은 외부에서 성안의 조홍과 연락을 취해 한 가지 계책을 약속했다. 그 계책은 힘에 의존하지 않고 모략을 이용하여 적을 속이는 것이었다.

감녕은 그것도 모른 채 패주하는 적병을 몰아붙여 일거에 성을 점령하려고 달려들었다. 그러자 조홍이 달려나와 싸우는 척하다 성을 버리고 도망쳤다.

저녁이 되자 감녕의 군사들은 모두 성안으로 밀려들어가 개가를 올렸다. 하지만 갑자기 조순과 우금이 성의 모든 문을 포위하고, 조홍이 되돌아와서 퇴로까지 차단하자 상황이 역전되어 감녕은 성안에 고립되었다.

그 소식이 주유에게 전해졌고, 주유는 화를 내며 정보에게 대책이 없는지를 물었다. 정보가 주유에게 말했다.

"감녕은 오의 충신으로 죽게 내버려둘 수 없습니다. 그렇다고는 하나 지금 병력을 나눠서 이릉을 공격하면 적은 남군성을 나와 우리를 협공할 것입니다."

여몽이 이어서 의견을 내놓았다.

"이곳은 능통에게 맡겨도 충분할 것입니다. 감녕을 구하는 것이 최우선입니다. 제가 선봉을 맡고 도독이 후진을 맡으신다면 반드시 열흘 이내에 목적을 이룰 수 있을 것입니다."

주유는 고개를 끄덕이며 능통에게 물었다.

"능통, 괜찮겠는가?"

능통은 괜찮다고 말하며 다짐을 두었다.

"하나 기껏해야 열흘입니다. 열흘 동안은 반드시 지켜낼 것이지만, 그 이상 시일이 지나면 버티지 못할 것입니다."

"그렇게 시일이 걸릴 만큼 어려운 상대가 아니다."

주유는 군사 만 명을 능통에게 남기고 모든 주력을 모아 이릉으로 이동했다.

도중에 여몽이 주유에게 한 가지 책략을 말했다.

"앞으로 공격할 이릉의 남쪽에는 좁고 험한 길이 있습니다. 부근의 골짜기에 5백 명 정도의 병력을 숨겨두고 잡목 더미를 쌓아 길을 차단해두면 반드시 나중에 큰 도움이 될 듯합니다."

주유는 여몽의 의견을 받아들인 후 다시 이릉으로 향했다.

이릉성은 적에게 둘러싸여 있었다.

"누가 성안에 들어가 감녕과 연락을 취할 자는 없는가?"

주유가 묻자 주태가 자진해서 나섰다.

주태는 진중에서 가장 빠른 말을 골라 타고 적의 포위망을 향해 달려갔다. 조홍과 조순의 부하들은 단기필마로 쏜살처럼 달려오는 사람이 설마 적이라고는 생각하지 못했다. 하지만 점점 가깝게 다가오자 의심스러운 마음에 그를 저지하려 했다.

주태는 검을 뽑아 춤을 추듯 말 위에서 휘두르며 말했다.

"멀리 허창에서 온 전령이다. 승상의 명을 띤 파발마이니, 너희가 상관할 바가 아니다. 다가오면 베어버리겠다."

주태는 더욱 빨리 말을 달려 적진을 관통했다. 마침내 이릉성 아래까지 이르러서는 성을 올려다보며 말했다.

"감녕, 성문을 여시오."

망루에서 지켜보던 감녕이 깜짝 놀라며 주태를 맞아들였다. 주태가 감녕에게 말했다.

"이젠 괜찮소. 안심하시오. 주 도독이 직접 구하러 오셨소. 그리고 작전은 바로……."

두 사람은 서로 고개를 끄덕였다.

조홍과 조순은 수상한 사람이 혼자서 성안으로 들어갔고, 그 후에 성안 병사들의 사기가 올라간 것을 보고는 그대로 두어서는 안 된다고 생각했다.

"주유의 원군이 가까워졌다는 증거이다. 어물거리다가는 협공을 당하게 된다. 어떻게 하는 것이 좋겠는가."

"그렇다고 갑자기 성을 빼앗을 수도 없다. 이렇게 되고 보니, 감녕을 일부러 성으로 끌어들여 가두는 계책은 명안인 듯했는데, 실은 하책 중의 하책이었구나."

"지금에 와서 그런 푸념을 늘어놓아봤자 소용이 없소. 남군에 전령을 보냈으니, 형 조인이 가세하러 오기를 기다려봅시다."

다음 날 주유의 대군이 왔다. 조홍, 조순, 우금이 당황하며 부산스럽게 대적해보았지만 상대가 되지 않았다. 그들은 진이 무너지자 패주하느라 여념이 없었다. 게다가 주유의 맹추격을 받은 후 도중에 험한 샛길에 이르자 길에 쌓여 있는 잡목 더미에 발목이 잡히고 말았다. 골짜기로 굴러떨어지는 사람, 말을 버리고 도망치다 화살을 맞고 죽는 사람 등 그 추태가 말이 아니었다.

오의 군세는 여세를 몰아 진격하여 드디어 남군성 밖 10리까지 육박해왔다. 남군성으로 피신한 조홍과 조순은 형 조인을 만나자 암담한 얼굴로 말했다.

"승상의 말씀대로, 처음부터 절대로 성에서 나가지 말고 성문을 굳게 닫은 채 방어만 했어야 했다."

"아! 그렇구나. 잊고 있었다."

조인은 갑자기 깨달은 듯 무릎을 쳤다. 조조가 허도로 돌아가면서 위급한 상황에서 펼쳐보라고 한 계책이 생각났다. 그 안에 어떤 비책이 들어 있을 것이라는 희망이 생겼다.

***

한편 주유는 득의만면했다. 이릉을 점령하고 무사히 감녕을 구해낸 뒤에 남군성을 포위했다. 성 밖에 높은 망루를 세워 그 위에서 성안의 적의 방어 태세를 내려다보던 주유가 문득 중얼거렸다.

"허리춤에 식량 주머니를 차고 있는 것을 보니, 적병이 모두 도망칠 준비를 하는 듯하구나."

성안의 적병은 대체로 세 갈래로 나뉘어져 있었다. 모두 바깥 성루와 외문에 나와 있어서 본채나 담장 아래에는 깃발만 가득 꽂혀 있을 뿐 병사들의 모습이 보이지 않았다.

"흠, 조인도 이곳을 지키기 어렵다는 걸 알고 밖에서 볼 때 견고하게 방어진을 친 것처럼 보이게 한 후, 안으로는 도망칠 준비를 하고 있는 게 틀림없다. 좋다, 단숨에 쳐들어가자꾸나."

주유는 후진을 정보에게 맡긴 후 선봉대를 이끌고 성안으로 돌격했다. 그러자 적병 속에서 조홍이 달려나왔다.

"주유가 왔느냐? 호북의 맹장 조홍이 여기 있다. 자, 겨뤄보자."

"이릉에서 도망치기 바빴던 조홍이구나. 부끄러움을 모르는 패장과 어찌 칼을 섞을 수 있겠느냐. 누가 저 패장을 처리하겠는가?"

그때 한당이 말을 몰고 나왔다. 두 사람이 칼을 겨룬 지 30여 합이 되었을 때, 조홍은 당해낼 수 없다는 듯 뒷걸음질을 쳤다. 그러자 바로 조홍을 대신하여 조인이 큰소리를 치며 말을 몰고 나왔다.

"주유가 겁이 나는 게로구나. 떳떳이 나와서 나와 겨뤄보자."

오의 주태가 조인을 향해 달려들자 조인은 몇 합 겨루다 말고 물러 갔다. 상황이 이렇다 보니 성안의 적병은 무너지고 오군은 기세를 올 리며 달려들었다.

"지금이다. 이 기회를 놓치지 마라."

주유는 큰 소리로 외치면 군사를 이끌고 선두에서 달려나갔다. 조인 과 조홍을 비롯한 적병들은 숨 쉴 틈도 없이 몰아붙이는 오군의 맹공에 싸울 의지를 잃었는지 모두 성문으로 빠져나가 서북쪽으로 도망갔다.

주유는 이미 성문 아래까지 와 있었다. 둘러보니 마치 적이 계획적 으로 성안을 비운 것처럼 성의 사대문이 활짝 열려져 있었다.

"성 위에 올라 오의 기를 꽂아라."

주유는 이미 성을 점령한 듯 뒤에 있는 기수에게 소리치며 성문 안 으로 들어갔다. 그때 문루 위에서 그 모습을 몰래 지켜보던 진교가 감 탄하며 말했다.

"바로 우리 계략에 넘어왔구나. 승상의 비책은 정말 신묘하도다."

진교가 봉화통에 불을 당기자 함성과 함께 문루 위로 노란 연기가 피어올랐다. 그 순간 주변의 성벽 위에서 화살과 철포가 빗발치듯 주 유를 향해 날아왔다. 주유는 깜짝 놀라 말을 돌리려고 했지만, 뒤에서 물밀듯 밀려오는 아군과 뒤엉키고 말았다. 그렇게 우왕좌왕하는 사이

발밑의 땅이 꺼졌다. 함정이었다. 함정에 빠진 병사들이 그곳에서 기어 올라오자 화살이 쏟아졌다. 주유는 간신히 주위의 말을 잡아타고 문밖으로 도망쳤다. 하지만 그를 쫓듯 한 발의 화살이 바람을 가르며 날아와 그의 어깨에 꽂혔다.

주유는 말에서 굴러떨어졌다. 적장 우금이 주유의 목을 노리고 말을 타고 달려왔다. 그때 정봉과 서성이 말의 양 무릎을 후려쳐서 우금을 떨어뜨린 다음 주유를 둘러업고 오의 진영으로 도망쳤다.

해자에 빠져 죽은 사람, 화살에 맞아 쓰러진 사람 등등 성의 사대문에서 혼란에 빠진 오군의 피해는 그 수가 막대했다.

당황한 정보는 즉각 총퇴각을 명했다. 그리고 남군성에서 멀리 후퇴한 후 서둘러 의원을 불러 화살을 맞은 주유를 치유하게 했다.

"화살이 왼쪽 어깨뼈를 부수고 안으로 파고 들어갔습니다."

의원은 곤란한 표정으로 환부를 응시하다 곁에 있던 제자에게 톱과 망치를 달라고 했다.

정보가 깜짝 놀라며 무엇을 하려는지 묻자 의원이 환자의 상처를 가리키며 말했다.

"보십시오. 아무것도 모르는 사람이 무리하게 화살을 뽑는 바람에 화살이 안에서 부러져 뼛속에 화살촉이 남아 있습니다. 이렇게 하는 수밖에는 달리 방법이 없습니다."

의원은 톱과 망치를 이용해 뼈를 파기 시작했다.

주유는 비명을 지르며 그만두라고 했다. 하지만 의원은 제자와 정보에게 주유의 팔과 다리를 잡으라고 하고 계속 망치질을 했다. 예상 외로 결과는 좋았다. 며칠 후 주유는 고열이 내리고 병상에서 일어날 수 있었다.

"아직은 안심할 때가 아닙니다. 화살에 독이 묻어 있어서, 화를 내거나 격해지면 다시 통증과 열이 날 것입니다."

정보는 의원의 말에 따라 주유를 중군에서 내보내지 않았다. 또 병사들에게 아무리 적이 도발해오더라도 문을 굳게 닫고 상대하지 말라며 엄하게 지시했다.

한편 조인과 병사들은 다시 성으로 돌아와 기세를 올렸다. 특히 조인의 부하 우금이 앞장서서 주유의 진영 앞으로 나아갔다.

"오의 무리들은 어찌 된 것이냐? 여기에는 사람이 없는가? 아무리 싸움에서 졌다고 해고 언제까지 꼬리를 말고 쥐 죽은 듯 있을 것인가? 깨끗하게 항복하거나 그렇지 않으면 깃발을 내리고 물러가라."

그럼에도 오군은 아무런 반응이 없었다. 다음 날 우금이 다시 찾아와 비방과 욕설을 퍼부었지만 정보는 오로지 주유의 병이 재발하는 게 무서워 상대도 하지 않았다.

우금이 계속 찾아오자, 정보가 우선 병사들을 수습하여 오국으로 돌아가 주유의 상처가 완전히 치유된 후에 다시 군사를 일으키자는 의견을 냈다. 하지만 다른 장수들이 동의하지 않았다.

그러는 사이, 조인이 직접 대군을 이끌고 진군해왔다. 주유에게는 비밀로 했지만, 어느덧 그 소식이 주유에게 전해지고 말았다. 주유는 무인인지라 계속 누워 있을 수만은 없었다.

"저 함성은 무엇인가?"

정보가 대답했다.

"아군의 훈련 소리입니다."

귀를 기울이고 있던 주유가 돌연 벌떡 일어나 갑옷과 검을 달라고 소리치며 말했다.

"대장부가 나라를 나와 시신으로 돌아가는 것은 자랑스러운 일이다. 이 정도의 부상으로 호들갑 떨지 말라."

마침내 주유가 밖으로 뛰어나왔다. 그러고는 아직 완치되지 않은 몸으로 갑옷을 입고 가까스로 말에 오르더니 병사 수백 명을 이끌고 진영을 나왔다.

그 모습을 본 조인의 병사는 아직 주유가 살아 있는 것을 보고 무서워하며 동요했다. 멀리서 전장을 조망하고 있던 조인이 명령했다.

"분명 주유임에 틀림없다. 아직 금창金瘡이 나았을 리 없다. 금창은 기가 격해지면 파상하여 재발하는 병이다. 모두 주유의 화를 돋우어라."

조인도 선두에 서서 주유를 조롱했다.

"주유야, 화살을 맞은 상처는 아물었느냐? 기분은 어떠하냐? 이번엔 창이 기다리고 있다."

조인의 병사들도 그를 따라 험담과 욕설을 퍼부었다. 그러자 주유가 얼굴 가득 노기를 띠며 말했다.

"누가 저 조인의 목을 가져오라."

주유가 소리를 지르며 직접 나아가려고 말의 고삐를 당겼다.

"여기 반장이 있습니다. 제가 가서 가져오겠습니다."

뒤에 있던 반장이 뛰쳐나가려는 순간, 주유가 피를 토하며 말에서 굴러떨어졌다. 그것을 본 조인이 "주유가 피를 토했다"라고 외치며 공격해왔다.

당황한 오군은 전열이 무너지고 말았다. 부장들은 주유를 추슬러 도망쳤다. 그날의 패배 역시 비참했다.

주유를 둘러싸고 깊은 근심이 감돌았다. 하지만 주유는 의외로 건강한 모습으로 의원이 권하는 탕약을 마시면서 아군의 부장들에게 말을 걸었다.

"오늘 말에서 떨어진 것은 일부러 그런 것이지 금창이 터진 것이 아니오. 조인이 나를 욕하는 계책을 반대로 이용하여 짐짓 피를 토하는 것처럼 보인 것이오. 어서 진영에 상喪을 알리는 깃발을 세우고 조가를 연주하고 주유가 죽었다는 소문을 퍼뜨리시오."

다음 날 저녁 무렵, 조인의 부하가 성 밖에서 오군의 병사들을 사로잡아 심문했다.

"어젯밤 그만 오의 대도독 주유가 금창이 재발하여 돌아가셨습니다. 그래서 오군은 급히 본국으로 철수하기로 했습니다. 이제 오는 승산이 없습니다. 그러니 진영에 돌아가봐야 보람도 없을 것이고, 그래서 저희끼리 논의 끝에 항복하러 온 것입니다. 만일 저희를 거두어주신다면 오늘 밤에 오의 진영으로 안내하겠습니다. 상을 당해 의기소침해 있는 틈을 타 기습하면 반드시 남은 오군을 섬멸할 수 있을 것입니다."

조인, 조홍, 조순, 우금 등은 머리를 맞대고 상의한 후 한밤중에 오의 진영으로 쳐들어갔다. 그런데 오의 진중에는 깃발만 서 있을 뿐 사람의 기척이 없었고, 버려진 화톳불만 곳곳에서 불타고 있었다.

"벌써 이곳을 버리고 철수한 것인가?"

그때 갑자기 동문에서 한당과 장흠, 서문에서 주태와 반장, 남문에서 서성과 정봉, 북의 책문에서 진무와 여몽이 이끄는 오의 군사가 함성을 지르고 징을 두드리며 공격해왔다. 텅 빈 진중에 들어갔던 조인 등과 병사들은 대경실색하며 어쩔 줄 몰라 하다 군사의 절반이 몰살당하고 팔방으로 흩어졌다.

조인, 조순, 조홍 등은 남군으로 도망치려고 했지만 감녕이 길을 막고 있어 성안으로 들어가지 못하고 양양 방면으로 도망칠 수밖에 없었다.

죽었다던 주유는 살아 있었다. 그날 밤 주유는 정보를 데리고 오의 정기를 높이 세우기 위해 의기양양 남군성의 해자 부근까지 왔다. 그곳에서 보니 성벽 위에는 낯선 깃발들이 꽂혀 있었고, 성루 위에는 무장 하나가 버티고 서서 아래를 내려다보고 있었다.

주유는 의아해하며 성루에 서 있는 사람에게 누구인지 물었다. 그러자 상대방이 큰 소리로 대답했다.

"상산의 조자룡이오. 공명의 명을 받고 이미 남군성을 점령하였소. 안됐소만 주 도독이 한발 늦었으니 돌아가시오."

주유는 하는 수 없이 발길을 돌렸지만, 바로 감녕을 불러 형주성으로 보냈다. 또한 능통을 불러 양양을 탈환하라고 명했다.

"공명에게 선수를 빼앗겼구나!"

주유는 이번에는 때를 놓치지 않고 형주와 양양 두 성을 취한 후에 남군성을 빼앗아야겠다고 마음먹었다. 하지만 어느새 파발이 와서는 형주성도 벌써 장비의 수중에 들어갔다고 보고했다. 주유가 어이없어 하는 와중에 양양에서도 파발이 왔다.

"이미 늦었습니다. 양양성에는 관우가 있으며, 성루 높이 유비의 기가 휘날리고 있습니다."

공명은 남군성을 취하자마자 바로 형주로 사람을 보냈는데, 조인의 병부를 이용해 오의 장수에게 남군이 위태로우니 즉각 도우라는 말을 전하게 한 것이었다. 형주성을 지키는 장수가 병부를 믿고 바로 도우러 가자, 공명은 성안이 텅 비는 것을 기다렸다가 바로 장비를 보내 형주를 점령하게 했다. 공명은 같은 수법으로 양양에 사람을 보내 지금 양양이 위태로우니 오의 군사를 밖에서 공략하라는 격문을 전달하게 했다. 양양성을 지키고 있던 하후돈은 조인의 병부를 보고 의심할 여유도 없이 바로 형주로 달려갔다. 그 후 공명의 명을 받은 관우가 바로 성을 점령했다. 그렇게 남군, 양양, 형주 세 개의 성은 피를 흘리지 않고 공명의 수중에 들어가게 된 것이었다.

주유는 금방이라도 실신할 것 같은 얼굴로 말했다.

"도대체 어찌하여 조인의 병부가 공명의 손에 있는 것인가?"

정보가 고개를 숙이며 말했다.

"공명은 이미 형주를 취했습니다. 형주성에 있던 위의 진교가 성에 기를 올리기 전에 공명이 그를 사로잡은 게 틀림없습니다. 병부는 항상 진교가 소지하고 있었습니다."

주유는 그 말을 듣자마자 신음 소리를 내며 쓰러졌다. 이번에는 계책이 아니라, 진짜로 노기가 탱천하여 금창 부위가 터진 것이었다. 주유는 치료를 받고 간신이 기운을 차린 후 어금니를 깨물며 말했다.

"이런 일을 예상하고 내가 일찍부터 공명을 위험인물이라고 한 것이다. 만일 공명을 죽이지 못한다면 내 마음이 편할 날이 없을 것이다. 두고 보아라, 다음에는 꼭 없애고 말 것이다!"

주유는 오직 남군을 탈환할 계책에만 골몰했다. 그러던 어느 날, 노숙이 찾아왔다.

"몸은 어떠십니까?"

"가까운 시일 안에 유비, 공명과 일전을 겨뤄 남군을 손에 넣은 뒤 오로 돌아가 요양을 하려고 하오."

주유의 말에 노숙이 고개를 내저으며 말했다.

"소용없는 일입니다. 조조와 적벽에서 싸워 승리하긴 했지만, 아직 조조는 건재합니다. 승패의 갈림길은 이제부터입니다. 반면 오후께서는 얼마 전부터 합비를 공격하고 있습니다. 형세가 이러한데, 여기서 유비와 전쟁을 벌이시는 건 조조가 가장 바라는 일일 것입니다."

주유는 그런 상황에 대해 잘 알고 있었고, 마음이 복잡했지만 완고하게 말했다.

"우리 대군이 적벽에서 위를 물리치는데, 막대한 병력과 군비를 희생하지 않았소. 그 전과인 형주를 아무것도 하지 않은 유비가 가로챘는데, 어찌 가만있을 수 있겠소."

"지당하신 말씀입니다. 그래서 제가 유비를 만나 도리에 대해 논해 볼까 합니다."

노숙은 당장 남군성으로 갔다. 성루 위에서 노숙을 본 조자룡이 말을 걸었다.

"오의 노숙 공께서 어인 일로 오셨습니까?"

"유 황숙을 뵈러 왔소이다."

"유 황숙께서는 형주성에 계시니 그리로 가보십시오."

노숙은 형주로 서둘러 발길을 돌렸다. 형주성에 다다르니 깃발이며 마을의 모습이며 군대까지 모두 유비의 흔적으로 가득했다. 노숙의 입에서 탄식이 흘러나왔다.

"오랜만에 뵙습니다."

공명은 노숙을 예를 갖춰 맞이했다. 하지만 노숙은 공명을 힐난했다.

"조조군 백만의 남벌로 오국은 막대한 전량을 소비했습니다. 게다가 병마와 전선을 동원해 필사적으로 싸웠기 때문에 조조군을 격파하고 서로 어려운 처지를 벗어날 수 있었습니다. 그 전과로서 형주는 당연히 오에 귀속되어야 한다고 생각하는데, 선생은 어찌 생각하십니까?"

공명은 웃으며 말했다.

"말씀이 조금 이상하십니다. 형주는 형주의 것이지 조조의 것이 아니니 오에 귀속되어야 할 이유가 없는 나라입니다."

"그게 무슨 말씀입니까?"

"형주의 왕 유표는 돌아가셨지만 적자인 유기 공자는 유 황숙과는 같은 가문의 후손, 즉 숙부와 생질이지 않습니까. 그러니 공자를 도와 형주의 부흥을 돕는 것은 숙부로서 마땅히 해야 할 도리입니다."

"유기 공자는 분명 강하성에 있다고 들었습니다. 그런데 어찌 형주의 주인이라 하십니까?"

공명이 좌우에 있는 부하들을 보며 말했다.

"공께서 의심을 하는 듯하니 공자를 모셔오너라."

곧 뒤편의 병풍이 열렸고, 수척해 보이는 공자가 부하들의 손을 잡고 나와 노숙에게 인사를 했다. 분명히 유기였다.

"지금 병중이시니 그만 안으로 모셔라."

공명의 말에 유기는 이내 안으로 들어갔다. 노숙은 아무 말 없이 고개를 숙였다. 그런 노숙을 보며 공명이 말했다.

"공자는 형주의 왕입니다. 지금 병환이 깊으시니, 요절이라도 하시면 이야기는 달라지겠지만 말입니다."

"그럼 유 공자가 세상을 하직하는 날에는 형주를 오에게 돌려주시겠소?"

"만일 그렇다면 어느 누구도 이론을 제기하지 않을 것입니다."

공명은 노숙에게 음식을 대접하여 환대했지만 노숙은 마음이 급해 서둘러 돌아갔다. 그러고는 주유에게 전말을 상세히 전했다.

"오래 걸리지 않을 것입니다. 유기의 혈색을 보니 얼마 버티지 못할 듯합니다. 그러니 지금은 기다리시는 것이 좋을 듯싶습니다."

노숙이 주유를 달래고 있을 때, 마침 손권에게서 파발이 왔다. 파발의 내용은 전군 모두 형주를 버리고 시상까지 철수하라는 군령이었다.

75

교룡蛟龍이 물을 만나 대해로 나가다

유비는 마량의 진언에 따라 남사군南四郡 원정길에 올라
장사長沙에서 노장 황충과 용장 위연을 얻기에 이른다

유비는 형주, 양양, 남군의 삼성을 일거에 손에 넣었지만 자만을 경
계했다.

유비가 공명에게 말을 건넸다.

"선생."

"예, 말씀하시지요."

"쉽게 얻은 것은 잃는 것 또한 쉽다 했소. 세 곳의 성은 선생의 계책
으로 너무 쉽게 우리 손에 들어왔지만, 그런 만큼 지켜낼 계책도 생각
해야 할 것입니다."

"지당하신 말씀이지만, 절대로 그렇지 않습니다. 주군의 다년간 신고辛苦로 세 곳의 성을 손에 넣을 수 있었던 것이지 결코 갑자기 굴러들어온 것이 아닙니다."

"그렇지만 한 차례도 싸우지 않고, 병력의 손실도 없이 얻었다는 것은 너무나 운이 좋았다 할 수 있지 않소이까?"

"겸손의 말씀입니다. 모두 주군의 공덕과 다년간 노고의 결과입니다. 만약 이제까지 주군께 덕과 노력이 없었다면, 오늘날 저 공명도 아군의 진영에 없었을 것입니다."

"그럼 선생께서 부디 이 유비에게 덕을 쌓을 수 있는 장구의 계를 가르쳐주시길 바라오."

"사람입니다. 모든 것은 사람에게 있습니다. 영지를 확대할 때마다 이것을 가장 중요하게 생각하십시오."

"형주와 양주 땅에 인재가 있겠습니까?"

"양양 의성宜城 사람으로 자가 계상季常이요, 이름이 마량馬良인 자가 있습니다. 그의 다섯 형제가 모두 재명才名이 높은데, 이를 두고 사람들은 마씨馬氏 오상五常이라 부릅니다. 그중 마량이 가장 뛰어나고 동생인 마속馬謖도 병서에 정통한 무인입니다."

"모시길 청하면 오시겠소?"

"이적伊籍과 친분이 두텁다 하니 이적에게 모셔오도록 하십시오."

유비는 급히 이적을 보냈다.

이윽고 마량이 성으로 왔다. 그는 눈을 맞은 듯 눈썹이 희었다. 세상 사람들은 마씨의 오상 중 백미白眉가 가장 낫다고 했다.

유비가 마량에게 물었다.

"선생께서는 이 지방의 정세와 형편에 밝으신 줄 압니다. 저는 최근 삼성을 차지하고 이곳에 임하게 되었는데, 장차 어찌하면 좋겠습니까?"

"역시 유기군을 앞세우셔야 할 것입니다. 병중이신 유기군을 형주성에 모시고 옛 신하들을 불러들여 공자를 돌보게 하십시오. 또 황제께 상소를 올려 공자를 형주 자사刺史로 삼으면 백성들은 모두 황숙의 인덕과 공명한 처리에 기뻐하며 따를 것입니다. 이를 근본으로 하여 남쪽 네 개의 군을 취하는 것이 좋을 듯합니다."

"네 군의 현재 정세는 어떻습니까?"

"무릉武陵에는 태수 금선金旋이 있고, 장사長沙에는 한현韓玄, 계양桂陽에는 조범趙範, 영릉零陵에는 유도劉度가 각각 세력을 굳히고 있습니다. 이 사군은 모두 쌀과 물고기 수확이 많으며 운송 체계가 잘 잡혀 있고 땅도 비옥합니다. 이 정도면 형주와 양양을 오래 지킬 계책으로 족할 것입니다."

"사군을 공략하는 방법이 없겠습니까?"

"상강湘江의 서쪽인 영릉(호남성·영릉)에서부터 공략하는 게 순서입니다. 다음으로 계양, 무릉을 취하고 장사로 진출하는 것이 순리인 듯합니다. 즉 병의 진로는 흐르는 물과 같습니다. 물이 흘러가는 곳이 자연의 병로兵路라 할 수 있습니다."

마량의 말은 모든 것을 한눈에 꿰뚫어보는 듯했다. 유비는 자신감이 생겼고, 아군 어느 누구도 마량의 말에 이론이 없었다.

건안 13년 겨울, 유비의 군사 만 5천 명은 남사군의 장도에 올랐다.

조자룡을 후진으로 삼고, 유비와 공명이 중군이었다. 그렇지만 관우는 뒤에 남아 형주를 지켜야 했다.

유비의 군사가 온다는 소식에 영릉은 동요했다.

영릉태수 유도는 적자인 유연劉延을 불러 유비를 막을 방법에 대해 논의했다.

유도의 얼굴에 두려움이 서렸다. 유연이 늠름하게 말했다.

"관우와 장비 등이 이름을 떨치고 있지만, 우리에겐 형도영邢道榮이 있지 않습니까?"

"형도영이라면 그들을 당해낼 수 있겠느냐?"

"네, 형도영이라면 관우와 장비의 목을 취하는 것쯤은 어렵지 않을 것입니다. 60근이나 되는 큰 도끼를 자유자재로 부릴 줄 아는 무쌍 호걸이고, 무예도 예전의 염파廉頗와 이목李牧보다 뛰어나면 뛰어났지 처지지 않습니다."

유연은 아버지로부터 병사 만 명을 받은 후 형도영을 선진으로 삼아 성 밖 30리에 진을 쳤다. 그때 그 부근까지 유비의 군사 만 5천 명이 진군해 있었다.

"반군의 역적, 폭군이 어찌 우리 경계를 침범하느냐?"

형도영이 큰소리를 치며 앞으로 나왔다. 그의 유명한 큰 도끼는 이미 붉은 피로 물들어 있었다. 그때 형도영의 앞에 사륜거 한 대가 먼지를 일으키며 달려나왔다. 그 위에는 나이가 스물여덟이나 아홉 정도로 보이는 단려한 인물이 타고 있었다. 그는 머리에 윤건을 쓰고 몸에 학창의鶴氅衣를 입고 손에 하얀 공작의 깃털로 만든 부채(백우선白羽扇)

를 들고 있었다. 형도영이 말을 멈추자 그는 손에 든 하얀 부채로 형도영을 가리키며 말했다.

"거기에 있는 것은 큰 도끼를 잘 쓴다는 영릉의 소인인가? 나는 남양의 제갈공명이다. 조조의 백만 대군도 나의 작은 계책 하나에 살아 돌아간 자가 적거늘, 호남의 촌부인 네가 무엇을 하려는 것이냐? 어서 항복하여 백성들의 고초를 조금이라도 적게 하고 목숨을 부지하여라."

"아하하하. 적벽에서 조조를 무찌른 것은 오의 주유의 지략과 병력이다. 누굴 속이려 드느냐."

형도영이 머리 위로 도끼를 휘두르며 달려들었다. 공명의 사륜거는 곧바로 뒤돌아 도망쳤다. 형도영은 소리치며 공명을 뒤쫓았다. 사륜거는 아군 속으로 깊이 도망쳐 책문 속으로 들어가버렸다.

"공명은 그 목을 놓아두고 가거라."

형도영은 포기하지 않았다. 물결을 가르듯 도끼를 휘둘러 병사들을 쓰러뜨렸고, 어느덧 책문을 넘어 사륜거의 행방을 찾아 깊숙한 곳까지 들어왔다. 그러자 산허리에서 황기를 펄럭이며 그 광경을 바라보고 있던 부대가 움직이기 시작했다. 그 부대 맨 앞에서 말을 타고 달려온 장수가 큰 창을 비껴들고 소리쳤다.

"여기 연인 장비가 있다. 어리석은 자로구나. 내게 걸리다니."

"뭐라 지껄이느냐. 여기 도끼가 보이지 않느냐."

형도영은 자신만만하게 장비를 맞이했다. 일장팔척一丈八尺의 대창과 60근의 도끼는 무게로 따지면 호각이었지만, 역량을 보면 장비의 대창이 훨씬 우월했다.

장비와 대결을 펼치자 형도영은 당해낼 수 없다는 걸 알고 도망치기 시작했다. 그때 도망가는 그의 앞길을 또 다른 장수가 막아섰다.

"상산 조자룡이 여기 있다. 형도영, 쓸모없는 도끼를 땅에 내려놓아라."

조자룡의 말에 형도영은 말에서 내렸다. 말에서 내리는 것은 항복을 의미했다.

조자룡은 이내 그를 묶어서 본진으로 끌고 갔다. 유비가 그를 보고 목을 베라고 했지만, 공명이 만류하며 그에게 물었다.

"네 손으로 유연을 잡아오면 목숨도 살려주고 중용하겠노라. 그렇게 하겠느냐?"

"밧줄을 풀어 저를 보내주신다면 그것이야말로 쉬운 일입니다."

"한데 어떻게 유연을 잡아올 수 있겠느냐?"

"오늘 밤 유연의 진영을 공격하십시오. 제가 안에서 도와 반드시 유연을 포로로 잡아오겠습니다. 유연이 잡히면 아버지인 태수 유도도 성문을 열 것입니다."

유비가 그의 가벼운 입놀림을 살피더니 말했다.

"거짓말은 절로 얼굴에 나타나는 법이다. 군사, 이런 자를 중용하는 것은 무용합니다. 빨리 목을 치시오."

공명은 더욱 유비의 말에 반하여 고개를 내저으며 말했다.

"아닙니다. 제가 보기엔 형도영의 말에는 거짓이 없는 듯합니다. 재주도 있는 듯하니 이를 아껴 중용하는 것도 군자의 도리일 것입니다. 좋다, 그럼 형도영의 계책에 따라 오늘 밤 공격을 감행하겠다."

공명은 그 자리에서 밧줄을 풀어 형도영을 보내주었다. 목숨을 연명한 형도영은 아군의 진영으로 도망가자마자 유연에게 오늘 밤 적이 기습해올 것을 알렸다. 유연은 서둘러 방어책을 마련했다. 낮의 합전에서 위군의 실력을 맛보았기에 정공법보다 방어책을 선택한 것이었다. 진중에는 깃발만 세워놓고 병사들은 모두 다른 곳에 매복하고 있었다. 그리고 밤 이경 무렵이 되자 정말로 한 무리의 군사가 손에 횃불을 들고 함성을 지르며 진중 곳곳에 불을 질렀다.

"왔다. 숨어라."

유연과 형도영의 병사들은 두 갈래로 나뉘어 사방에서 그들을 공격했다. 유비의 기습병들은 뿔뿔이 흩어져 도망갔다. 유연과 형도영은 여세를 몰아 10리 정도 추격했다. 그러다 의외로 도망친 병사들의 수가 적다는 것을 눈치채고 더 이상 쫓지 말라고 명령했다. 유연이 형도영을 불러 말했다.

"진중의 불도 꺼야 하니 이만큼 했으면 충분하다. 이쯤에서 철수하자."

그때 갑자기 길옆에서 군사들이 쏟아져 나왔다.

"도영! 어디서 갈팡질팡하고 있느냐? 여기 장비가 있다."

장비는 도망치던 적들과는 달리 사기를 올리며 파죽지세로 유연과 형도영의 군사를 끊고 기습을 가했다.

"아, 적에게 이런 계책이 있었구나."

유연과 형도영은 당황해서 허둥지둥 자신들의 진영으로 도망쳤다. 하지만 이번에는 다른 일군이 진영에 나타났다.

"조자룡이 여기서 네놈들을 기다리고 있었다."

형도영은 놀라 오던 길로 도망치려 했지만 조자룡의 창을 맞고 곧바로 쓰러졌다. 유연도 사로잡혔다. 날이 샐 무렵에는 공명의 사륜거 앞에 유연의 아비 유도도 손을 들고 나와 항복했다.

유비와 공명은 말 머리를 나란히 한 채 영릉에 입성했다. 태수 유도는 그대로 영릉을 다스리게 하고 아들 유연은 장수로 삼아 계양으로 진군했다.

계양을 공격하는 날이었다. 유비가 장수들을 둘러보며 누가 선진에 설 것인지 묻자 조자룡이 가장 먼저 손을 들며 자청했다.

"조운의 대답이 가장 빨랐습니다. 조운에게 명하는 게 어떨까 싶습니다."

공명이 유비에게 속삭였다. 그때 선진에 서기를 희망했던 장비가 이의를 제기했다.

"지금껏 대답이 빠르냐, 늦으냐의 기준으로 선진을 정한 전례는 없습니다. 어찌 저를 쓰지 않으십니까?"

공명은 어쩔 수 없이 앞서 말한 내용을 철회하고 제비뽑기를 제안했다. 조자룡이 '선先'을 뽑고 장비가 '후後'를 뽑았다. 조자룡은 기뻐했지만 장비는 여전히 투덜거리다 유비에게 혼이 난 후 물러갔다.

공명이 조자룡에게 군사 3천 명을 내리며 충분한지 묻자 조자룡이 호언장담했다.

"만일 패전을 하면 군벌을 받겠습니다."

조자룡은 즉각 계양성 공략을 위해 출발했다.

계양성에는 세상에 널리 알려진 두 명의 용장이 있었다. 한 명은 포룡鮑龍인데, 호랑이를 맨손으로 잡았고, 또 한 명은 진응陳應인데, 산도 뽑을 만한 힘을 가진 장수였다. 그에 반해 태수 조범은 유약한 인물이었다.

"지금 유비의 군사가 코앞에 이르렀으니 방루를 쌓을 시간도, 군사들을 훈련시킬 시간도 없소이다. 그러니 빨리 항복하여 하다못해 영지라도 보존받는 게 좋지 않겠소?"

태수의 말을 들은 포룡과 진응이 태수를 강하게 힐책했다.

"유현덕은 천자의 황숙이라 불리지만, 사실은 촌구석의 필부로 짚신이나 만들어 팔던 자에 지나지 않습니다. 관우와 장비 따위를 두려워하여 계양을 스스로 그들에게 받치실 겁니까?"

"하지만 이곳을 향해 오는 조자룡은 일찍이 당양의 장판파에서 조조의 백만 대군을 뚫은 용장이 아니오."

"그 조운과 이 진응 중에 누가 진정한 용장인지 판가름이 난 후에 항복해도 늦지 않을 것입니다."

조범은 어쩔 수 없이 싸우기로 결정했다. 진응은 병사 4천 명을 이끌고 성 밖에 진을 펼쳤다.

드디어 적의 군사가 나타났다. 양군이 접전을 벌이자 조자룡은 말을 몰아 적장 진응을 부르며 말했다.

"유 황숙께서 먼저 세상을 떠난 유표의 아들인 유기 공자를 도와 여기에 오셨다. 무기를 버리고 성문을 열어 맞이하라."

조자룡의 말에 진응은 콧방귀를 뀌었다.

"우리가 주군으로 섬기는 분은 조 승상밖에 없다. 너희는 어찌 허창으로 가서 승상에게 복종하지 않는가?"

진응은 두 갈래로 된 큰 낫 모양의 창과 같은 무기인 비차非叉를 잘 다루었다. 그렇다 해도 조자룡에게는 그 무기조차 장난감으로 보일 따름이었다.

말과 말이 뒤엉켜 싸운 지 10여 합에 진응은 도망치기 시작했다. 조자룡이 쫓아오자 진응은 비차를 던졌고, 조자룡은 그것을 한 손으로 받은 후 재빨리 되던졌다.

진응의 말이 고꾸라지자 조자룡은 팔을 뻗어 진응의 멱살을 잡아챘다. 그러고는 진응을 데리고 진중으로 돌아와 훈계했다.

"싸움을 하더라도 상대를 보고 하는 것이 좋을 것이다. 네가 믿는 군사와 유 황숙의 정예병과는 바로 지금 너와 나의 싸움 같은 것이다. 오늘은 풀어줄 테니 성으로 돌아가서 태수 조범에게 항복하라고 고하라."

그길로 진응은 줄행랑을 치며 도망갔다. 그 후 태수 조범이 진응을 꾸짖으며 성 밖으로 내쫓았다. 그런 다음 조자룡에게 항복을 청했다. 조자룡은 만족한 듯 조범에게 상빈의 예를 갖추고 술을 권하며 접대했다. 조범이 기뻐하며 말했다.

"장군과 저는 같은 조씨입니다. 성이 같으니 분명 조상도 같을 것입니다. 부디 동족에게 호의를 베풀어주십시오."

조범은 형제의 잔을 청하고 조자룡에게 나이를 물었다. 태어난 연월을 따져보니 조자룡이 넉 달 정도 빨리 태어났다. 조범은 이마를 치며 조자룡을 형님으로 모시겠다고 말하고는 만면에 희색이 가득해서 돌아갔다.

다음 날 조범은 미사여구가 가득한 서찰을 보내왔다. 그런 서찰을 보내지 않아도 조자룡은 기세등등 입성할 예정이었다. 조자룡이 부하 50명을 이끌고 성안으로 향했다.

허창, 양양, 오시吳市 등과는 비교할 수 없을 정도로 규모가 작은 지방의 성시城市지만, 그날은 군郡 중의 백성들이 모두 향을 피우고 거리에 나와 조자룡을 맞이했다.

조자룡은 백성들에게 명령했다.

"사대문에 예를 올려라."

그것은 백성들에게 법령을 알리는 것이었다. 성이나 마을을 점령하면 예외 없이 행하는 일이었다. 예가 끝나자 조범은 직접 조자룡을 맞이하여 연회의 자리로 이끌었다. 그곳에서 항복한 장수가 순종을 맹세했다.

조자룡은 술을 많이 마셨고, 이내 취기가 올랐다.

"자리를 옮기시지요."

조범은 후당으로 자리를 청한 후 또 귀한 술과 음식을 대접했다. 후당의 손님은 집안의 손님이었다. 많이 취한 조자룡이 돌아간다는 말을 꺼내자 조범이 극구 만류했다. 그때 어디선가 야릇한 향기가 풍겨왔다.

"응?"

조자룡이 뒤를 돌아보자 눈처럼 흰 명주옷을 입은 미인이 들어오더니 조범에게 말했다.

"부르셨습니까?"

조범은 고개를 끄덕이며 여인을 가까이 오게 했다.

"이 여인은 누구신가?"

조자룡은 여인의 미모에 술이 깬 듯 조범을 돌아보며 물었다.

"제 형수입니다."

조범이 웃으며 소개했다. 그러자 조자룡이 자세를 바로 하고 정중하게 말했다.

"그런 줄 모르고, 기녀로만 생각하고 그만 실례를 범했소."

조범이 옆에서 형수에게 술을 따르라거나 옆자리에 앉으라는 등 끊임없이 권하자 조자룡이 손을 내저으며 극구 사양했다. 이윽고 형수는 재미없다는 듯 안으로 들어가버렸다.

조자룡은 조범의 형수가 나간 후 조범을 힐난했다.

"어찌 형수 되는 분을 가벼이 술자리에 불렀는가?"

"그 연유는 실은 이렇습니다. 형수는 아직 젊은데 제 형님과 사별하여 과부가 된 지 3년이 됩니다. 이제 그만 남편을 맞이하는 것이 어떻겠는지 제가 권하고 있는 중입니다. 형수는 세 가지를 갖춘 사람을 만나고 싶어 합니다. 그 세 가지 중 첫째는 세상에 이름을 높이 떨친 사람, 둘째는 전 남편과 같은 성을 가진 사람, 셋째는 문무의 재가 있는 사람입니다."

조자룡은 실소를 금치 못했지만 조범은 진지한 얼굴로 조자룡에게 물었다.

"어떻습니까, 장군?"

"무엇이 말이오?"

"평소에 형수의 소망이 바로 장군을 두고 말한 것처럼, 아니 오늘을 기다린 듯 장군이 안성맞춤인 듯합니다. 바라옵건대 제 형수를 장군의 부인으로 맞아주시지 않겠는지요?"

"어허, 이거 발칙한 놈이구나."

조자룡은 눈을 부릅뜨고 갑자기 주먹을 들어 올려 조범의 따귀를 때렸다. 조범은 얼굴을 감싸 쥐고 뒹굴며 소리쳤다.

"무슨 짓이오? 거참 무례하구려."

조자룡은 일어서서 다시 조범을 발로 차며 말했다.

"무례고 말고가 어디 있느냐. 짐승만도 못한 놈."

"짐승만도 못하다니! 이처럼 예를 다해 환대한 내게 어찌 그리 대하느냐?"

"인륜을 모르는 자는 짐승보다 못하거늘, 형수를 술자리에 부르는 것은 어불성설이다. 게다가 내 부인으로 청하다니, 포주보다 못한 놈이구나."

조자룡은 조범을 실컷 밟아주고 자리에서 뛰쳐나왔다. 조범은 비틀거리며 일어나 진응과 포룡을 불러 말했다.

"극악무도한 자룡, 이놈은 어디로 갔느냐?"

두 사람은 입을 모아 대답했다.

"이곳을 나가자마자 말을 타고 성을 벗어났습니다. 이렇게 된 이상 적을 칠 수밖에 없습니다. 저희 둘이 자룡에게 가서 거짓으로 그를 달래고 있을 테니, 태수께서는 야음을 기다렸다가 급습하십시오. 그러면 저희가 내응하여 그자의 목을 베겠습니다."

진응과 포룡은 감주와 패물을 싣고 조자룡의 진영으로 들어가서는 땅에 배복하며 말했다.

"부디 태수의 무례를 널리 용서해주십시오. 나쁜 마음은 전혀 없었다고 말씀하십니다."

두 사람은 이마를 땅에 박으며 조범의 잘못을 사죄했다. 조자룡은 그들의 계책을 간파했지만, 일부러 부드러운 얼굴로 말했다.

"귀한 자리였는데 술이 취해 그만 실수를 하고 말았소. 다시 실컷 취해봅시다."

그러고는 술 항아리의 뚜껑을 열게 했다. 조자룡은 두 사람에게 큰 잔을 주며 술을 권했다.

진응과 포룡은 일이 다 성사된 줄로만 알고 마음이 풀어져버렸다. 조자룡의 접대에 넘어가 완전히 취하고 말았다.

조자룡은 때를 살핀 후 너무나 손쉽게 두 사람의 목을 베었다. 그리고 그들의 부하들에게도 술을 내주며 자신을 따르면 살려줄 것이고, 그렇지 않으면 두 장수처럼 목을 베겠다고 했다. 5백 명의 부하들은 항복하고 즉각 조자룡의 휘하로 들어갈 것을 약속했다.

그날 밤 조자룡은 항복한 병사 5백 명을 선두에 세우고 후진에 본군 천 명을 이끌고 계양성을 공격했다.

조범은 사자로 보낸 포룡과 진응이 돌아온 줄 알고 문을 열어 병사들에게 상황을 물었다. 그때 뒤에서 조자룡과 병사 천 명이 밀고 들어왔다. 조자룡은 아무런 고생도 하지 않고 조범을 사로잡은 후 유비의 기를 올렸다. 그런 다음 유비와 공명에게 계양을 점령했다는 파발을 보냈다.

며칠 후 유비가 계양에 입성했다. 공명은 즉시 조자룡에게 조범을 끌고 오라고 한 뒤 일단 그의 말을 들어보았다.

"본시 저는 진심으로 항복하여 유 황숙 휘하에 들어가는 것을 광영으로 생각했습니다. 그런데 조 장군에게 제 형수를 부인으로 맞이하라고 말씀드렸더니, 무슨 일인지 장군이 화를 내며 재차 성을 공격했고, 저까지 이렇게 되었습니다. 대체 제게 무슨 죄가 있다고 이러는지 모르겠습니다."

공명은 조자룡을 보며 물었다.

"미인이라면 사랑하지 않고는 배기지 못하는 사람이 어찌 화를 내셨소?"

조자룡이 공명에게 답했다.

"그렇습니다. 저도 미인을 싫어하지 않습니다. 하지만 조범의 형과는 오래전 고향에서 일면식이 있는 사이입니다. 지금 제가 그의 부인을 취하여 아내로 삼으면 세상 사람들이 제게 침을 뱉을 것입니다. 또 그 부인이 다시 혼례를 올리게 된다면, 그 부인은 정절의 미덕을 잃게 됩니다. 제게 그런 행위를 권한 조범의 진위는 모르겠지만, 유 황숙께서 형주를 손에 넣은 지 얼마 되지 않은 때라 아직 민심이 진정되지 않았는데, 신하인 제가 백성들에게 모범을 보이지 못한다면 어렵게 이룬 주군의 대업에 누를 끼칠지도 모릅니다. 이런 생각에서 그리했습니다."

유비가 온화한 얼굴로 웃으며 조자룡에게 물었다.

"이젠 계양성도 우리 깃발 아래 들어왔으니, 그 미인과 연을 맺어도 어느 누구 하나 비난하지 않을 것이오. 이 유비가 중매를 서면 어떻겠소?"

"아닙니다. 천하의 미인이 어찌 한 명뿐이겠습니까. 저는 오직 무인으로서 털끝만큼이라도 명분이 없는 일은 하지 않겠습니다."

유비와 공명은 그저 고개를 끄덕일 뿐 더 이상 아무 말도 하지 않았다. 그 당시에 조자룡은 일부러 작은 상을 받았지만, 후일 사람들에게 전형적인 무인이라는 칭송을 들었다.

* * *

"조운이 계양성을 공략하여 공을 세웠는데, 선배인 제가 그저 하품만 하고 있다니 이런 경우가 어디 있습니까?"

별로 할 일이 없어 마음이 편치 않았던 장비가 공명에게 말했다.

"다음 무릉 공략은 제게 맡겨주십시오."

"좋소. 하지만 만에 하나 실수라도 하는 경우는 어찌하겠소?"

"군법에 따라 제 목을 취하여 본보기로 드리겠습니다."

장비는 분연히 군령장을 써서 보였고, 유비는 장비에게 군사 3천 명을 내렸다. 장비는 기세 좋게 무릉으로 향했다.

"대한大漢의 황숙 유현덕의 명성과 인의는 이미 여기까지 이르렀습니다. 또한 장비는 천하의 맹장입니다. 그들에게 대항하는 것은 무의미할 뿐입니다."

무장 공지鞏志가 태수 김선에게 간언했다.

"배신자, 너는 적과 내통할 마음을 품고 있구나."

김선은 화를 내며 공지의 목을 치려고 했다. 그러자 사람들이 만류하여 공지는 목숨만은 부지할 수 있었다. 김선은 직접 군사를 이끌고 성 밖 20리에 방어진을 쳤다.

장비의 전법은 거의 무력 일변도였지만 김선에게는 아무 계책도 없었던 터라 그는 장비에게 비참하게 패배하고 말았다. 김선이 성으로 도망오자 성루 위에서 공지가 활을 겨냥하며 말했다.

"성안의 백성은 모두 내 말에 따라 이미 유 황숙께 항복하기로 했다."

공지는 화를 쏘아 김선의 얼굴을 맞혔다. 그리고 김선의 머리를 베고 성문을 열어 장비를 맞아들인 후, 예전부터 유비를 공경하던 연유를 설명했다.

장비는 군령을 선포하여 백성들을 안심시키고 공지에게 서찰을 주어 계양의 유비에게 보냈다. 유비는 공지를 무릉의 태수로 봉한 후 형주에 있는 관우에게도 전령을 보내 기쁨을 함께 나누었다. 곧바로 관우에게 답신이 왔다.

> 장비도 조운도 모두 제 맡은 바를 다할 수 있다니 실로 부럽기 그지없습니다. 하다못해 이 관우에게도 장사 공략의 은명恩命을 내리신다면, 무인으로 더 이상 바랄 바가 없을 듯합니다.

유비는 바로 장비를 형주로 보내 관우와 교대하라고 일렀다. 그리고 겨우 병사 5백 명을 주며 장사를 공략하라고 명했다. 관우는 병수의 많고 적음을 따지지 않았다.

그날 관우가 장사로 출정하기 위해 준비를 하는데 공명이 나타났다.

"관운장에게는 주의를 줄 것도 없겠지만, 싸우는 데에는 먼저 적의 실체를 아는 것이 중요합니다. 장사의 태수 한현은 별 볼일 없는 인물이지만, 오랫동안 그를 도와 장사를 지금까지 이끌어온 장수가 한 명 있소. 그 사람은 벌써 나이가 예순에 가까워 머리와 수염도 새하얗게 되었을 것이오. 하지만 전장에서는 큰 칼을 쓰고 철궁을 쏘니 능히 만부부당萬夫不當의 장수라 할 수 있소. 바로 호남의 영수領袖인 황충이오. 그러니 절대로 가볍게 싸워서는 아니 되오. 운장이 장사로 가게 되었으니 주군께 군사 3천 명을 청하시오. 그렇지 않으면 이번 싸움은 힘이 들 것이오."

하지만 관우는 공명의 충고를 흘려들었다. 그리고 그날 밤 군사를 더 늘리지 않고 불과 5백 명만을 이끈 채 출발했다.

그 후 공명이 유비에게 말했다.

"관우의 마음속에는 아직 적벽 이후의 감정이 남아 있습니다. 자칫 잘못하면 황충에게 죽을 수도 있습니다. 게다가 군사도 너무 적습니다. 주군께서 후원을 하여 은밀히 힘을 보탤 필요가 있을 듯합니다."

유비는 바로 관우의 뒤를 쫓아 군사를 이끌고 장사로 서둘러 갔다. 유비가 장사에 도착할 무렵, 이미 그곳에서는 연기가 피어오르고 있었다.

관우의 군사는 외문을 뚫고 성안에서 전투를 벌이고 있었다. 장사의 태수 한현의 수족인 양령楊齡이 관우의 일격에 고꾸라지자 장사의 병사들은 허둥지둥 성의 제2문으로 도망쳐버렸다. 그때 성안에서 한 명의 노장이 큰 칼을 차고 말을 타며 달려나왔다.

관우가 그의 앞을 막아서며 말했다.

"그대는 노장 황충이 아닌가?"

"그렇다. 그대는 관우인가?"

"그렇소. 그대의 흰머리를 가지러 왔소이다."

"아직 너 같은 어린아이가 가져갈 만큼 늙지 않았다."

황충의 실력은 대단했으며, 관우는 교전을 하는 내내 혀를 내둘렀다. 관우의 청룡언월도도 황충의 큰 칼 앞에서는 무용지물이었다.

두 사람의 싸움이 호각지세라 양군 모두 마른침을 삼키며 넋을 잃고 바라보았다. 두 사람의 싸움은 승패가 갈릴 기색이 전혀 보이지 않았다. 성 위에서 싸움을 지켜보던 한현은 황충을 잃을까 봐 걱정했다. 그는 성루에서 북을 울려 황충을 불러들이라고 외쳤다. 북소리를 들은 황충은 병사들과 함께 말을 돌려 재빠르게 성안으로 들어갔다.

"황충, 기다려라."

관우는 집요하게 추격해왔다. 황충도 말을 돌려 몇 합을 더 겨루다 틈을 봐서 해자의 다리를 건넜다.

"비겁하구나. 도망을 가다니! 이름난 무장이 할 짓인가?"

관우는 소리를 지르며 다시 쫓았다. 이번에는 이전보다 훨씬 더 가깝게 황충을 따라잡았다. 하지만 관우는 그의 머리에 청룡언월도를 내리치지 않았다. 황충이 말과 함께 땅에 쓰러져 있었기 때문이다.

"어서 말을 갈아타고 다시 정정당당하게 승부를 겨루자."

황충이 타고 있던 말의 앞다리가 무언가에 걸려 부러져버린 상태였다. 하지만 황충에게는 갈아탈 말이 없었다. 황충은 아군의 보병과 뒤섞여 간신히 성벽 안으로 들어갔다. 관우는 그 틈을 노려 추격할 수 있었지만 말 머리를 돌려 돌아가버렸다.

태수 한현은 황충을 보자 식은땀을 흘리며 말했다.

"오늘의 실패는 말 때문이다. 그대의 활은 백발백중이었다. 내일은 관우를 다리 부근까지 끌어들여 활로 잡는 것이 좋겠다."

한현은 황충을 격려하며 푸른빛이 도는 자신의 말을 그에게 주었다.

날이 밝자 관우가 다시 5백 명에 불과한 군사를 이끌고 성 아래까지 왔다. 그날도 황충은 선두에서 관우와 일전을 겨루다 어제처럼 도망쳤다. 그리고 다리 부근에 멈춰선 다음 뒤돌아서서 활시위를 당겼다. 관우는 몸을 숙였지만 화살은 날아오지 않았다.

다리를 건넌 후 황충은 다시 활시위를 당겼다. 이번에도 소리만 들릴 뿐이었다. 하지만 세 번째 화살은 정말로 날아와 정확하게 관우의 투구 끈을 꿰뚫었다.

관우는 간담이 서늘해졌다. 황충의 활 솜씨는 백 보 밖에서 버들잎을 쏘아 맞혔다는 양유기養由基보다 뛰어난 듯했다.

"어제 내가 살려준 것을 오늘 활로써 갚은 것이로구나."

관우는 깊이 깨닫고 병사들과 함께 돌아갔다.

한편 황충은 성안에 돌아가자마자 태수 한현 앞에 끌려갔다. 한현은 화가 나서 황충을 꾸짖었다.

"성주인 내 눈을 속이지 못할 것이다. 3일 동안 나는 성루에서 싸움을 보고 있었다. 그런데 오늘은 어찌 된 것이냐? 활을 쏘아 관우를 잡을 수 있었거늘, 일부러 활시위만 당겨 관우를 돕지 않았느냐. 이는 필시 적과 내통하고 있는 것이다. 은혜를 모르는 놈이로다. 언젠가 그 활이 나를 향할 것이 틀림없다."

"아아, 주군!"

황충은 눈물을 흘리며 그 이유를 말하려 했다. 하지만 한현은 귀 기울여 들으려 하지 않았다. 즉시 끌고나가 목을 치라고 했다. 다른 부장들이 애원하며 탄원했지만 소용없었다.

"누구든 황충을 두둔하는 자는 같은 죄로 다스릴 것이다."

장사의 명장 황충이 형장의 이슬로 사라지는 순간이었다. 형을 집행하는 도수부와 사령들이 눈물을 흘리며 슬퍼했다. 그런데 형을 집행하려는 순간 주위의 울타리를 발로 차고 뛰어나온 장수가 있었다. 얼굴은 대추처럼 붉었고 눈은 밝게 빛나는 별을 닮았다. 그는 의양義陽 사람으로 자가 문장文長인 위연魏延이었다.

본래 위연은 형주의 유표를 섬기고 지방의 제후로 추대되었는데, 형주가 몰락한 후 장사에 몸을 의탁하고 있었다. 하지만 위연은 한현이 자신의 재량을 시기한다는 것을 알고 남몰래 오늘과 같은 기회를 기다리고 있었다.

위연은 소란한 틈을 타 황충을 데리고 형장에서 사라졌다. 그런 다음 부하들을 이끌고 태수 한현의 목을 베어 관우에게 항복했다.

관우는 일거에 장사성으로 들어가서 성 위에 승전기를 꽂고 군령을 포고했다. 그런 다음 위연을 불러 황충이 있는 곳을 물었다.

"제가 한현을 치기 위해 성으로 가자 눈을 감고 귀를 막고 자신의 집으로 들어가버렸습니다."

"이제 싸움은 끝났다. 그를 맞으러 사람을 보내야겠구나."

관우는 몇 차례나 사람을 보냈지만 황충은 병을 핑계로 나오지 않았다. 그러는 사이 유비는 관우의 파발을 받았고, 그의 공을 칭찬하며 공명과 나란히 말을 타고 서둘러 장사로 향했다.

장사로 가는 도중 선두에 있던 푸른 군기 위에 까마귀 한 마리가 내려앉아 세 번 울더니 북에서 남쪽으로 날아갔다.

"선생, 혹시 흉조가 아니겠소?"

유비가 공명에게 물었다.

"아닙니다. 길조입니다."

공명은 점괘를 살피며 대답했다.

"이는 장사의 함락과 함께 큰 장수를 얻은 것을 축복하는 하늘의 계시입니다. 반드시 좋은 일이 있을 것입니다."

유비는 배웅을 나온 관우로부터 황충과 위연에 대한 이야기를 듣고서야 공명의 말을 이해했다.

"황충이 병을 핑계로 문밖을 나서지 않는 것은 옛 군주에 대한 충성 때문일 것이니, 내가 직접 가서 데리고 오겠소."

유비는 즉시 황충의 집을 찾아갔다. 유비가 예를 갖추자 황충도 마음이 동화했다. 그는 유비에게 항복한 후 옛 군주인 한현의 시신을 성의 동쪽에 묻어주었다.

그날 유비는 백성들에게 세 가지 법령을 포고했다. 그 법령에는 불충불효하는 자, 물건을 훔치는 자, 간음하는 자는 목을 치겠다는 내용이 담겨 있었다. 또한 공이 있는 자는 상을 내리고 죄가 있는 자는 벌한다는 정령政令을 분명히 밝혔다.

이처럼 다망한 와중에 관우가 장수 한 명을 데리고 유비의 앞에 왔다. 유비가 누구인지 묻자 관우가 장수를 보며 유 황숙에게 인사를 올리라고 말했다.

장수는 두 손을 맞잡고 얼굴을 들었다. 그는 다름 아닌 위연이었다.

"이번 장사성 공략에 큰 공을 세운 위연입니다."

관우의 말에 유비는 무릎을 치며 말했다.

"황충을 구하고 제일 먼저 장사의 문을 연 장수 위연이 아닌가. 과연 이름 있는 무사의 풍모답구려. 내 어찌 그대에게 상을 내리지 않을 수 있겠소."

그때 갑자기 누군가가 소리쳤다.

"불충불의한 자는 내려서거라!"

모두 놀라 그 사람을 보았다. 그 사람은 바로 공명이었다. 공명은 유비를 보며 직언했다.

"위연에게 상을 내리는 것은 만부당한 처사입니다. 저자는 본래 한현과는 아무런 원한이 없었으며, 오히려 한현의 녹을 먹으며 한현을 주군으로 모시던 자입니다. 그런데 하루아침에 변심하여 주군을 죽이고 유 황숙의 휘하에 들어왔습니다. 이는 아군에게는 다행이라 하겠지만, 천하의 법도에 비추어보면 용서하기 어려운 불충이자 불의입니다. 저자의 목을 베어 만천하에 공명정대함을 보이지 않으면 장사의 백성들도 복종하지 않을 것입니다."

공명은 도수부를 불러 즉각 위연의 목을 베라고 명했다.

유비는 공명의 명을 제지하며 말했다.

"아군에 공을 세우고 순종을 맹세하며 투항해온 자를 죄를 헤아려 목을 친다면 이후에 우리 진영에 항복을 하러 오는 자는 없을 것이오. 위연은 본래 형주의 선비로 형주의 정기를 보고 항복한 것은 절대로 불의가 아니오. 한현의 녹을 먹었다고는 하나 한현도 진심으로 그를 대하지 않았고, 위연도 신하의 절의로서 그를 섬긴 것이 아닐 것이오. 그의 마음은 처음부터 형주로 돌아가려는 염원이 있었던 게 틀림없소이다. 어떠한 인간이라도 잘못을 따졌을 때 죄가 없는 자는 없을 것이오. 부디 목숨만은 살려주는 게 어떻겠소?"

유비는 마치 제 가족처럼 위연을 감쌌다. 공명은 그런 유비 앞에서 침묵할 수밖에 없었다. 그리고 비록 위연을 용서한다고 해도 한 가지 다짐을 두는 것을 잊지 않았다.

"제가 보니 위연은 반골의 상입니다. 이는 모반을 일으키는 자에게 흔히 볼 수 있습니다. 지금 작은 공을 세웠다 하여 아군으로 삼으면, 후일 반드시 모반을 일으킬 게 틀림없습니다. 그러니 지금 주살하여 화근을 없애는 것이 좋을 듯합니다. 하지만 주군께서 그렇게까지 말씀하시니 저도 어쩔 도리가 없습니다."

"위연, 들었는가? 오늘 일을 잊지 말고 딴마음을 품는 일이 없도록 하라.”

유비가 완곡히 타이르듯 말하자 위연은 그저 감읍할 따름이었다. 유비는 또 황충에게 유표의 생질인 유반劉磐이 형주가 멸망한 후 재야에 숨어 있다는 사실을 듣고 그를 찾아 장사의 태수로 삼았다.

＊ ＊ ＊

얼마 후 유비는 형주로 돌아갔다.

중한中漢 아홉 군郡 중 사군이 유비의 손에 들어왔다. 비록 근거는 협소했지만 이때 유비는 처음으로 초석 하나를 쌓은 것이라 할 수 있었다.

위의 하후돈은 양양에서 쫓겨나 번성으로 들어갔는데, 그를 따르지 않고 유비의 휘하로 들어간 사람이 많았다.

유비는 북안의 요지인 유강구를 공안公安으로 고쳐 부르고 성을 쌓아 군수품과 금은을 비축했다. 또한 그곳에서 북쪽의 위를 살피고 남쪽의 오를 경계했다. 시간이 갈수록 상인과 어부들이 모여들어 마을을 이루었고, 사방에서 어진 선비와 무사들이 모여들어 문전성시門前成市를 이루었다.

한편 오의 주력군은 오후 손권의 직속으로 들어가서는 적벽대전의 여세를 몰아 합비성을 공격했다. 합비의 수비는 위의 장료가 맡고 있었다. 합비는 조조가 허창으로 돌아가면서 특별히 장료에게 맡긴 요충지 중 하나였다.

하지만 적벽에서 대승을 거둔 오군도 합비 공략에는 애를 먹고 있었다. 그도 그럴 것이 장료의 부장에는 위에서 유명한 이전, 악진과 같은 맹장이 병사들을 독려하여 성을 지키고 있었기 때문이다. 오군은 공격하다 지쳐 성 밖 50리를 둘러싼 채 성안의 식량이 없어지기만을 기다리고 있었다.

그곳에 노숙이 찾아왔다. 손권이 말에서 내려 직접 노숙을 맞이했다. 손권은 노숙에게 의식적으로 말을 했다.

"오늘은 특별히 말에서 내려 예를 갖췄소. 이것으로 그대가 이룬 적벽의 대공을 표하였소. 그대도 만족하오?"

노숙은 머리를 흔들며 말했다.

"그 정도 상찬으로 족할 리 있겠습니까?"

손권이 눈을 크게 뜨며 물었다.

"그럼 어떻게 해야 그 공을 표하는 것이오?"

"오후께서 하루빨리 구주九州를 취하여 오의 제업을 만대에 알리시고, 그때 안차포륜安車蒲輪으로 맞아주신다면 노숙의 소망이 비로소 이루어졌다 할 수 있을 것입니다."

두 사람은 손뼉을 치며 기분 좋게 웃었다. 하지만 노숙은 곧바로 손권에게 께름칙한 이야기를 전해야만 했다.

"주유 도독이 금창으로 쓰러져 중태이며, 형주와 양양, 남군 세 요지를 유비에게 빼앗기고 말았습니다."

"흠, 주유의 용태는 재기를 보장할 수 없을 정도인가?"

"도독은 틀림없이 곧 예전처럼 건강하게 회복할 것이라고 믿습니다만……."

두 사람이 이야기를 나누는 중에 한 장수가 합비 성안에서 온 서찰 한 통을 손권에게 건넸다. 펼쳐보자 장료가 보낸 결전장이었다.

> 오의 대군은 파리인가 모기인가. 대체 성을 둘러싼 채 무엇을
> 바라고 있는 것인가.

서찰의 내용은 무례하기 짝이 없었고, 손권을 심하게 모욕하고 있었다. 손권은 격노하며 자신의 진면목을 보여주리라 다짐했다.

다음 날 아침, 손권은 진영을 나와 선두에 서서 출정했다. 성에서도 장료를 중심으로 이전, 악진 등이 모두 나와 맞섰다. 장료가 창을 들고 손권을 향해 달려갔을 때, 그의 앞을 막아선 장수가 있었다. 바로 오의 대장 태사자였다. 그는 오를 세운 손견 이래로 오를 섬겨온 대장이었고, 위의 장료와는 호적수라 해도 좋을 만큼 대단히 용맹한 장수였다.

쌍방이 긴 창으로 겨루길 80합에 이르렀지만 좀처럼 승부가 나지 않았다. 그러자 악진과 이전이 손권을 보고 큰 소리로 말했다.

"저기 황금 투구를 쓰고 있는 자가 오후 손권임에 틀림없구나. 저 손권의 목을 취하면 적벽에서 죽은 83만 아군의 원수를 갚기에 충분할 것이다. 손권을 쳐라."

손권은 위태로운 지경에 놓였다. 이전의 칼이 그를 향해 날아올 때 송겸宋謙이 그를 막았다. 그것을 본 악진이 철궁을 쏘았다. 화살은 송겸의 흉판을 꿰뚫었다. 송겸이 쓰러진 순간 손권은 말을 돌려 도망쳤다.

중군이 무너진 후 적과 아군이 물밀듯 밀려와 장료와 태사자를 갈라 놓았다. 손권은 도망치는 도중에도 몇 번이나 위기를 겪었다. 그때마다 정보가 구해준 덕분에 간신히 진영으로 돌아올 수 있었다.

이번 패배는 손권의 마음에 큰 상처를 남겼다. 송겸을 잃은 손권은 진영에 돌아온 후 눈물을 흘리며 비탄에 빠졌다. 하지만 장사 장굉은 이번 패배를 호기라고 생각했다.

"이러한 실패는 좋은 교훈입니다. 오의 제군들은 모두 주군이 젊으셔서 자칫 혈기만 믿고 적을 우습게 보시지 않을까 마음속으로 불안해하고 있었습니다. 부디 필부의 자만은 자제하시고 패업의 대계에 전념하십시오."

손권은 장굉의 말에 크게 깨닫고 앞으로 신중히 처신할 것을 다짐했다.

다음 날, 태사자가 와서 손권에게 말했다.

"제 부하 중에 과정戈定이란 자가 있습니다. 과정은 장료의 말을 보살피는 후조後槽와 형제지간입니다. 후조가 과정과 내통하여 성안에 불을 지르고 장료의 목을 가져오겠다고 합니다. 제게 오늘 밤 병사 5천 명을 주시면 송겸의 원수를 갚고 오겠습니다."

손권은 바로 마음이 동하여 물었다.

"그 과정은 어디에 있는가?"

"이미 성안에 있습니다. 어제의 합전 중에 적병에 섞여 어려움 없이 성안으로 들어갔습니다."

"일이 잘되려는가?"

"그렇습니다. 반드시 장료의 목을 가져오겠습니다."

자신만만한 태사자를 보며 손권은 어제의 치욕을 갚을 좋은 기회라고 생각했다.

그날 밤, 장료의 후조와 태사자의 부하 과정은 어둠속에서 거사를 상의했다.

"한 치도 소홀해서는 안 됩니다. 축각丑刻(새벽 1~3시)입니다."

"알았다. 내가 마구간이며 여기저기에 불을 지르고 다닐 테니, 너는 모반이 일어났다고 소리치며 뛰어다녀라."

"알았습니다. 저도 같이 불을 지르며 소리치겠습니다. 또 불길이 일면 성 밖에서 태사자가 공격할 것입니다. 서쪽 문을 여는 것도 잊지 마십시오."

"잊을 리 없지. 우리 출셋길은 오늘 밤이 고비다."

"쉬! 누가 옵니다."

인기척이 들리자 두 사람은 서둘러 좌우로 사라졌다.

* * *

장료는 어제의 싸움에서 큰 전과를 올려놓고도 아직 갑옷조차 벗지 못했고 부하들에게 상도 내리지 못했다. 그런 그를 보며 부장과 부하들이 은근히 불평을 늘어놓았고 소심한 그를 탓했다.

"적은 어제의 대패로 멀리 진지를 철수했는데, 장군은 언제까지 갑옷도 벗지 않고 병사들을 쉬게 하지도 않을 작정입니까?"

장료는 대답했다.

"이긴 것은 어제 일이고, 오늘은 아직 이기지 않았다. 내일도 아직 이긴 것이 아니다. 아직 완전히 이긴 것이 아니니, 한 치 앞을 모르는 일이다. 병을 이끄는 장은 한 번 이기고 한 번 지는 것에 일희일비해서는 안 된다. 오늘 밤은 한층 경계를 강화해라. 주야 4교대를 그대로 유지할 것이며, 방비를 느슨히 해서는 안 될 것이다."

밤이 깊어지자 성안이 소란스러워졌다.

"모반을 일으킨 자가 있다."

"배신자다. 모반이다."

장료는 곧장 침소에서 나와 성안을 둘러보았다. 연기가 피어오르고 여기저기 새빨간 불길이 보였다. 악진이 장료를 보고 뛰어왔다.

"성안에 모반이 일어난 듯합니다. 어서 빨리 성 밖으로 피신하시는 게 좋을 듯합니다."

"무엇을 그리 당황해하는가. 침착하라."

"하지만 저 함성이나 불길이 심상치 않습니다."

"아니다. 내가 잠을 자지 않고 잘 듣고 있었다. 배신자라고 소리치는 목소리도, 불이라는 목소리도, 또 모반이라고 소리치며 다니는 목소리도 모두 한두 사람의 목소리였다. 이는 필시 그들이 성을 혼란에 빠뜨리기 위해 벌인 소행일 것이다. 자칫 동요해서 혼란에 빠지면 더 위험하다. 그대는 빨리 가서 병사들을 진정시키도록 하라. 과장되게 소란을 피우는 자는 목을 베어도 좋다."

악진이 사라진 후 얼마 지나지 않아 이전이 두 사내를 포박하여 데리고 왔다. 과정과 후조였다. 장료가 그들의 목을 치라는 명이 떨어지자마자 두 사람의 목은 무참히 땅바닥에 떨어졌다. 그런 줄도 모르고 태사자는 두 사람과 말을 맞춘 대로 불길이 일자 군사를 이끌고 성문으로 돌격했다.

이미 태사자의 행동을 예상한 장료는 병사들을 시켜 과정과 후조가 한 것처럼 모반이 일어났다고 소리치게 하고 서쪽 문을 열게 했다.

서쪽 문이 열리자 태사자는 쾌재를 부르며 선두로 뛰어들었다. 그 순간 한 발의 철포가 사방의 벽과 담장을 뒤흔들며 울렸다. 그리고 이내 성 위에서 화살이 빗발치듯 쏟아졌다.

"앗! 속았다."

태사자는 급히 후퇴하려 했지만 소용없었다. 일제히 쏟아지는 화살이 그의 온몸에 꽂혔다. 태사자는 마치 고슴도치처럼 변했다.

이전과 악진은 그 틈을 타 성안에서 대반격에 나섰다. 오군은 큰 손실과 피해를 입고 남서南徐의 윤주潤州(강소성江蘇城·진강시鎭江市) 부근까지 패퇴할 수밖에 없었다. 거기에 장군 태사자도 잃게 되었다. 태사자는 죽어가며 외쳤다.

"대장부로 태어나 삼척검을 차고 여기서 쓰러지니 이 어찌 아쉽지 않으리. 마흔한 해를 살며, 오조 이래 삼대의 군주를 만나 이루지 못한 게 없는 건 아니지만. 아아, 그럼에도 이루지 못한 게 너무 많구나."

76
혼례를 올리러 동오로 가는 유비

주유는 형주를 되찾기 위해 혼담을 빌미로 유비를 오로 불러들여 죽일
계책을 세우고, 유비는 제갈량의 계책에 따라 혼례를 올리러 동오로 간다

　그 후 유비의 신변에 한 가지 변화가 생겼다. 바로 유기의 죽음이었
다. 죽은 유표의 적자로 유비는 유기를 내세웠지만, 본래 다병을 앓았
던 유기는 그만 양양성에서 젊은 나이에 세상을 떠나고 말았다.

　공명은 장례를 맡아 치른 뒤 형주로 돌아와 유비에게 말했다.

　"공자를 대신하여 양양을 지킬 사람을 보내야 합니다."

　"누가 좋겠소?"

　"역시 관우밖에 없을 듯합니다."

　공명도 마음속으로는 관우의 됨됨이를 인정하고 있었다.

유기가 죽자 유비는 마음이 불안했다. 오의 손권이 기다렸다는 듯 형주를 돌려달라고 할 게 불 보듯 뻔했다.

"전에 공자가 죽으면 형주를 돌려준다고 약속했으나 걱정할 필요는 없습니다. 제가 잘 대응하겠습니다."

이틀 뒤, 노숙이 손권을 대신하여 유기를 조문하기 위해 찾아왔다. 노숙은 성안의 제당에 손권이 보낸 제물을 받치고 절을 한 후 유비가 마련한 주연 자리에 참석했다. 그는 유비와 세상 이야기를 나누다 이윽고 운을 떼었다.

"적벽대전 후 오후께서 형주 땅을 접수하러 가셨을 때, 유 황숙께서는 유기 공자가 살아 계시는 동안 형주는 유경승의 적자의 것이라고 말씀하셨습니다. 지금은 유기 공자가 운명을 달리하셨으니, 이제 그만 형주를 오에 돌려줘야 하지 않겠습니까? 실은 오후께서 조문을 겸해 이 일을 매듭짓고 오라고 말씀하셨습니다."

"그 일에 대해선 다른 날 이야기를 나누시지요."

"다른 날이라니 언제를 말씀하시는 건지요?"

"자, 지금은 주연을 베푸는 자리니, 국사는 후에 논하시는 게 어떨지요."

"나중에 다시 이야기하더라도, 지금 선약을 해주시지요."

노숙이 끈질기게 채근하자 공명이 끼어들었다.

"숙 공, 오의 군신 중에 당신만은 사리를 분별할 줄 안다고 생각했는데, 지금 행동은 참으로 몰상식하지 않으시오. 유 황숙께서 공을 귀한 조문객으로 여겨 정성스레 대접하고 계시지 않소. 내가 대신하여 세상의 도리에 대해 말하겠소. 마음을 진정하고 잘 들어보시오."

공명이 정색을 하며 말하자 노숙이 말없이 공명을 바라보았다.

"천하는 한 사람의 것이 아니요, 즉 천하의 사람의 천하입니다. 한고조漢高祖께서 삼척검을 비껴 차고 의를 만천하에 고하고 인을 펼치시어 4백여 년의 기틀을 마련하셨지만, 오늘에 이르자 중앙은 역신들로 들끓고, 지방은 간웅들의 소굴로 변하여 백성들의 도탄은 끊이질 않고 있소. 이러한 때 유 황숙은 한실의 명맥을 이어받아 의로써 세상을 구하겠다고 천지에 맹세하셨소이다. 바로 중산정왕의 후예이자 작금의 황제의 숙부에 해당하십니다. 또한 형주의 유경승은 혈연 관계로 유 황숙의 형님이신데, 지금 그 혈통이 끊어져 형주는 그야말로 주인을 잃은 형세입니다. 이에 동생으로 형님의 업을 잇는 것이 어찌 불의라 할 수 있겠소이까. 이에 반해 오후 손권으로 말할 것 같으면 저기 전당錢塘 땅의 한낱 아전의 아들에 지나지 않고, 조정에 아무런 공도 없으면서 단지 오조吳祖의 힘에 의지하여 강동 6군 81주를 얻은 것에 지나지 않소. 지금 손권이 그 유산을 이어받아 새로이 욕심을 부리면서까지 형주를 삼키려는 것은 제 분수를 몰라도 너무 모르는 것이 아니오. 군신의 도를 논한다면 우리 주인의 성은 유이고, 그대의 주인의 성은 손이니, 대한大漢은 유씨의 천하라는 걸 모르지 않을 것이오. 손권께서 백보의 전답을 우리 주군에게 빌려 스스로를 농부로 여기며 자세를 낮추는 것이 안전을 위해서도 좋은 방도일 것이오. 또한 적벽의 대승이 누구의 공인가 하는 문제로 논하자면 더욱 분명히 논할 바가 있으나 굳이 이 자리에서 말하지는 않겠소."

공명의 변辯은 물 흐르는 것 같았고, 리理는 타오르는 불꽃같았다. 그의 진리와 웅변 앞에서는 노숙도 고개를 숙일 수밖에 없었다. 노숙은 원망하듯 공명을 바라보며 대답했다.

"선생이 그렇게 말씀하신다면 아무런 항변도 할 수 없습니다. 하지만 선생은 너무나 이기적이십니다."

"어찌 제가 이기적이라 말씀하시오?"

이번에는 노숙이 공세에 나섰다.

"생각해보십시오. 이전 유 황숙께서 조조에게 대패를 당하고 당양에서 궁지에 몰렸을 때, 선생을 배에 태우고 강동으로 함께 와서 전쟁에 보수적이던 오후를 설득하고 주 도독을 움직여 전쟁을 시작하게 한 것은 대체 누구입니까? 그것은 말할 필요도 없이 저올시다. 오늘날 저 노숙은 주군에겐 면목을 잃고 군부에겐 불신을 당하여 고향으로 돌아가지도 못할 궁지에 몰렸습니다. 선생은 제 입장을 조금도 동정하지 않는 듯이 보입니다."

"……."

노숙의 온건한 항변에 공명은 다소 미안한 마음이 들었다. 그는 잠시 생각에 잠겼다가 새로운 제안을 내놓았다.

"그럼 공의 면목을 위해 형주는 잠시 유 황숙께서 빌리는 것으로 합시다. 후일 다른 적당한 영지를 공략한 후 오에 형주를 돌려준다는 증서를 드리면 공도 주군께 면목이 설 것이오."

"어느 나라의 땅을 취한 후 형주를 돌려준다는 말씀입니까?"

"중국中國은 이미 어디를 가더라도 위나 오와 접촉하게 되어 있소.

내 살펴보니 서북의 오지 촉蜀만이 아직 시대의 변경에 놓여 있소이다. 촉을 얻는 그날 형주를 돌려주도록 하겠소."

공명은 종이와 붓을 가져와 유비에게 건넸다. 유비는 묵묵히 증서를 쓰고 인장을 찍어 공명에게 보였다.

공명도 붓을 들어 보증인으로 서명을 했다. 하지만 군신 일가의 연대로는 공약이 될 수 없어 노숙도 서명하는 걸로 타협할 수밖에 없었다.

노숙은 증서 한 장을 가지고 오로 돌아갔다. 도중에 시상에 들러 주유를 문병하면서 증서에 대해 말하자 주유가 통탄하며 말했다.

"아아, 공은 또 공명에게 속았구려. 어찌 사람이 이리 순진하시오. 공명은 간교하고 유비는 간웅이지 않소. 이런 증서가 무슨 소용이겠소. 아마 그대로 오후께 말씀드리면 공의 머리가 그 자리에서 날아갈 것이오. 아니, 죄가 구족에 미칠 것이오."

노숙은 손권이 화를 내는 모습이 보이는 듯했다. 미처 그 점에 대해 전혀 생각하지 못했던 것이다. 그렇다 해도 지금에 와서 어쩔 도리가 없는 일이었다.

주유는 화를 냈지만 마음으로는 선량한 노숙에게 동정심을 품었다. 옛날에 곤궁한 처지에 놓였을 때 주유는 노숙의 시골집에서 쌀 3천 석을 빌려 연명한 적이 있었다. 주유는 그때 일을 떠올리며 노숙과 함께 팔짱을 끼고 어찌하면 좋을지 열심히 궁리했다.

문득 주유의 머릿속에 떠오른 것은 주군 손권의 누이동생 궁요희弓腰姬였다. 나이는 아직 열여섯이나 일곱밖에 안 되었지만 가인佳人이었다.

궁요희는 신하들이 붙인 별명이었다. 그녀는 천성이 강하고 용맹하며 무예를 좋아해 항상 허리에 작은 활을 차고 다녔다. 게다가 시비侍婢들에게도 칼을 차고 다니게 하고, 방 안에 병장기를 두루 갖추고 있는 특이한 여성이었다.

주유가 갑자기 목소리를 낮춰 노숙에게 말했다.

"공은 오후의 동생 되시는 분을 뵌 적이 있소?"

"한두 번 뵌 적이 있습니다만."

"공주님을 유비에게 시집보낼 수 있도록 공이 중매를 서는 것이 좋을 듯하오. 지금이야말로 둘도 없는 좋은 기회요."

"예? 오후의 동생분을 유비에게 말입니까?"

노숙은 앵무새처럼 말을 되뇌며 아연실색한 표정을 지었다.

주유가 웃으면서 말했다.

"내가 뜬금없이 말을 꺼내 공이 놀라는 건 당연하지만, 사실 그 생각은 갑자기 떠오른 것이 아니오. 그러니 더없이 합리적으로 혼담을 진행시킬 수 있을 것이오."

"어째서입니까? 유비에게는 정실인 감 부인이 있는데……. 설마 오후의 동생분을 유비의 측실로 보내자는 것인지요? 이 얘기가 오후의 귀에 들어갈까 저어됩니다."

"아니오, 그렇지 않소. 귀공은 아직 모르시오? 유비의 정실 감 부인은 병으로 죽었소. 적벽대전과 계속되는 전쟁으로 장례조차 치르지 못하고 있지만 소식에 의하면 형주성에 하얀 조기가 걸려 있다고 하오."

"그건 유기의 죽음을 애도하는 게 아닙니까?"

"모두 그렇게 생각하는 듯하나 내가 알기로는 그 이전부터 걸려 있었소. 유기가 죽기 전에 형주성 밖에 새로운 분묘를 만들었다 하니 필시 유기의 장례가 아닌 게 분명하오."

"그건 전혀 몰랐습니다. 그럼 지금 유비에게는 정실이 없다는 말씀인데……. 그렇다 해도 유비의 나이는 벌써 쉰입니다. 공주님은 열여섯이나 일곱이고요. 과연 어울리겠습니까?"

"공은 무슨 일이든 액면 그대로 생각하기 때문에 융통성이 없는 것이오. 처음부터 이 혼례가 정략이라는 것은 뻔하지 않소. 유비가 먼저 공명을 이용해 오를 속였으니 이번에는 우리 차례란 말이오. 즉 혼담을 주선할 적임자를 내세워 표면적으로 오국과의 우호를 한층 친밀히 하면서 혼담을 진행시키면 되는 것이오."

"글쎄, 어떨까 싶습니다."

"왜 그리 불안한 얼굴을 하는 게요?"

"무엇보다 오후가 허락하지 않으실 겁니다. 무척이나 동생분을 애지중지하셔서."

"그러니 혼례를 올려도 출가하지 않도록 오에서 식을 올리면 될 것이오. 다시 말해 유비를 오로 불러들여 신부의 얼굴을 보여주면 그만이오. 어차피 식을 전후해 기회를 노려 죽일 것이니."

"하하하, 그러니 그를 죽이기 위해 혼례를 올린다는 말씀이군요."

"물론이지. 그런 목적 없이 어찌 이런 혼담이 나올 수 있겠소."

"그렇다고 해도 제가 오후께 말씀드리는 것은 어쩐지 께름칙합니다."

"알았소. 공은 그저 옆에서 넌지시 주군의 마음을 움직이시오. 내가 오후께 상세한 내용과 계략을 담은 서찰을 보낼 터이니."

"그리 해주신다면 저는 더 바랄 게 없습니다."

노숙은 주유의 편지를 받아들고 오도吳都로 돌아가서 손권을 만나 일의 전말을 보고했다. 그러고는 도중에 주유에게 받아온 편지를 건넸다.

처음에 손권은 유비의 증서를 본 후 대노하여 당장 노숙의 머리를 향해 불호령을 내리려 했다. 하지만 주유의 서찰을 읽고는 잠시 숙고한 후 말했다.

"음, 주유의 생각이 실로 오묘하다. 과연 주유는 하늘이 내린 책사이다."

손권은 노숙에게 처음과는 다른 얼굴로 말했다.

"수고하셨소. 장도에 피곤할 테니 오늘은 일단 푹 쉬시오."

며칠 후 노숙이 손권의 부름을 받고 나가보니 중신 여범呂範이 와 있었다. 손권을 중심으로 노숙과 여범은 주유의 계책을 면밀히 검토했다. 그 결과 여범이 형주에 사자로 가기로 결정되었다. 물론 표면적으로는 오의 수교 사절로 가는 거지만, 진짜 목적은 유비와의 혼담을 주선하기 위한 것이었다.

여범은 형주에 도착하여 유비를 만나자 먼저 두 나라의 긴밀한 우호에 대해 역설한 후 조용히 혼담 얘기를 꺼냈다.

"실은 황숙께서 감 부인을 잃으신 후 혼자되신 사정을 알게 되었습니다. 주제넘지만 제가 중매를 서고자 하여 이렇게 찾아뵈었습니다. 자손을 위해서, 또 양국의 우호를 위해서라도 정실을 맞이하시는 것이 어떠한지요?"

"말씀은 고맙소만, 아내를 잃은 지 얼마 되지도 않았는데, 어찌 벌써 정실을 맞이할 수 있겠소. 아직 그럴 생각이 없습니다."

"물론 그러하시겠지요. 집안에 부인이 없는 것은 집의 기둥이 없는 것과 진배없습니다. 어찌 그 같은 인륜人倫을 중도에 폐할 수 있겠습니까? 제가 말씀드리고자 하는 것은 오후의 누이동생분이 계시는데 덕조德操와 재색材色을 겸비한 가인이라 아니할 수 없습니다. 만일 황숙께서 정실로 맞이하실 마음이 있다면 동오로 오셔서 혼담을 진행하시는 게 어떨는지요. 오후께서도 크게 기뻐하며 승낙하실 것입니다. 저희 중신들은 양국의 평화를 위해 어떠한 노고도 마다하지 않겠습니다."

유비는 잠시 생각에 잠긴 후 입을 열었다.

"그것은 그대 혼자만의 생각이오? 아니면 주유를 비롯한 중신들의 의향이 담긴 것이오? 그도 아니면 오후의 의중이 담긴 것이오?"

"어찌 오후의 명도 없이 저 혼자 이러한 대사를 말씀드리겠습니까. 단지 행여 황숙께서 거절하시면 공주님의 존명에 흠이 될 수 있으니, 은밀히 황숙의 의향을 여쭈어보는 것입니다."

"아, 그러하셨군요. 천하에 둘도 없이 좋은 혼담이지만, 나는 이미 반백에 가까워 귀밑머리가 희끗희끗하고, 오후의 누이동생분은 아직 한창인 나이인지라 나와는 어울리지 않을 듯싶소."

"아닙니다. 나이가 많고 적은 것은 아무 문제가 안 됩니다. 이는 인륜지대사인 혼례입니다. 또한 두 나라의 평화와 관계되는 문제이기도 합니다. 오후는 물론이고 국태 부인께서도 쉬이 결정하신 문제가 아닌

것은 말씀드릴 필요도 없거니와, 부디 황숙께서 동오로 왕림하시어 이 경사스러운 대사를 이루어주시길 바라고 계십니다. 그리고 실은 무엇보다 오후의 누이동생께서 평소 바라는 것이 있었습니다. 비록 여자의 몸으로 태어났지만 뜻은 남자보다 높기에 평소에 천하의 영웅이 아니면 남편으로 섬기지 않겠다고 말씀하셨습니다. 그러니 황숙께서도 능히 짐작하실 수 있을 겁니다. 지금 황숙이 아니시면 누가 그분을 배필로 맞이하실 수 있겠습니까. 부디 동오로 왕림하시길 간청드립니다."

여범은 과연 사자답게 달변을 늘어놓았다.

공명은 그 자리에 얼굴을 보이지 않고 병풍 뒤 다실에서 주객의 이야기를 듣고 있었다. 그의 탁자 위에는 점괘가 놓여 있었다.

여범은 우선 객실로 물러가 유비의 답변을 기다리기로 했다.

그날 밤 유비는 공명과 부장들을 불러 이번 혼담에 대한 가부와 오로 가는 일에 대해 기탄없는 의견을 구했다.

"이 일은 반드시 승낙하십시오. 그리고 오로 가셔야 합니다."

공명이 유비에게 권했다. 유비와 여범이 대면하는 중에 공명이 점괘를 보니 대길이라는 괘가 나왔던 것이다.

"또한 저들의 계책을 이용하여 오히려 우리의 계책을 성공시켜야 합니다. 서둘러 승낙을 하시고 동오로 가서 혼례를 올리시는 게 좋을 듯합니다."

공명의 말에 여기저기서 이의가 제기되었다.

"이는 필시 주유의 계략임에 틀림없소."

"자진해서 호랑이 굴속으로 들어가는 것과 같소."

유비는 그보다 다른 문제로 공명의 말에 반대했다. 유비는 지금 갓 얻은 형주의 지반이 공고해질 때까지 형주를 무사히 지켜내려면 오와의 충돌을 피해야 한다고 생각했다.

"모든 것은 내게 맡겨주시오. 절대로 부장들이 우려하는 것처럼 주 군께 해가 되는 일은 없도록 할 것이오."

모두 공명의 말을 믿고 의견을 하나로 모았다. 유비는 공명을 설득 한 후 먼저 답례로 사자를 보냈다. 여범과 함께 오로 간 사람은 손건이 었다.

얼마 후 손건이 오에서 돌아와 말했다.

"손권은 저를 보자 낙담했습니다. 아마도 여범과 함께 주군께서 바 로 동오로 올 것이라고 기대하고 있었던 듯싶습니다. 그 정도로 손권 은 이 혼담이 성공하길 바라고 있었습니다. 만일 이 혼담이 맺어지면 양국의 평화를 위해 그보다 경사스러운 일이 없다며 하루빨리 주군께 서 동오로 오시길 절절히 희망했습니다."

유비는 여전히 망설이는 듯했다. 하지만 공명은 준비를 착착 진행하 여 수행하는 대장에 조자룡을 임명하고 그에게 비단주머니 세 개를 건 네며 오에 가서 무슨 일이 생기면 하나씩 열어보라 일렀다.

"이 비단주머니에 세 가지 계책을 담아놓았으니, 이것을 주군을 수 행하는 공명이라 생각하고 잘 다녀오시오."

건안 14년 겨울 초입, 화려한 열 척의 범선은 유비와 조자룡 이하 5백 명의 수행원을 태우고 형주를 떠나 오로 향했다. 범선은 장강의 대하를 따라 천 리를 유유히 남하했다.

오의 남서南徐로 들어가기 전 조자룡은 공명에게서 건네받은 비단 주머니 중 첫 번째 주머니를 열어보았다. 그러자 그 안에는 '먼저 교국로喬國老를 찾아뵈라'라고 쓰여 있었다.

교가의 노주는 동오의 명가이다. 그는 일찍부터 조조가 마음에 품어온 이교의 아버지일 뿐 아니라, 그 큰딸은 오후의 선대 손책의 정실이고, 그 작은딸은 지금 주유의 부인이니, 명실상부 동오의 원로로 인품과 신망이 두터워 동오의 사람들로부터 교국로라고 불리며 존경받는 사람이었다.

공명의 말에 따라 유비와 조자룡은 사람들이 다 알 수 있게 배 안의 가보와 선물을 들고, 병사들에게는 술과 양고기를 들게 하고 곧장 교국로의 집을 찾았다.

***

유비의 급작스러운 방문에 교국로는 당황했다.

"예? 황숙과 오후의 오매군吳妹君과 혼담이 오갔습니까?"

교국로는 깜짝 놀라며 눈을 크게 떴다.

"이는 누가 뭐라 해도 큰 경사임에 틀림없습니다. 그분이라면 황숙의 정실이 되셔도 손색이 없을 것입니다. 그런데 오후께는 오늘 도착했다는 연락을 취하셨는지요?"

"곧장 교국로를 찾아뵙느라 아직 알리지 못했습니다."

"그래서는 안 됩니다. 어서 연락을 드려야 합니다."

교국로는 하인을 시켜 오후에게 연락을 취하도록 하고, 가족들에게는 유비 일행을 접대하도록 했다. 그리고 자신은 백마를 타고 궁중으로 들어갔다.

교국로는 궁중을 자유롭게 드나들 수 있었다. 그는 오후의 노모 국태 부인을 만나 축하를 전했다. 그러자 국태 부인이 의아한 얼굴로 혀를 차며 말했다.

"뭐라고요? 유비가 제 딸을 정실로 맞으려고 왔다고요? 뻔뻔한 인간 같으니라고!"

당황한 교국로는 손을 내저으며 말했다.

"아닙니다. 오후께서 간절히 원하셔서 먼저 여범을 혼담의 사자로 보내 멀리서 유 황숙이 오신 것입니다."

"거짓말입니다. 그럴 리 없습니다. 지금 저를 놀리시는 겁니까?"

"정말입니다. 거짓이라 생각하시면 거리에 나가보십시오."

국태 부인은 믿을 수 없다는 얼굴로 시종에게 마을로 나가보라 일렀다. 시종이 돌아와서 고했다.

"지금 하구에는 열 척의 범선이 정박해 있고, 유비의 수행자 5백 명이 진기한 듯 거리를 구경하고 다니면서 돼지와 술과 특산물 등을 사들입니다. 또한 이번에 유비와 공주님이 혼례를 올린다고 이야기하고 있답니다. 마을은 이미 혼례를 축하하는 분위기로 가득합니다."

국태 부인은 깜짝 놀라며 바로 아들 손권이 있는 곳으로 뛰어갔다.

"어머니, 어인 일이십니까?"

"아무리 내가 늙었다 해도 나는 아직 오후의 어머니입니다."

"새삼스레 무슨 말씀이십니까?"

"어찌 내게 아무 말도 없이 오매군의 대사를 결정했습니까?"

"무슨 말씀이신지 종잡을 수가 없습니다. 무슨 일 때문에 그러시는 지요?"

"아직도 나를 속이려고 하지 않습니까? 오매군은 오후의 동생이자 내 자식입니다. 유비에게 시집을 보내는 건 허락할 수 없습니다."

"아니 누가 어머니께 그런 말을 했습니까?"

"교국로께 여쭤보십시오."

국태 부인의 뒤에 서 있던 교국로가 가슴을 펴며 기분 좋게 말했다.

"그렇게 모자간에 다툴 일이 아닌 듯싶습니다. 이미 나라 안 모든 사람들이 알고 있는 일이니 말입니다. 그래서 저도 경축드리고자 이렇게 찾아뵙습니다."

손권은 곤란한 표정을 지었다.

"그 일이라면 실은 모두 주유의 계책입니다. 지금 형주를 취하려면 많은 군비와 병력을 잃을 수밖에 없습니다. 거짓으로 혼례를 청하여 유비를 동오로 불러들여 죽인다면 별 어려움 없이 형주를 취할 수 있습니다. 그 때문에 여범을 보내 혼담 얘기를 꺼낸 것이었습니다."

국태 부인은 오히려 더 화를 냈다. 그리고 그 계책을 힐난했다.

"가증스런 주유가 그런 일을 꾸미다니! 사필귀정입니다. 오의 대도 독으로 81주의 병을 거느리고 나라의 녹을 먹는 자가 형주 정도의 땅을 공략하지 못해 우리 공주를 볼모로 유비를 죽이려고 하다니…… 그 얼마나 무능한 자입니까. 내가 살아 있는 한, 절대로 공주를 그런 간계에 이용하게 할 수 없습니다."

국태 부인에게는 손권보다 공주에 대한 사랑이 더 깊은 듯했다. 게다가 나이 든 어머니는 전쟁이나 계략과 같은 문제에 흥미가 없었다. 아니 그보다 자신의 딸에 대한 맹목적인 사랑이 훨씬 더 컸다. 그러니 아무리 나라를 위한 일이라도 딸을 이용한 모략인 만큼 화를 내며 완고하게 반대할 수밖에 없었다.

"안 됩니다. 누가 뭐라 해도 내 눈에 흙이 들어가기 전에는 자식의 일생을 버리는 일은 절대로 안 됩니다. 만일 이 일을 주유가 꾀했다면 주유는 자신의 공을 위해 주군의 동생을 팔아먹는 가증스런 인간이 아닙니까. 제가 명을 내리겠습니다. 당장 주유의 목을 치십시오."

손권은 화를 내는 어머니 앞에서 그저 침묵할 수밖에 없었다. 게다가 교국로까지 어머니와 생각이 다르지 않았다.

"강동의 주인인 오후의 오누이가 혼례를 빙자하여 유비를 죽이려 한다면 비록 천하를 얻는다 하더라도 민심은 따르지 않을 것입니다. 동오의 역사에 먹칠을 하는 것과 같습니다."

교국로도 주유의 계책을 반대했다. 더불어 차라리 유비를 받아들여 유비의 황실 가계와 그 덕망을 동오에 더하는 편이 현명하다는 생각을 피력했다. 그런데 국태 부인은 그것마저도 내키지 않는 얼굴이었다.

"듣자하니 유현덕은 나이도 오십 줄에 들어섰다고 합니다. 어찌 세상 풍파도 모르는 딸자식을 타국에, 후취後娶로 들여보낼 수 있습니까."

교국로가 부인을 달래며 말했다.

"아닙니다. 잘 생각해보십시오. 유 황숙은 당대의 영웅으로, 그 기개는 아직 한창인 청춘과 같습니다. 나이를 따져 그를 판단해서는 안 됩니다."

교국로의 말에 다소 마음이 움직인 국태 부인은 내일 유비를 만나본 후 만일 자신의 마음에 들 경우 혼례를 올려도 좋다고 말했다.

손권은 마음속으로는 고민했지만 본래 효심이 지극하여 노모의 의사를 조금도 거스를 수 없었다. 그사이에 국태 부인과 교국로가 내일의 대면 장소와 시간을 정했다.

장소는 성의 서쪽에 있는 명찰 감로사甘露寺였다. 교국로는 마음이 들떠 집에 돌아오자마자 바로 유비에게 연락을 취했다.

일이 뜻하지 않게 전개되자 손권은 밤새 고민하다 여범을 불러 의논했다. 여범이 아무 일도 아닌 듯이 말했다.

"그 또한 잘된 일입니다. 은밀히 가화賈華에게 일러 감로사 회랑 뒤에 병사 3백 명을 숨겨두십시오. 그리고 기회를 틈타……."

"흠, 좋은 생각이오. 어머니가 유비를 보고 마음에 들어 하지 않으시면 당장 죽여버리시오."

"그런데 만약 국태 부인께서 마음에 들어 하시면 어떻게……."

"그럴 일은 없겠지만, 만일 그렇게 보이면……. 음, 시간을 두고 어머니의 마음이 바뀔 때까지 기다리시오."

다음 날 아침, 여범은 중매인이 되어 유비의 객사로 향했다. 유비는 세개細鎧(갑옷 밑에 입는 쇠로 만든 그물) 위에 비단 도포를 입고 말과 안장을 화려하게 꾸미고 감로사로 향했다. 조자룡이 병사 5백 명을 이끌고 수행했다. 유비 일행이 감로사에 이르자 먼저 한 무리의 승려들이 그들을 맞았고, 손권을 비롯해 국태 부인과 교국로 등은 본당에서 유비를 기다리고 있었다.

유비의 태도는 실로 당당했다. 온화하면서 아첨하지 않고 위엄이 있으면서 거칠지 않으며 의표가 있었다. 그는 청풍이 불듯 감로사의 방장方丈을 지났다.

"과연 범상치 않은 인물이구나."

직접 유비를 본 손권은 경외감을 금치 못했고 국태 부인은 그에게 경도되었다.

교국로가 국태 부인에게 속삭였다.

"범상치 않은 인물이지 않습니까? 이렇게 좋은 신랑감을 어디서 얻을 수 있겠습니까?"

국태 부인은 어제와는 완전히 다른 사람인 것처럼 그저 싱글벙글 기뻐서 어쩔 줄 몰라 했다. 하지만 손권은 마음을 다잡고 유비에게 느껴지는 존경과 경외심을 강하게 경계했다.

이윽고 연회가 시작되었다. 오의 산해진미와 남국의 홍주와 청주 등 일곱 개의 잔에 일곱 종류의 진귀한 술이 나왔다. 은은한 연주가 흘러나오자 연회는 점점 더 무르익었다.

그때 국태 부인의 눈길이 문득 유비의 뒤에 우뚝 서 있는 장수에게 향했다.

"저 장수는 누구십니까?"

유비가 상산 조자룡이라고 답하자 부인이 깜짝 놀라며 말했다.

"그럼 당양의 장판파 싸움에서 어린 아두를 구했다는 그 장수이오?"

유비가 그렇다고 답하자 국태 부인은 그에게 술을 내렸다. 조자룡은 절을 하고 잔을 받으며 유비의 귀에 속삭였다.

"방심하시면 안 됩니다. 회랑 뒤편에 많은 복병이 숨어 있는 듯합니다."

"……."

유비는 잠시 모른 체했다. 그러다 국태 부인이 기분 좋을 때 갑자기 근심에 잠긴 듯 잔을 놓았다. 국태 부인이 의아해하며, 그 이유를 묻자 유비가 슬픔이 가득한 얼굴로 말했다.

"만약 제 목숨을 거둘 생각이시면 부디 검을 제게 주십시오. 회랑의 밖과 뒤편에 살기등등한 병사들이 숨어 있다고 생각하니 두려워 잔을 들 수 없습니다."

국태 부인은 아연실색했다.

"오후이십니까? 그런 계략을 꾸미신 것이?"

국태 부인은 손권을 돌아보며 꾸짖었다. 손권은 당황하며 시치미를 뗐다. 그리고는 여범을 불러 물었다. 하지만 여범도 모르는 일이라며 가화를 핑계댔다.

드디어 가화가 국태 부인 앞에 불려왔다. 그는 모르는 일이라는 말도, 자신의 소행이라고도 하지 않았다. 그저 묵묵히 머리를 숙이고 있을 뿐이었다. 국태 부인의 화는 머리끝까지 치솟았다.

"교국로, 제 사위가 되실 분 앞에서 병사들에게 가화를 베라고 명하십시오."

유비가 급히 만류하며 경사스런 일을 앞에 두고 피를 흘리는 건 불길

하니 목숨만은 살려줄 것을 청했다. 손권은 즉각 가화를 물러가게 했다. 교국로는 회랑의 병사들을 불러 호되게 꾸짖었다. 숨어 있던 병사들은 물에 빠진 쥐 모양으로 머리를 숙이고 허둥지둥 도망치기 바빴다.

연회는 늦은 밤까지 이어졌고 유비는 술에 취해 밖으로 나왔다. 정원 앞에는 큰 바위가 있었다. 유비는 물끄러미 바위를 바라보다 갑자기 무슨 생각이 들었는지 하늘에 기원을 하고는 검을 뽑아 내리쳤다.

손권이 나무 뒤에 숨어 그 모습을 지켜보았다.

하루 종일 연회에서 술을 마시면서도 유비의 가슴에는 망망한 고민이 있었다. 그래서 문득 사람이 없는 정원으로 나와 취기를 달래면서 하늘을 우러르며 기원한 것이었다.

"제가 패업을 이루지 못할 것이라면 이 바위는 베지 못할 것이고, 만약 제 일생의 대망이 이루어질 수 있는 것이라면 이 바위를 베게 하십시오!"

내리친 검은 불똥을 튀며 바위를 두 동강 냈다. 그때 나무 뒤에 숨어 있던 손권이 다가왔다.

"황숙, 무엇을 하십니까?"

"아, 오후이십니까? 이것 좀 보십시오. 오후와 한 몸이 되어 조조를 멸할 수 있다면 이 바위를 베고, 그렇지 못하다면 이 검이 부러지게 해 달라고 하늘에 기원하고 검을 내리치니 이처럼 되었습니다."

"그럼 저도 한번 해보겠습니다."

손권도 검을 뽑았다. 그리고 유비와 똑같이 하늘에 기원한 뒤, 괴성과 함께 내리쳤다.

"앗, 베었습니다."

"오, 과연 그렇군요."

그 기적은 후세에 전설이 되어 감로사의 십자문석十字紋石으로 불리며 절의 명물이 되었다.

"황숙, 방장으로 돌아가 한층 연회를 즐기지 않겠습니까? 아직 밤이 많이 남았습니다."

"아닙니다. 너무 취해 자리에 앉아 있기도 힘이 드니, 취기를 달랜 후에 다시 연회를 즐기지요."

유비와 손권은 산책을 하러 나란히 문밖을 나섰다.

유비는 저 멀리 달과 가까운 산을 배경으로 한 장강의 절경을 보고 천하제일의 강산이라며 감탄했다. 후대에 감로사의 문에 '천하제일강산'이라는 현판이 걸린 것은 유비의 감탄에서 온 것이라 전해진다.

유비는 다시 달 아래의 강을 오가는 빠른 배를 보았다.

"북쪽 사람은 말을 잘 타고 남쪽 사람은 배를 잘 부린다는 말이 있는데, 실로 오의 사람들은 강 위를 평지와 같이 가는 듯합니다."

손권은 유비의 말을 잘못 알아듣고 대답했다.

"아니오, 오에도 좋은 말과 기수가 있습니다. 한번 말을 타고 달려보시겠습니까?"

두 사람은 즉시 준마 두 마리를 불러 타고 강안의 방파제까지 내달린 후 마주 보며 호탕하게 웃었다. 이러한 연유로 후일 오의 사민이 이곳을 '주마파駐馬坡'로 칭했다.

유비는 어느덧 10여 일을 오에서 보냈다. 날마다 주연과 의례, 구경,

초대 등이 가득하여 심신이 지칠 뿐이었다. 조자룡까지 걱정하는 눈치인 걸 알고 교국로가 중재에 나섰다. 그는 자주 궁중에 들어가 국태 부인을 설득해 드디어 길일을 택했다.

화촉을 올리는 당일까지 조자룡은 주군의 곁을 떠나지 않았다. 그리고 교국로에게 부탁하여 수행하러 온 신하들까지 입성 허가를 받아 빈틈없이 유비를 호위하게 했다.

하지만 혼례를 올린 밤, 신랑 유비는 혼자 후당에 들어가야 했다. 조자룡과 신하들은 그곳부터는 금문이라 들어갈 수도 없었고, 같이 들어가겠다는 말도 꺼내지 못했다.

신방으로 차려진 성의 깊은 규실閨室로 안내된 유비는 그만 정신이 아득해지면서 몸이 떨렸다. 등촉이 켜져 있는 방 안 가득 시녀들이 있었고, 더욱 놀란 것은 시녀들이 모두 칼을 차고 창을 든 채 늘어서 있었기 때문이다.

"호호호, 귀인께서는 아무것도 두려워하지 마십시오. 절대로 귀인에게 위해를 가하고자 함이 아닙니다."

방의 내외를 관장하는 관노파官老婆라는 직책의 나이 든 여인이 웃으며 말했다. 유비는 안심한 후, 관노파와 시녀 등 천여 명의 시종들에게 막대한 금과 비단을 베풀었다.

77
제갈량의 세 가지 비단주머니 계책

손권은 일낙원을 지어 유비의 타락을 도모하고, 안주하는 유비를 보며
고심하던 조자룡은 공명이 건넨 비단주머니를 떠올리는데……

7일간에 걸친 혼례 잔치와 축하 의례로 나라가 떠들썩할 때 혼자서
끙끙 앓고 있는 사람이 있었다. 바로 오후 손권이었다.

그런 와중에 시상의 주유가 파발로 서찰을 보내왔다. 주유도 소문을
듣고는 깜짝 놀란 듯했다.

금창의 병환이 아직 치유되지 않아 가고 싶어도 가지 못하고

그저 분통해하고 있을 뿐입니다. 마음을 다잡고 붓을 들어 서

찰 속에 계책 하나를 올립니다. 바라건대 부디 현려賢慮 하시길

바랍니다.

서찰 속에는 향후의 방책이 자세히 적혀 있었다.

"주유가 이런 계책을 보내왔는데 어떻게 생각하시오? 또다시 실패하지는 않겠소?"

손권이 장소張昭에게 의논하자 장소가 내용을 살펴본 후 말했다.

"역시 도독입니다. 도독의 계책에 감복했습니다. 본래 유현덕은 소년 시절부터 가난하게 자랐습니다. 청년기에는 각지를 유랑하였으니, 아직 부귀영화를 맛보지 못했을 것입니다. 그러니 주 도독의 계책대로 그가 원하는 만큼 재화를 주고, 옥루에 많은 미녀를 부른 후 귀한 옷과 진미와 술과 달콤한 음악과 음탕한 향료 등으로 그의 영기를 혼미하게 만드는 것입니다. 그렇게 해서 형주에 돌아가는 것을 잊게 하면, 형주에 있는 공명, 관우, 장비 들도 그에게 실망하여 원한을 품고 자연스레 뿔뿔이 흩어질 것이 틀림없습니다."

"그렇다면 유비가 지쳐 쓰러질 때까지 사치와 향락에 빠져들게 하라."

손권은 은밀히 계책에 따라 준비를 시작했다.

오의 동부東府에 일낙원一樂園을 짓게 한 후 정원에는 꽃과 나무를 심고, 연못에는 배를 띄우고, 복도에는 유리등을 줄지어 걸고, 난간에는 금과 은으로 수를 놓은 후 대리석과 공작석을 깔았다.

"오라버니도 역시 마음속으로는 나를 사랑하시는구나. 우리를 위해 이렇게까지 해주시다니."

오매군, 이제 유비의 부인이 된 손 부인은 오빠 손권에게 진심으로 감사한 마음을 가졌다.

어린 신부와 함께 유비는 산해진미와 진귀한 보물과 달콤한 술과 비단옷을 입은 미녀들에 둘러싸여 세월을 잊고 지냈다. 세상의 빈곤과 곤궁을 다 잊었으며, 언제부터인가 정진과 희망까지 잊고 지냈다.

"아아, 이 일을 어떻게 해야 하는가."

조자룡은 그런 유비를 보며 매일 한숨만 쉬었다.

"그렇다. 어려울 때 비단주머니를 열어보라고 한 군사의 말씀을 잊고 있었구나. 두 번째 주머니를 열어볼 때이다."

조자룡은 공명에게서 받은 두 번째 주머니를 열어보았다. 그 속에는 지금의 걱정을 정확하게 간파한 공명의 비책이 들어 있었다. 조자룡은 서둘러 유비를 만났다.

"큰일입니다. 이러고 있을 시간이 없습니다."

"무슨 일인가?"

"적벽의 원한을 풀기 위해 조조가 직접 50만 대군을 이끌고 형주를 치러왔다고 합니다."

"뭐? 조조가 형주를…… 그 소식을 누가 알려왔는가?"

"군사입니다. 군사께서 직접 오의 국경까지 오셨습니다. 형주가 위험합니다. 일각이라도 빨리 대책을 세우지 않으면 형주는 조조에게 멸망할 것입니다."

"정말 큰일이구나."

"자, 지금 당장 돌아가셔야 합니다."

"음, 그래야 하겠지……."

유비는 한동안 침묵하더니 이윽고 결심한 듯 얼굴을 들고 조자룡에게 말했다.

"그래, 돌아가자."

"그럼 지금 당장 가시지요."

"아니, 잠깐 기다리게. 부인에게도 이 사실을 알려야 하니."

"그건 안 됩니다. 부인께 말씀하시면 만류할 것이 분명합니다."

"내게도 생각이 있으니 그럴 일은 없다."

유비가 안으로 들어가자 손 부인이 먼저 말을 꺼냈다.

"형주로 꼭 돌아가셔야 하는지요?"

"아니, 그것을 어떻게 아셨소?"

"호호호, 그 정도 일을 몰라서야 어찌 당신의 아내라 할 수 있겠습니까?"

"이미 알고 있었다니 긴말은 하지 않겠소. 나는 지금 돌아가지 않으면 안 되오. 형주가 멸망의 위기에 처해 있소. 당신의 사랑에 빠져 나라를 잃는다면 세상의 웃음거리가 될 뿐 아니라 후대에까지 오명을 남길 것이오."

"지당한 말씀입니다. 무가의 사람으로서 그런 한을 남기시면 안 됩니다."

"전쟁에 나가면 언제 죽을지 모르오. 그러니 당신과 다시 만날 날을 기약하기 어렵소. 당신과 함께 보낸 날이 짧은 꿈이 되었구려."

"어찌 그런 불길한 말을 하십니까? 부부의 연이란 한갓 꿈이 아닐 것입니다. 또한 결코 짧아서도 안 됩니다. 살아 있는 한……."

"그렇다면 당신의 생각은 어떻소?"

"저도 함께 가겠습니다."

"뭐요? 형주로 말이오?"

"당연하지 않습니까."

"오후가 허락할 리 없소. 그대의 어머니 또한 허락하지 않으실 게요."

"오라버니에게는 알리지 않을 작정입니다. 어머니께만 따로 말씀드리는 게 좋을 것입니다."

"어떻게 오의 성문을 빠져나갈 수 있을지……."

"올해도 얼마 남지 않았습니다. 정월 초하루인 내일까지 기다려주세요. 저는 그전에 어머니를 찾아뵙고 말씀드리겠습니다. 설날 아침 조하朝賀를 위해 강가에 나가 조상께 제사를 드리겠다고 말입니다. 어머니께서도 크게 기뻐하실 것입니다."

"과연 그럴듯하오. 좋은 생각이지만 그 이후 전란이 끊이지 않을 타국에서 온갖 고생과 고초를 겪을 터인데, 그래도 고국을 떠난 것을 후회하거나 슬퍼하지 않겠소?"

"부군과 헤어져 홀로 오에 남는다 한들 무슨 즐거움이 있겠습니까? 부군의 곁이라면 불길 속이든 물길 속이든 어디라도 따를 것입니다."

유비는 기뻐서 금방이라도 눈물을 흘릴 듯했다. 그 후 유비는 조자룡을 은밀히 불러 손 부인의 진정을 전하고 계획을 세웠다.

"설날 아침에 사람들 눈에 띄지 않게 장강의 기슭에 나가 기다리고 있으라."

"주군께서도 잊지 마시고 군사의 계획대로 하십시오."

조자룡은 유비에게 다짐을 받고 물러갔다.

날이 밝으면 건안 15년이었다. 정월 초하루 새벽의 어둠은 깊었고 달빛도 남아 있었지만, 동쪽 하늘 구름 너머로 아침 해가 서서히 떠오르고 있었다.

오랜 관습에 따라 새해가 되면 성안에서는 만등萬燈을 밝힌 채 문무백관이 도열하여 오후 손권에게 배례를 올리고 만세를 외친 후 일출을 보며 술을 나눠 마셨다.

유비는 사람들의 눈을 피해 손 부인과 함께 국태 부인이 있는 궁방을 찾았다.

"강변에 나가 선조께 제사를 올리고 오겠습니다."

유비의 조부와 조모의 분묘는 모두 탁군涿郡에 있었다. 국태 부인은 사위의 효심을 칭찬했고, 딸에게 남편을 따르는 게 아내의 도리라고 가르치며 기분 좋게 두 사람을 배웅했다.

궁문을 나서기 위해 유비는 아름다운 안장을 얹은 말에 올랐고, 손 부인은 가마에 올랐다. 두 사람은 중문을 거쳐 성루문을 나왔다. 병졸들은 선망의 눈으로 바라볼 뿐 아무런 의심도 하지 않았다.

드디어 설날 아침이었다. 사람들은 모두 술에 취해 있었다. 아직 채 밝지도 않은 어스름한 하늘에 하얀 아침 달이 떠 있었다. 유비는 외성문까지 나온 후 가마를 끄는 사람과 병사 들을 돌아보며 말했다.

"오늘은 조상의 제사를 지내러 가는 것이니, 저기 있는 숲 속의 샘에서 모두 몸을 깨끗이 하고 오너라."

유비는 사람들을 모두 그곳으로 보냈다. 미리 의논했던 대로 손 부인도 준비를 했다. 평소에도 허리에 작은 검을 차고 있었지만, 그날은 작은 활까지 차고 머리부터 상반신까지 장옷으로 덮어썼다. 손 부인은 가마에서 내려 종자들이 놓고 간 말에 능숙하게 올랐다.

"일이 잘 풀린 듯합니다."

"지금부터가 중요하오."

두 사람은 말을 달려 장강의 부두까지 왔다. 그 무렵 해가 중천에 떠올라 양자강의 강물이 눈부시게 일렁이고 있었다.

"주군, 부인, 오셨습니까!"

"조운인가? 드디어 왔네. 여기까지는 운이 좋았네. 곧 추격대가 따라올 것이니 서두르세."

"이미 각오한 일입니다. 이 조운이 있는 한 걱정하지 마십시오."

5백 명의 수행자들도 조자룡과 함께 그곳에서 기다리고 있었다. 그들은 유비와 손 부인을 경호하며 육로를 이용해 오를 빠져나갈 계획이었다.

다행히도 그 일을 손권이 알게 된 것은 그로부터 반나절이 지난 뒤였다. 외문 성문까지 가마를 끌고 갔던 사졸들이 유비와 손 부인이 없어진 것을 알고 강변 일대를 찾아 헤매다 늦게 보고했던 것이다.

게다가 사건의 진상은 저녁 무렵에서야 밝혀졌다. 손권은 모든 사실을 알게 된 후 크게 노했다.

"유비 이놈이 은혜를 원수로 갚는 것도 모자라 내 동생을 빼앗아 도망가다니!"

손권은 탁자 위에 있던 벼루를 집어 바닥에 내동댕이쳤다. 그런 다음 분주히 회의를 열었다. 손권은 신하들과 의논한 끝에 정병 5백 명을 보내 추격에 나설 것을 명했다.

오후 손권의 화는 쉽게 진정되지 않았다. 밤이 되어서도 그의 격노한 목소리가 온 성을 가득 채웠다. 급히 입성한 정보가 손권에게 조심스레 물었다.

"추격대의 장수로 누구를 보내셨습니까?"

"진무와 반장을 보냈소."

"병사의 수는 얼마입니까?"

"정병 5백 명이오."

"아, 그래서는 안 됩니다."

"어째서인가?"

"이미 오매군은 유비와 깊이 동조하여 탈출을 하셨습니다. 비록 오매군은 여인의 몸이지만 남자들도 당해내지 못할 만큼의 무예와 강한 성품을 지니고 계십니다. 진무와 반장이 이를 당해낼 리 없을 듯합니다."

손권은 즉각 장흠과 주태 두 장수를 불러 명했다.

"이 검을 들고 유비를 쫓아 반드시 놈의 목을 치거라. 만약 오매군이 말을 듣지 않을 시에는 나를 대신하여 동생의 목을 쳐서 가져오너라. 명을 어길 시에는 그대들에게도 죄를 묻겠다."

손권은 몸에 차고 있던 검을 두 장수에게 건넸다.

***

밤낮으로 말에 채찍을 가했다. 그만큼 시상柴桑 땅에 가까워지고 있었다. 유비는 조금 마음을 놓았다. 그러자 여인의 몸으로 말을 타고 온 부인이 걱정되었다. 유비는 도중에 가마를 구해 부인을 옮겨 태웠다. 그러고는 한층 더 서둘러 길을 갔다.

"멈춰라. 오후의 명령이다."

산 한쪽에서 큰 소리가 들리더니, 이내 병사 5백 명이 두 갈래로 나눠 쫓아왔다. 조자룡은 당황하지 않고 유비에게 말했다.

"여기는 제가 맡겠습니다. 주군은 앞서 가십시오."

그날은 가까스로 어려운 상황에서 벗어났다. 하지만 다음 날, 또 그 다음 날도 오의 군사들이 유비의 앞길을 가로막았다. 시상의 주유와 손권의 엄명이 사방팔방에 내려졌다. 수로와 육로 모두 엄중한 수색이 이루어졌고, 요소마다 서성과 정봉의 부하 3천 명이 버티고 있었다.

"아, 큰일이다. 앞길에 오의 병사들이 진을 치고 있다. 이제 오갈 수가 없게 되었구나."

"아닙니다. 군사께서 미리 이런 일을 예상하고 비단주머니에 계책을 담아주셨습니다. 이걸 보십시오."

조자룡이 유비의 귀에 대고 속삭이자 유비는 그제야 희망을 되찾았다. 유비는 부인이 탄 가마로 다가가서 슬픈 목소리로 그녀에게 말했다.

"부인, 여기까지 함께 왔지만, 나는 이제 목숨을 보장할 수 없게 되었소. 우리의 인연은 이게 다인 것 같으니, 부인은 단념하시고 오로 돌아가시오. 구천을 떠돌며 후일 다시 만날 날을 기다리겠소."

손 부인이 발을 올리고 말했다.

"다시 오로 돌아가려 했다면 여기까지 오지도 않았습니다. 어찌 그리 성급히 말씀하십니까?"

"오후의 추격대가 앞뒤에서 쫓아오고 있고, 주유의 군대가 사방을 가로막고 있소. 붙잡혀 모욕을 당하고 죽느니, 차라리 여기서 스스로 목숨을 끊는 것이 좋을 듯하오."

그때 서성과 정봉이 부하를 이끌고 들이닥쳤다. 부인은 당황해서 유비를 가마 뒤쪽에 숨기고는 가마에서 내렸다.

"너희는 누구냐? 주군의 누이동생에게 손끝 하나라도 댔다가는 주군의 어머니가 너희의 목을 그대로 두지 않을 것이다."

손 부인이 말했다.

"아, 오매군이십니까?"

서성과 정봉은 얼떨결에 말에서 내려 무릎을 꿇었다.

오의 신하들은 손 부인이 평범하지 않다는 것을 잘 알고 있었다. 그뿐 아니라 남자를 능가하는 그녀의 늠름한 기상을 두려워하고 있었다.

"정봉과 서성이 아니시오."

"예, 그렇습니다."

"병사를 이끌고 주인의 가마를 쫓는 건 모반을 일으킨 자나 하는 짓이오. 어서 물러가시오."

"하지만 오후의 명이며, 주 도독의 지시입니다."

"주유가 무엇입니까? 주유가 지시한다면 그대들은 모반이라도 일으킬 작정이십니까? 오라버니 손권과 나는 남매입니다. 가신들이 나설 일이 아닙니다."

"공주님께 위해를 가하려는 것이 아닙니다. 그저 유비를……."

"입 다무시오. 유 황숙은 대한의 황숙, 그리고 지금은 내 부군이십니다. 우리 둘은 국모의 승낙을 받고 천하 사람들 앞에서 혼례를 올렸습니다. 그러니 내 부군에게 손끝 하나라도 대면 가만두지 않을 것이오."

손 부인은 허리에 차고 있던 작은 검을 움켜쥐었다. 서성과 정보는 깜짝 놀라 손을 저으며 말했다.

"잠시, 잠시 진정하십시오."

손 부인이 얼굴에 노기를 드러내며 말했다.

"그대들은 오로지 주유만을 무서워하고 있구려. 어서 돌아가서 내가 지금 말한 대로 주유에게 전하시오. 만일 주유가 명령에 따르지 않았다고 그대들을 벤다면, 그 즉시 내가 이 검으로 그를 베러 가겠다고."

서성과 정봉은 그녀의 추상같은 말에 완전히 굴복하고 말았다. 손 부인은 다시 가마에 올라 명했다.

"그만 가자. 어서 서둘러라."

유비 일행은 발길을 재촉했다. 서성과 정봉은 유비 일행이 지나가는 것을 빤히 바라볼 수밖에 없었다. 그들은 할 수 없이 말을 돌려 돌아갔다.

"아니, 어찌 된 일이오?"

저편에서 말을 타고 온 두 장수가 서성과 정봉을 발견하고 말을 걸었다. 두 장수는 오후의 명으로 대병을 이끌고 온 진무와 반장이었다. 서성과 정봉은 그들에게 전말을 이야기했다.

"공주님은 주군의 누이동생이고 저희는 신하입니다. 그토록 호통을 치시는데 어떻게 할 수가 없었습니다."

"뭐라고? 놓쳤다는 것이오? 참으로 유약하도다. 자, 뒤따르시오. 공주님의 질책 따위가 뭐가 두렵단 말이오. 우리는 오후의 칙명을 받고 온 것이오. 거역하면 목을 쳐야 하오!"

그들은 먼지를 일으키며 유비 일행의 뒤를 쫓았다.

손 부인과 유비 일행은 장강 강가를 따라 서둘러 가다 자신들을 부르는 소리를 듣고 멈춰 섰다. 손 부인은 다시 가마에서 내려 추격대를 기다렸다. 그 모습을 본 진무 등 네 명의 장수가 말을 재촉하며 달려왔다.

"그 무례한 태도는 무엇이오? 어서 말에서 내리시오."

추상같은 손 부인의 말 한마디에 네 사람은 주춤 말에서 내렸다. 그리고 손을 모아 예를 갖추고 섰다. 그러자 손 부인이 손가락으로 그들을 가리키며 말했다.

"그대들은 녹림의 무리인가, 강상의 해적들인가? 오후의 신하들이 그리 무례한 행동을 할 리가 없다. 주군의 동생에게 취해야 할 예를 모르는가? 무릎을 꿇고 배례를 해야 하는 것이 아닌가?"

네 장수는 곧바로 땅에 무릎을 꿇고 두 손을 모으고 머리를 들어 예를 갖추었다. 손 부인은 그제야 노기를 누그러뜨리고 물었다.

"대체 무엇을 하러 여기까지 온 것이오?"

반장이 대답했다.

"공주님을 모시러 온 것입니다."

"나는 오로 돌아가지 않을 것이오."

"하지만 오후의 칙명입니다."

"우리는 어머니의 허락을 받고 성을 나온 것이오. 오라버니가 어머니의 명을 거역할 리 없소. 그대들은 뭔가 잘못 알고 온 게 틀림없소."

"아닙니다. 오후께서는 목이라도 가져오라고 엄명하셨습니다."

"내 목이라도?"

"……."

"목을 쳐서라도 말이오?"

"아니, 그만 실언을 했습니다. 유비를 말한 것입니다."

"닥치시오."

"예?"

"내 몸에 칼을 대는 것이나, 내 부군에게 칼을 대는 것이나, 부부인 이상 똑같은 것이오. 어디 한번 해보시오. 설사 우리 부부가 여기서 죽는다고 하더라도 여기 있는 조 장군이 그대들을 결코 살려 보내지 않을 것이오. 행여 무사히 목숨을 부지하여 돌아간다 해도 오에 계시는 어머니께서 어찌 그대들을 살려두시겠소."

"……."

"자, 일어나시오. 그럴 각오가 있다면 창이나 칼을 들고 나부터 베어야 할 것이오."

그 말에 네 장수 어느 누구도 일어서지 못했다. 그리고 어느새 유비의 모습은 보이지 않았고, 조자룡만 눈을 희번덕거리며 손 부인 옆에 서 있었다.

네 장수는 손 부인의 가마가 떠나는 것을 허무하게 지켜볼 수밖에 없었다. 마지막까지 조자룡이 네 장수 앞에 버티고 있었던 탓에 그들은 손을 쓰기는커녕 이야기할 틈도 없었다.

"큰일이군."

"공주님을 당할 수가 없군."

네 사람은 풀이 죽은 상태로 말을 돌렸다. 그리고 10여 리를 돌아왔을 때였다. 두 장수가 그들을 불렀다.

"유비는 어디에 있는가?"

"공주님은 어디에 계시는가?"

살펴보니 오의 장흠과 주태였다.

진무가 면목이 없다는 듯 고개를 숙였다.

"뒤쫓아 사로잡으려 했습니다만, 공주님께서는 국태 부인께서 허락해 성을 나온 것이니 국태 부인의 명이 없으면 돌아가지 않겠다고 하셨습니다."

"뭐라고? 오후의 엄명임을 말하지 않았느냐?"

"그리 말했습니다만 오후께서는 자신의 오라버니인데, 어찌 신하의 신분으로 남매 사이의 일에 끼어들려고 하냐며 호통을 치셨습니다."

"이런, 어찌 그렇게 소심하여 추격대의 임무를 완수할 수 있겠는가. 오후께서는 공주님이 말을 듣지 않을 경우, 설사 주군의 동생이라 해도 목을 치라 하셨다. 이것을 보아라. 오후께서 직접 검을 하사하시며 명하셨다."

"아, 주군의 검을!"

"말을 재촉하여 뒤를 쫓으면 유비 일행을 따라잡을 수 있을 것이다.

서성과 정봉은 먼저 가서 주 도독께 강기슭과 강 위를 막으라 하시오. 우리 네 명은 육로로 쫓아 반드시 시상 부군에서 그들을 사로잡을 것이오."

시시각각 다가오는 위험 속에서 유비와 손 부인의 가마는 분주히 길을 재촉하고 있었다. 어느새 시상성의 마을을 멀리 우회하여 강을 따라 가다 유랑포劉郎浦라는 어촌에 당도했다.

유비와 조자룡이 배를 찾아봤지만 한 척도 보이지 않았다. 거센 파도에 강물이 넘실거렸고 앞쪽에 펼쳐진 만은 저 멀리 산기슭까지 이어져 어느 쪽이든 배가 없으면 나아갈 수 없는 지형이었다.

"조운, 조운."

"예, 주군."

"이곳은 마치 호랑이 굴 같구나. 이제 마지막이 온 듯하다."

"아닙니다. 아직 실망하기는 이릅니다. 마지막 남은 비단주머니를 열어보았더니, '유랑포 파도가 거세도 근심하지 말라. 여기서 배 한 척을 만나리'라고 적혀 있었습니다. 반드시 좋은 계책이 있는 게 분명합니다. 너무 심려치 마십시오."

조자룡은 유비를 위로했다. 하지만 유비는 아무 말 없이 회색빛 하늘과 강물을 둘러볼 뿐이었다. 그때 산등성이 쪽에서 추격대의 북소리와 징소리가 들려왔다.

유비는 안절부절못했다. 손 부인도 각오한 듯 가마에서 뛰어내렸다. 점점 다가오는 함성 소리에 유비의 몇 안 되는 군사들이 사방으로 도망치기 시작했다.

그때 갑자기 몇 리에 걸쳐 있는 랑포만의 갈대와 억새가 일제히 흔들리는 소리가 들렸다. 살펴보니 갈대 사이로 돛을 올리고 노를 저어오는 20여 척의 배가 보였다. 배들은 유비가 있는 강기슭으로 다가왔다.

"빨리 배에 오르십시오."

누군가 배 안에서 손을 흔들며 유비를 불렀다.

"황숙, 이제 오셨습니까?"

그는 바로 한눈에 알아볼 수 있도록 머리에 윤건을 쓴 제갈공명이었다.

***

공명과 함께 온 형주의 병사들은 모두 상인으로 변장을 했다. 유비와 손 부인, 그리고 일행이 각각 배에 올라 즉각 만을 벗어났다.

"배를 돌려라!"

오의 추격대가 뒤늦게 도착하여 소리를 질러댔다. 공명이 배 위에서 손으로 그들을 가리키며 말했다.

"이미 우리 형주는 한 나라를 이루었다. 한 나라가 다른 나라를 도모하거나 공격하는 것은 좋지만, 미인계라는 하책을 이용하는 것은 비굴하기 그지없다. 오에 돌아가서 주유에게 두 번 다시 이러한 짓은 하지 말라고 고하라."

배 여기저기에서 그들을 비웃는 소리가 울려 퍼졌다. 강기슭에서는 화살이 비 오듯 날아왔지만, 모두 강물에 떨어져 휩쓸려갔다.

배를 타고 얼마쯤 가다 보니 오의 병선 백여 척이 나타났다. 중앙에 '수帥'자를 새긴 기를 보니 분명히 주유가 탄 배였다. 왼편에는 황개의 깃발이 보였고, 오른편에는 한당의 배가 보였다. 그 진형은 흡사 봉황이 날개를 펼친 듯 했다.

"오의 병선들이다."

유비를 비롯한 사람들의 안색이 창백해졌다. 하지만 공명은 예상한 일이라는 듯 수졸들을 안심시키며 바로 진로를 지시했다.

공명과 일행은 배들을 신속하게 강기슭에 댄 후 육로로 도망치기 시작했다.

오의 수군도 배를 버리고 육지로 올라왔다. 황개, 한당, 서성 등이 재빨리 말을 타고 그들을 쫓았다. 얼마 후 주유가 여기가 어딘지를 묻자 서성이 황주黃州의 경계라고 답했다.

그때 갑자기 북소리가 사방의 정적을 깨뜨리더니 산기슭에서 관우의 군마가 돌진해왔다. 관우는 주유를 향해 82근이나 되는 청룡언월도를 휘둘렀다.

"적들이 방비를 하고 있었구나."

주유가 물러서자 황충과 위연이 좌우에서 기다렸다는 듯 병사를 이끌고 주유를 공격했다.

오의 군사들은 제대로 싸우지도 못하고 패퇴했다. 주유는 상륙한 곳까지 도망쳐온 후 서둘러 배에 올랐다. 그때 멀리 도망간 줄 알았던 공명이 홀연히 군사들을 이끌고 나타나 큰 소리로 말했다.

"실로 주유의 묘책이야말로 천하제일이로다. 부인을 바친 것도 모자라 병사까지 바쳤구나."

공명의 말에 모두 주유를 비웃었다.

"육지로 돌아가 다시 한번 싸워보자. 제갈량, 거기서 꼼짝 말거라."

주유는 분기탱천하여 소리를 지르며 발을 굴렀다. 황개와 한당이 아군의 병사들이 많이 죽었고 남은 자들도 전의를 잃어버렸다며 주유에게 지금은 참아야 할 때라고 간했다. 그러고는 수군에게 어서 돛을 올리고 빨리 강으로 나가라고 명령했다.

주유가 피눈물을 흘리며 소리쳤다.

"오의 대도독 주유가 이런 치욕을 당하고 어찌 강동으로 돌아가 오후를 뵐 수 있겠는가."

주유는 이를 갈며 소리친 후 입에서 붉은 피를 토하고 바닥에 쓰러졌다.

"도독, 주 도독! 정신 차리십시오."

오의 부장들이 주유의 몸을 안아 일으키며 비통한 듯 소리쳤다. 잠시 후 주유가 간신히 눈을 뜨고는 희미한 목소리로 말했다.

"배를, 배를 오로 돌리시오."

장흠과 주태는 배를 돌려 시상까지 돌아왔다. 주유는 분루를 삼키며 다시 병상에 누울 수밖에 없었다.

손권은 보고를 받고는 유비를 증오하며 어떻게든 보복을 하리라 다짐했다. 때마침 병중의 주유에게 장문의 편지가 왔다. 하루빨리 병마를 강대히 하여 형주를 응징하라는 내용이었다. 젊은 혈기가 왕성한 손권은 주유의 편지를 읽고 즉각 군회軍會를 소집했다.

"갑자기 무슨 연유로 군회를 소집하십니까?"

장소는 손권의 말을 듣고 앞으로 나가 간언했다. 장소는 애초부터 평화론자라기보다 자중하는 문치文治주의자였다.

"지금 조조가 적벽의 치욕을 갚고자 밤낮으로 군비를 늘리고 있는 것을 잊으셨습니까? 조조가 당장이라도 대군을 이끌고 오지 않는 것은 힘이 없어서가 아닙니다. 또한 오를 두려워해서도 아닙니다. 오와 유비의 연합을 두려워해서입니다. 그런데 만일 오가 유비를 공격하여 두 세력 간에 전쟁이 벌어지면 조조는 때가 왔다고 여겨 위의 전군을 이끌고 남하할 것입니다."

"그럼 어떻게 하는 게 좋겠는가?"

"어떻게 하기 전에 처리해야 할 현안이 있습니다."

"무엇이오?"

"유비가 조조와 화친을 맺지 않도록 조치를 강구하는 것입니다."

손권은 의외라는 반응을 보였다.

"유비가 과연 조조와 화친을 맺겠는가?"

"지극히 가능한 일입니다. 우리가 있을 수 없는 일이라며 방심하고 있으면 더욱 그 가능성은 높아질 것입니다."

"그런 일은 미연에 방지해야 할 것이오."

"그렇습니다. 무엇보다 이 일이야말로 당장 시급한 과제입니다. 오에도 조조의 첩자가 꽤 잠입해 있는 것으로 알고 있습니다. 그러니 주군이 유비와 사이가 틀어졌다는 사실이 벌써 허창의 조조에게도 알려졌을 터입니다. 조조는 누구보다 때를 잘 알며 민감한 자이니, 어쩌면 벌써 유비에게 사자를 보냈을지도 모릅니다. 대책은 빠르면 빠를수록 좋습니다."

"음, 유비가 하루아침에 위와 동맹을 맺게 되면 이는 오에게 큰 위협이 될 것이다. 그것을 막을 좋은 방책이 있는가?"

"당장 허창으로 사자를 보내 조정에 표문을 올려 유비를 형주의 태수로 봉하는 것이 가장 좋을 듯합니다."

"……."

손권은 내키지 않는 표정을 지었다. 장소는 계속 젊은 주군을 설득했다.

"유비를 출세시키는 것은 내키지 않으시겠지만, 그 효과는 크다고 봅니다. 무엇보다 그렇게 함으로써 조조는 오와 유비 사이의 파탄을 눈치채지 못할 것입니다. 유비도 감탄해서 오를 원망하는 마음을 잊어버릴 것입니다. 그런 다음 간자들을 이용해 조조와 유비의 싸움을 조장하고 유비가 싸움으로 피폐해진 틈을 살펴 형주를 빼앗으면 좋을 듯합니다."

"적지에 가서 그런 계책을 성공시킬 자가 과연 있겠는가?"

"있습니다. 평원平原에 자가 자어子魚인 화흠華歆입니다. 본시 조조의 총애를 받던 자이니 적임자입니다."

"그렇다면 어서 부르시오."

손권은 장소의 말에 완전히 마음이 동했다.

78
풍운아 주유의 죽음

조조는 유비가 형주를 취했다는 말에 탄식하고,
주유는 유비를 대신하여 촉을 공략한다는 명분을 내세워 형주로 진군한다

기북冀北의 강국 원소가 망한 후 9년 동안 사람과 문화 모두 새롭게 변했지만, 가을이 가면 겨울이 오고 겨울이 가면 봄이 오듯 사계절의 풍광만은 변하지 않았다.

때는 건안 15년 봄이었다. 업성鄴城(하북성)의 동작대는 8년에 걸친 대역사의 낙성식을 맞이했다. 조조는 허창을 출발하면서 각 주의 대장과 문무백관을 축하 연회에 초대했다. 업성의 봄은 바야흐로 그들이 타고 온 마차와 말 들로 활기가 넘쳤다.

'동작대'라는 이름은 9년 전 조조가 북벌하여 이곳을 점령했을 때

지하에서 청동의 공작을 발굴한 것에서 유래되었다. 성에서 조망했을 때 왼쪽의 누각을 '옥룡대', 오른쪽의 고각高樓을 '금봉대'라고 불렀다. 모두 지상에서 10여 장丈의 높이였다. 공중에는 무지개와 같은 구름다리를 만들고, 옥룡금봉을 연결하고, 이를 둘러싼 천 개의 문門과 만 개의 호戶에 후한後漢의 문화와 예술의 정수를 담았다. 금으로 된 벽과 은빛 모래는 눈을 뜰 수 없을 정도로 밝게 빛났다. 사람들은 이곳이 현세인지 모를 정도로 황홀해하며 그저 넋을 잃을 뿐이었다.

그날 조조는 칠보금관을 쓰고 녹색 비단의 도포를 입고 황금 칼을 옥대에 차고 한 발 내딛을 때마다 찬란히 빛을 발하는 구슬로 만든 신발을 신고 있었다.

"말로 표현할 길이 없을 정도로 장대하고 화려합니다."

문무백관과 대장 들이 조조의 옥대 아래에 시립하여 만세를 부르고 잔을 들어 축하했다.

"오늘같이 좋은 날 흥을 돋우는 일이 없는가?"

조조는 따로 생각한 게 있는 듯 말했다. 곧 좌우에 명하여 붉은빛이 도는 비단으로 만든 전포戰袍를 가져와 정원 건너편에 있는 큰 버드나무 가지에 걸게 했다. 그리고 무신들을 향해 말했다.

"버드나무까지 거리는 백 보, 활로 저 전포의 붉은 심장 부분을 쏘아 맞힌 자에게 저 전포를 상으로 내리겠다. 자신 있는 자는 도전하라."

활을 쏘겠다고 나선 자들이 줄을 지어 섰다. 조씨의 일족은 홍포紅袍를 입고 다른 장수들은 녹포綠袍를 입고 있었다. 도전자는 말에 올라 활을 들고 신호를 기다렸다.

조조는 재차 고했다.

"만일 쏘아 맞히지 못한 자는 벌로 장하의 강물을 한가득 마셔야 하오. 자신 없는 자는 지금이라도 줄에서 벗어나시오. 그리고 이리 와서 벌주를 드시오."

아무도 줄에서 벗어나지 않았다.

"시작하라!"

조조의 말과 함께 북소리가 울려 퍼진 순간, 한 사람이 말을 타고 나가 마상에서 화살을 메겼다. 그는 조조의 생질 조휴曹休로 자는 문열文烈이며 젊은 무장이었다. 그는 백 보 떨어진 목표물을 향해 팽팽하게 시위를 당겨 쏘았다.

화살은 정확히 목표를 관통했다.

"와아, 명중이다. 맞았다."

사람들의 감탄이 장내를 가득 채우고 박수가 끊이질 않았다. 사졸이 버드나무 쪽으로 달려가 조휴에게 건넬 붉은빛 전포를 내리려고 했다.

그때 한 장수가 말을 타고 달려나오며 소리쳤다.

"기다려라. 승상의 상은 바로 내가 가져가야겠다."

누군가 살펴보니 바로 형주의 문빙文聘으로 자는 중업仲業이었다.

문빙은 말의 발걸이에 서서 화살을 눈썹까지 메겼다. 화살은 순식간에 날아가 전포에 꽂혔다.

"명중이오. 이제 저기 걸려 있는 홍포를 내게 주시오."

문빙이 큰 소리로 말했다. 그때 또 다른 장수가 나섰다.

"무슨 소리! 홍포는 이미 앞의 소장군도 쏘아 맞혔소. 내 솜씨를 보고 나서도 그런 소리가 나올지 두고 봅시다."

조조의 사촌 동생 조홍이었다. 조홍은 활시위를 팽팽하게 당겨 화살을 쏘았다. 조홍의 화살도 멋지게 전포의 심장 부분을 꿰뚫었다. 그 순간 징소리와 북소리가 울렸고, 사람들의 박수와 함성이 쏟아졌다.

그러자 또 다른 장수가 가소롭다는 듯 주위를 둘러보며 나왔다. 바로 하후연이었다. 그는 전광석화처럼 과녁과 반대 방향으로 말을 달리다 고개를 돌려 활을 쏘았다. 그의 화살은 세 명이 쏜 화살의 한가운데를 정확히 꿰뚫었다.

하후연은 화살을 쫓아 버드나무 아래로 달려갔다.

"이 전포는 내가 감사히 받겠소이다."

하후연이 말 위에서 손을 뻗어 잡으려는 순간, 큰 소리로 꾸짖는 소리와 함께 어디선가 화살이 날아왔다. 서황이 쏜 화살이었다. 그가 쏜 화살은 멋지게 버드나무 가지를 꿰뚫었다. 홍포가 펄럭이며 땅으로 떨어지는 순간 서황이 달려와서 홍포를 집어 들었다. 그는 홍포를 자신의 어깨에 걸친 후 말을 달려 누대 앞으로 가서는 우러르며 말했다.

"승상의 선물은 제가 감사히 받겠습니다."

사람들이 모두 달갑지 않은 표정으로 웅성거리자 누대 아래서 허저가 뛰어나와서는 서황의 활을 잡더니 말 위에서 그를 끌어내렸다.

"무슨 짓이오?"

"아직 승상의 허락이 없소이다. 활 실력으로 그 전포를 받을 자가 결정되는 것이오."

두 사람은 전포를 붙잡고 서로 잡아당기며 힘겨루기를 했다. 이윽고 전포는 몇 갈래로 찢어지고 말았다.

조조는 누대 위에서 쓴웃음을 지으며 활을 쏜 장수들에게 말했다.

"평소 훈련과 무예에 정진하는 그대들의 모습을 잘 보았소. 홍과 녹 둘 다 막상막하 용호상박이라 할 만하오. 내 어찌 정진하는 그대들에게 한갓 전포 하나를 아끼겠소."

조조는 모두에게 촉강蜀江의 비단 한 필씩을 하사했다. 그때 일제히 음악이 울리고 산해진미와 술이 들어와 주연이 벌어졌다.

주연이 무르익었을 때쯤 조조가 말했다.

"무장들이 활을 쏘아 그 솜씨를 보여주었소. 강호의 박학과 문부의 제군들도 이에 화답하여 오늘의 연회를 축하하길 바라오."

우레와 같은 박수가 쏟아졌다. 자가 경흥景興인 왕랑王朗이 문관의 열에서 일어나 조조의 공덕을 찬양하는 시로 화답했다. 조조는 무척 흡족해하며 잔에 술을 따라 왕랑에게 권했다. 왕랑은 잔을 비우고 자신의 소매에 술잔을 넣고 물러갔다. 왕랑에 이어 자가 원상元常인 종요鐘繇도 화답했다. 모두 조조의 큰 공덕을 찬양하며 천명을 이어받아야 한다는 내용이었다. 이에 조조는 기쁜 마음에 극찬을 아끼지 않으며 문관들 모두에게 상을 내렸다. 동작대에는 박수와 음악과 상찬의 소리가 끊이지 않았다.

조조는 좌우의 문무백관들에게 기쁨을 전하면서 스스로를 반성하는 말도 잊지 않았다.

"만일 내가 나서지 않았다면 나라 안의 반란은 더욱 기승을 부리고 저 원술과 같이 제왕을 사칭하는 자가 수없이 출몰했을 것이오. 다행히 내가 원술과 유표를 응징하여 재상의 무거운 자리까지 올랐지만, 혹자 중에는 내게 천하를 찬탈하려는 야심이 있다고 의심하는 자가 있을지 모르오. 하지만 내 어릴 적 『악의전樂毅傳』을 읽으니, 조왕趙王이 군사를 일으켜 연나라를 치려 하자 악의는 땅에 부복하여 자신이 예전 섬기던 왕과의 싸움은 의롭지 못한 것이라며 통곡했다 하오. 그 장면은 내 머릿속에 깊이 각인되어 오늘에 이르러도 잊히지 않고 있소. 내가 난을 평정하고 안으로는 재상의 권력을 잡고, 밖으로는 병권을 관장하는 것도 그러지 않으면 사방의 폭도들이 할거하여 백성들이 영원히 전란의 화에서 구원받지 못하기 때문이오. 질서가 무너지고 중앙의 통제가 상실되면 결국엔 한조의 천하도 무너질지 모른다는 근심이 나를 사로잡았기 때문이니, 문무제관들은 모두 나의 이러한 뜻을 잘 헤아리길 바라오."

조조는 좌중의 중신들과 술잔을 몇 잔 기울인 뒤 취흥에 겨워 붓과 벼루를 가져오라 일렀다. 조조가 종이를 늘어놓고 즉흥적으로 시구를 적고 있는데, 병사 하나가 빠른 걸음으로 들어와 소식을 전했다.

대연회 중이었지만 조조는 시무時務를 게을리할 수 없다며 사자를 불러 무슨 일인지 물었다. 사자는 먼저 관청에서 올라온 표문을 올린 후 말했다.

"호북으로 행차하신 후 강남에서 변동이 생겼다는 첩보가 계속 올라왔습니다. 첩보에 따르면 오의 손권은 화흠이라는 자를 사자로 삼아 유비를 형주태수로 추천하고, 천자께 표문을 올려 윤허를 구하고 있습니다. 그뿐 아니라 자신의 누이동생을 유비에게 시집보내면서 형주 아홉 군의 절반을 그에게 내어준 듯합니다. 손권과 유비가 결탁한 것은 당연히 우리 위를 염두에 둔 것으로 보입니다."

"뭐라, 오후의 동생이 유비와 혼례를 올렸다고?"

조조는 손에 들고 있던 붓을 떨어뜨렸다. 그가 얼마나 놀라고 충격이 컸는지는 하늘의 구름을 쳐다보던 초점 없는 시선에서 분명히 느낄 수 있었다.

정욱이 붓을 주우며 말했다.

"승상, 왜 그러십니까? 적군의 몇 겹의 포위망 속에서도 그토록 의연하셨던 승상이십니다."

"정욱, 어찌 놀라지 않을 수 있는가. 유비는 용龍과 같은 인물이다. 평생 물을 만나지 못하고 날려 해도 날지 못하고 깊은 소沼에 머물던 그가 형주를 얻었다는 것은 교룡蛟龍이 물을 만나 대해로 나가는 것과 같은 것이다. 그러니 어찌 놀라지 않을 수 있겠는가."

"그렇다고는 하나, 그저 마른하늘에 한 조각 구름에 지나지 않습니다."

"물과 용이 서로 어울리는 것을 끊는 것은 어려운 일일 것이다."

"저는 그렇게까지 걱정할 일이 아니라고 생각합니다. 왜냐하면 본래 손권과 유비는 두 마리의 수룡과 같이 서로 맞지 않기 때문입니다. 오히려 손권은 유비를 증오하는 마음이 강하여 유비를 해하기 위해 도모하려는 움직임이 보입니다. 필시 이번 혼례도 다른 속내가 있을 것입니다. 그러니 그 둘을 서로 싸우게 하는 방법이 없지만은 않을 것입니다."

"그 계책을 말해보라."

"제 소견으로는, 손권이 믿고 의지하는 자는 주유입니다. 또한 중신 중에서는 정보입니다. 그러니 승상께서는 속히 허창으로 돌아가셔서, 우선 오의 사자인 화흠을 만나시고 당분간 화흠을 오로 돌려보내지 마십시오."

"그 뒤에는?"

"따로 칙명을 받아 주유를 남군의 태수로 봉하십시오. 또한 정보를 강하의 태수로 삼으십시오. 남군과 강하는 모두 유비가 영유하고 있는 곳이기 때문에, 이를 오의 사자인 화흠에게 전하면 분명 둘 다 받아들이기 어려울 것입니다. 그러니 화흠에게 관직을 내려 한동안 조정에 붙잡아두고, 주유와 정보에게 따로 칙명을 내리면 반드시 감격하며 받아들일 것입니다."

"흠, 그렇군."

조조는 이미 정욱이 생각한 계책의 결과까지 읽어내고 있었다. 그날 저녁, 조조는 동작대의 대연회를 반이나 남겨두고 급히 허창으로 돌아갔다. 그리고 오의 사자 화흠을 붙잡아두기 위해 대리사소경大理寺小卿이라는 관직을 내리는 한편 칙명을 받아 정욱의 계책대로 강동에 칙사를 파견했다.

***

시상에 머물며 요양을 하고 있던 주유는 칙사의 칙명으로 생각지도 못한 벼슬을 얻자 병도 잊고 손권에게 다음과 같은 편지를 보냈다.

천자께옵서 불초 주유를 남군태수로 봉한다는 칙명을 내리셨습니다. 하지만 남군에는 이미 유비가 있어, 신이 얻을 땅은 한 치도 없습니다. 또한 유비는 지금 주가主家의 사위입니다. 신이 조정의 명에 충성하자니 주가의 친족에 반하는 죄를 얻을 것이오, 주가에 충성하자니 조정의 명을 어기는 것이 됩니다. 바라옵건대, 주유의 마음을 가엾이 여겨 주군의 현찰賢察을 구하는 바입니다.

오의 남서南徐(남경南京 부근)에 거처하던 손권이 바로 노숙을 불렀다.

"참으로 곤란한 일이로군. 주유는 이렇게 말하고, 내 동생의 남편인 유비는 형주를 돌려줄 생각이 없는 듯하고……."

"아닙니다. 촉을 취하면 형주를 돌려준다는 증서를 받아놓지 않았습니까."

"시끄럽소. 그런 종잇조각을 믿고 그가 촉을 얻을 때까지 기다릴 거라면 걱정도 하지 않을 것이오. 만일 유비가 평생 촉을 취하지 못한다면 어떻게 할 것이오?"

"황송합니다. 거기까지는……."

"그것 보시오. 아무것도 보증할 수가 없소. 게다가 유비에게 공명이 붙어 있는 한 형주를 순순히 돌려주지 않을 것이오."

"제 책임입니다. 제가 다시 한번 형주에 가도록 하겠습니다."

"분명히 매듭을 짓고 오도록 하시오."

"예, 결단코 그렇게 하고 오겠습니다."

그즈음 각지의 싸움은 잠시 멈춘 듯했지만 주변 정세는 여전히 좋지 않았다. 이대로 천하에 평화가 유지될 징후는 전혀 보이지 않았다.

유비는 형주에서 공명을 군사로 하여 관우, 장비, 조자룡 등을 주축으로 밤낮 가리지 않고 군사를 훈련시켰다. 군사뿐 아니라 정책과 경제, 교통 등 모든 부문에서 주도면밀하게 준비해나갔다.

"군사, 또 노숙이 사자로 온다는데 만나서 어찌하면 좋겠소?"

유비가 묻자 공명이 대답했다.

"만일 노숙이 형주 문제를 다시 꺼낸다면 주군께서 큰 소리로 통곡하십시오. 그다음은 제가 상황을 살펴 잘 대처하겠습니다."

이윽고 노숙이 도착해 당상의 상석에 앉았다.

"황송합니다. 제게 상석을 양보하시다니."

"어찌 마음이 불편하십니까?"

"이전에는 어찌 됐든, 지금은 오의 사위 되시는 분인데, 신하인 제가 상석에 앉을 수는 없습니다."

"아니오. 옛정을 생각해서 그러는 것이니 겸양하실 것 없소이다."

노숙은 극구 사양하고 옆 좌석에 앉았다. 하지만 답례를 마친 후 드디어 형주 문제를 이야기하자 겸손하던 태도를 버리고 말했다.

"오후의 명을 받고 재차 제가 이곳에 온 경황이야 아마 헤아리고 계실 듯합니다. 오로지 형주를 양도하는 문제를 의논하기 위해서입니다. 이미 오가와 유가는 혼인으로 일심동체가 되었습니다. 이에 형주를 일찍이 빌려놓고 아직도 돌려주지 않는 건 세상에 대해서도, 또 미래를 위해서도 바람직하지 않은 일인 듯합니다. 이제 제 얼굴을 봐서라도 흔쾌히 반환을 하시지요."

노숙이 엄중한 말투로 이야기하자 유비는 그의 말이 채 끝나기도 전에 얼굴을 감싸더니 소리를 내며 통곡하기 시작했다.

깜짝 놀란 노숙은 대체 무슨 일인가 싶어 유비의 우는 모습을 바라보았다.

그때 공명이 뒤에서 걸어나와 노숙에게 말했다.

"노숙, 그대는 황숙이 어찌 슬피 우는지 그 연유를 알고 계십니까?"

"모릅니다."

"촉의 유장劉璋은 한조의 골육, 이른바 황숙과는 피를 나눈 형제와 마찬가지입니다. 만일 아무런 이유 없이 군사를 일으켜 촉을 공격하면 세상 사람들은 침을 뱉으며 부덕을 욕할 것입니다. 그렇다고 해서 형주를 오후에게 돌려드리면 몸을 둘 나라가 없습니다."

"알겠습니다."

노숙은 자리에서 일어나서는 더 크게 통곡하는 유비에게 다가가 어깨를 감싸며 위로했다.

"황숙, 그만 눈물을 거두시지요. 저와 공명이 좋은 방법을 생각해보겠습니다."

노숙이 정에 동하는 모습을 보고 공명은 때를 놓치지 않고 유비에게 말했다.

"주군, 그처럼 비통해하시면 몸과 마음이 상하십니다. 자경 선생의 어진 덕과 의로움을 믿고 마음을 편히 가지십시오. 자경 선생께서는 오후께 이처럼 황숙이 고뇌하는 경위를 부디 잘 말씀드려주시기 바랍니다. 그러면 오후께서도 화를 내시지 않을 것입니다."

노숙은 정신을 차린 듯 과장되게 손을 저으며 말했다.

"아닙니다. 또 이렇게 허무한 답변을 가지고 돌아간다면 이번에는 오후께서도 어떻게 나오실지 모릅니다."

"설마 오후께서 누이동생의 부군의 곤경한 처지를 모른 체하시겠습니까? 겉으로는 신하에게 엄히 약속을 지키라 말씀하시겠지만 속으로는 화를 내실 리 없습니다."

온후하고 관대한 노숙은 그저 유비의 입장을 동정하다 오후도 속으로는 유비를 동정할 것이라고 믿게 되었다.

노숙은 빈손으로 돌아가는 도중 시상에 들러 주유를 만났다. 주유에게 전말을 이야기하자 주유는 또 노숙이 공명에게 속아 넘어갔다며 노숙의 순진함을 힐난했다.

"경의 성품은 외교관과는 전혀 어울리지 않소. 생각해보시오. 유비는 유표에게 몸을 의탁하고 있던 때부터 항상 유표의 후임자 자리를 엿보지 않았소? 그런데 촉의 유장 따위에게 무슨 연민을 가지고 있겠소. 모든 게 다 유비와 공명의 지연책에 지나지 않소. 누가 뭐라 해도 형주를 오에 돌려주지 않으려는 게 뻔하오."

노숙은 얼굴이 새파래졌다. 손권에게 둘러댈 말이 없었기 때문이다.

"경은 다시 한번 형주에 다녀오시오. 그런 회답을 오후 앞에서 얼굴을 들고 넉살 좋게 한다면 아마 경의 목은 그 자리에서 바로 떨어질 것이 분명하오."

주유는 노숙에게 한 가지 비책을 알려주었다. 노숙은 주유의 비책을 가지고 다시 형주로 가서 유비를 만났다.

"동오로 가서 오후께 황숙의 고충과 비통한 심정을 있는 그대로 말씀드렸더니, 오후께서도 크게 동정하시며 군신들과 함께 회의를 했습니다. 그런 다음 방안을 하나 세우셨습니다. 황숙께서도 분명 이 방안에 대해 이견이 없으실 듯합니다."

노숙은 주유의 머리에서 나온 계책을 꺼냈다. 그것은 유비의 이름으로 촉을 공격하는 게 어렵다면 오가 직접 촉을 공격한다는 것이었다. 하지만 촉을 치기 위해서는 형주를 통과해야만 했고, 유비에게 다소의 군수와 군량을 보충받고 싶다는 것이었다.

유비는 이론을 제기하지 않고 협조를 약속했다. 앞서 공명이 말한 바가 있어 오히려 기뻐하며 말했다.

"오의 군사로 촉을 공략한다니 이보다 더 좋은 일은 없소이다. 영내를 통과하는 문제는 허락하고 자시고 할 것도 없소이다. 이렇게 일이 잘 풀리게 된 것은 모두 공의 노고가 컸기 때문인 듯하오."

유비는 노숙에게 감사를 표했다.

노숙은 마음속으로 이번에는 일이 잘 풀렸다고 생각하며 서둘러 시상으로 돌아갔다. 노숙이 돌아간 후 유비가 공명에게 물었다.

"오의 군사로 촉을 공략하여 취한 후 내게 준다니 대체 오후의 속셈이 무엇인 것 같소?"

"오후의 생각이 아닙니다. 분명 주유의 계책입니다. 가련할 뿐입니다. 주유는 자신이 세운 계책으로 죽을 날이 마침내 가까워진 듯합니다."

"어찌 그렇게 말하시오?"

"노숙은 남서까지 간 것이 아닙니다. 도중에 시상에 들러 주유를 만나 그의 계책을 듣고 다시 이리 온 것입니다."

"그렇군. 오가는 날을 따져보아도 너무 이르긴 했소."

"촉을 공격한다는 명분으로 형주를 통과하겠다는 것은 분명히 주유가 생각해낼 만한 계략으로 사실은 형주를 취할 생각인 것입니다."

"그것을 알면서 어찌 군사는 내게 그의 요구를 받아들이라 권했소?"

"드디어 때가 도래했기 때문입니다."

그렇게 말한 후 공명은 조자룡을 불러 계책을 내리고 자신도 만반의 준비를 했다.

한편 시상의 주유는 노숙의 답신을 듣고 손뼉을 치며 좋아했다.

"처음으로 공명을 속이는 데 성공했구나!"

노숙은 서둘러 배를 타고 남서로 가서 오후를 만나 전말을 보고했다.

"과연 주유로다. 이 정도의 지모를 가진 자는 오는 물론 당대 어디에도 없을 것이다. 유비와 공명의 운명도 여기까지구나."

손권은 즉각 파발을 보내 주유를 격려했다. 그러고는 정보를 대장으로 삼아 주유를 도우라 했다. 상처가 많이 치유된 주유는 자신이 직접 군을 이끌 것을 결심했다.

주유는 감녕을 선두로, 서성과 정봉을 중군으로, 능통과 여몽을 후진으로 하여 총 5만 명의 수륙군을 편제했고, 자신은 배를 타고 2만 5천명의 병사를 이끌고 시상을 출발했다.

하구에 도착한 주유는 현지의 관리에게 물었다.

"형주에서 아무도 마중을 나오지 않았는가?"

"유 황숙의 명을 받고 미축이라는 분이 와 계십니다."

얼마 후 강어귀에서 작은 배가 다가왔다. 미축이 타고 있었다.

"먼 길 오시느라 참으로 고생이 많으셨습니다. 황숙께서도 이미 군수품을 준비하며 기다리고 계십니다."

미축이 말하자 주유는 예의 바르게 답례를 하고 유비가 있는 곳을 물었다. 미축이 벌써 형주성을 나와 기다리고 있다고 하자 주유가 말했다.

"이번 출진은 촉을 취하여 유 황숙께 진상하기 위한 것으로 온전히 귀국을 위해 출정하는 것이오. 그러니 먼 길을 온 우리 군사들에게 충분한 음식을 제공하시고 예로써 맞아주시길 바라오."

미축은 유유낙낙唯唯諾諾하며 황망히 돌아갔다. 그 뒤 주유도 바로 상륙하여 형주로 향했다. 그런데 공안까지 가도 유비의 마중은커녕 하다못해 관리 한 명도 보이지 않았다.

"형주까지 어느 정도 남았는가?"

주유가 내심 의아해하며 물었다.

"이제 불과 10리도 남지 않았습니다."

그의 부장들도 고개를 갸웃거렸다. 그렇게 잠시 쉬고 있을 때 척후가 말을 타고 달려와 보고했다.

"뭔가 상황이 이상합니다. 앞에 사람의 흔적이 전혀 보이지 않고, 형주성을 살펴봐도 흡사 장례식처럼 쓸쓸히 백기만 두 열로 휘날리고 있을 뿐입니다."

그 말에 주유는 감녕과 정봉에게 정예 천 명을 주고 다시 살펴보라 일렀다. 두 사람은 즉각 형주성 아래까지 내달렸다.

"공명도 바보가 아닐 테니, 어쩌면 우리의 속셈을 알고 성을 버리고 도망쳤는지도 모른다."

주유는 십중팔구 그렇게 생각했다. 그런데 성문까지 와서 문을 열라고 외치자 안에서 의외로 누구냐, 하는 강경한 목소리가 들렸다.

"오의 대도독 주유이다. 유 황숙은 어찌하여 마중을 나오지 않았는가?"

큰 소리로 꾸짖자 성 위의 백기가 뚝 부러졌다. 그리고 바로 불꽃같은 홍기가 치솟았다.

"주 도독, 무엇하러 왔는가?"

성루 위를 올려다보니 장수 한 명이 서 있었다.

"오, 조운 아닌가? 황숙은 어찌 된 것인가?"

조자룡은 아래를 내려다보며 위풍당당 모른다고 말했다.

"우리 군사 공명께서 이미 그대가 길을 빌려 우리를 치려는 계략을 알고 내게 이곳을 지키라 하셨소."

조자룡은 창을 머리 위로 들어 올려 당장이라도 던질 기세였다. 주유는 놀라 말을 돌렸는데, 저편에서 '영슈' 자를 새긴 기를 든 한 무리의 군사가 다가왔다.

"참으로 이상한 일뿐입니다. 지금 척후가 보내온 보고에 의하면 관우는 강릉에서, 장비는 자귀秭歸에서, 황충은 공안의 산기슭에서 나타났으며, 위연은 잔릉屛陵에서 진군해오고 있다고 합니다. 군사의 수와 정황은 아직 잘 모르겠지만, 함성 소리가 사방에서 울리는 것으로 보아 50여 리가 적으로 가득한 듯합니다. 근처의 마을과 백성들까지 유비와 공명의 흉내를 내며 입을 모아 주유를 사로잡아 죽이라 고함을 치고 있다고 합니다.”

그 순간 주유는 말갈기에 머리를 처박고 쓰러졌다. 간신히 낫기 시작한 금창이 일제히 터진 것이었다. 주유는 피를 토하며 그대로 말 위에서 떨어지고 말았다.

부장들이 깜짝 놀라 주유의 몸을 안고 응급조치를 해서 간신히 소생시켰다. 그런데 또 척후가 와서 고했다.

“지금 공명과 유비는 앞산 꼭대기에서 자리를 깔고 장막을 치고 술을 마시며 여흥을 즐기고 있다고 합니다.”

주유는 이빨을 갈며 주먹을 불끈 쥐었다.

의원과 부장들이 주유를 달래며 자리에 눕기를 권했다.

“화를 내시면 금창이 깊어지고 고통이 심해지니 부디 마음을 진정하시고 노기를 가라앉히십시오.”

멀리 강을 거슬러와 땅에 내리자마자 그런 일을 당하니 군사들의 사기는 떨어질 대로 떨어졌다. 그때 손권의 아우 손유孫瑜가 원군을 이끌고 도착했다는 소식이 들려왔다. 주유가 만나고 싶다고 청하자 손유가 이내 와서 주유를 위로했다.

“도독, 너무 조급하게 생각하지 마시오. 내가 오후를 대신하여 군을 이끌 터이니 모든 것은 내게 맡기고 도독은 병을 치유하는 데 전념하시오.”

“형주를 취하여 유비와 공명의 목을 치지 않으면 무슨 면목으로 오후를 뵙겠습니까?"

주유가 피눈물을 흘리며 말하자 손유는 그가 또 쓰러질까 봐 일부러 자리를 피했다. 그리고 즉각 그를 가마에 태워 하구의 부두까지 데려가라고 명했다.

파구巴丘까지 오자 형주의 군사 한 무리가 강어귀의 길을 막고 있다는 보고가 올라왔다. 척후를 보내 살펴보니 관우의 양자 관평關平과 유봉이 주유를 잡겠다고 진을 치고 있었다.

주유는 그 말을 듣고는 가마 안에서 몸부림을 치며 외쳤다.

"가마를 세워라. 내 이들의 목을 당장 쳐 죽이리라."

하지만 가마는 길을 바꿔가며 하구로 향했다. 손유의 명령으로 하구에 있는 배 한 척을 다른 곳으로 이동시켜 간신히 주유를 배에 태울 수 있었다.

그때 형주의 군사가 와서 편지 한 통을 주유에게 건네고는 사라졌다. 살펴보니 공명의 필적이었다. 글에는 이렇게 쓰여 있었다.

한漢의 군사중랑장軍師中郎將 제갈량이 대도독 공근公瑾 선생께 보냅니다.

시상에서 한번 헤어진 후 이제까지 그리워하며 잊지 못하던 터에 선생이 서천西川을 취하려 한다는 말을 들었습니다. 제가 가만히 헤아려보니 그는 불가능한 일임을 알았습니다. 익주益州 (촉)는 백성들이 강하고 지형 또한 험하여 비록 유장劉璋이 유약하고 어리석다고 해도 지키기에 부족함이 없습니다. 도독께서 군사를 이끌고 만 리 길 원정을 가려 하는데, 이는 오기吳起가 되살아난다 해도 능히 이룰 수 없을 것입니다. 또한 조조는 적벽에서 수많은 인마를 잃었으니, 한시라도 원수를 갚는 일을 잊지 않고 있을 것입니다. 지금 조조는 천하의 3분의 2를 차지하고도 군마를 오로 돌려 오를 노리고 있습니다. 이러한 때 군사를 일으켜 원정을 떠난다면 조조가 그 틈을 노려 강남을 짓밟을 것이 불을 보듯 뻔합니다. 내 차마 앉아서 이를 지켜볼 수만 없어 이렇게 고하는 바이니, 부디 현명하게 헤아리십시오.

공명의 편지를 읽어 내려가는 중에 주유는 가슴이 답답해지고 손이 부들부들 떨리고 안색이 흙빛으로 변했다. 주유는 길게 한숨을 내시더니 갑자기 붓과 종이와 벼루를 가져오라 외쳤다. 그러고는 안간힘을 쓰며 무언가 열심히 써내려가기 시작했다. 글자는 흐트러지고 먹물은 튀고 문장은 길었다. 이윽고 주유가 글을 다 쓴 후 붓을 내던지며 말했다.

"아아, 무상하구나. 하늘은 이 주유를 세상에 내리셨는데, 어찌 또 공명을 내리셨단 말인가!"

주유가 혼절했다 다시 눈을 떴다.

"제장들, 불충 주유는 여기서 눈을 감지만, 충절을 다해 오후를 섬기길 부탁하오."

말을 마친 주유가 홀연히 고개를 떨어뜨렸다. 그의 나이 아직 서른여섯 살의 젊은 나이였고, 때는 건안 15년 겨울 12월 3일이었다.

79
손권은 봉추를 잃고 유비는 방통을 얻다

공명은 주유의 제단 앞에서 눈물을 흘리며 조문을 올리고,
방통은 손권이 자신을 무시하자 동오를 떠나 형주의 유비를 찾아간다

밤이 되자 상기喪旗를 걸고 관을 실은 배가 조적弔笛을 울리며 오로
돌아왔다.

"뭐라? 주유가 죽었다고?"

손권은 주유의 유서를 받을 때까지 죽음을 믿지 않았다. 아니 믿고
싶지 않았다. 유서의 첫 문장에는 '피눈물을 흘리고 머리를 조아리며
이 글을 오후께 올립니다'라고 쓰여 있었다. 주유는 오의 장래를 걱정
하며 자신이 죽은 후 독실하고 충실한 노숙을 대도독으로 삼으면 밖으
로는 화를 면하고 안으로는 민심을 얻을 것이라고 써놓았다.

"주유와 같은 영웅호걸을 잃고 앞으로 누구를 의지할 것인가?"

손권은 비탄에 빠져 통곡했다. 장소와 중신들은 언제까지 한탄만 하고 있을 때가 아니라며 그를 위로하고 격려했다. 손권은 주유의 유언을 지켜 노숙을 대도독으로 임명했다. 그 후 오의 군사는 모두 노숙의 손에 맡겨졌다.

국장을 치르고 주유의 유해를 안장했다. 나라 안이 온통 슬픔에 잠겨 있을 때 배 한 척이 강을 타고 내려왔다. 조자룡은 관문에서 주유의 죽음을 애도하기 위해 왔다고 고했다. 조문을 하러 온 사람은 바로 제갈공명으로 유비를 대신해 시종 5백 명을 이끌고 상륙했다.

노숙이 그들을 맞았다. 그때 주유의 부하와 오의 부장들은 공명의 목을 쳐 고인의 원한을 풀어야 한다며 노발대발했다. 하지만 공명의 곁에는 조자룡이 눈을 크게 뜬 채 버티고 있어서 쉽사리 어찌할 수 없었다.

공명은 그들의 말에 티끌만큼도 개의치 않았다. 살기등등한 분위기 속에서도 물이 흐르듯 태연히 걸어나갈 뿐이었다. 주유의 제단에 올라 부복하고 잠시 목례를 한 뒤에 가져온 술과 공양을 올렸다. 그리고 영정을 향해 직접 쓴 조문을 공손하게 읽어 내려갔다.

> 대한 건안 15년. 남양南陽, 제갈량 삼가 대도독 공근 주부군 영정에 올립니다.
> 아아, 슬프도다 공근이여, 불행히도 이렇게 일찍 세상을 하직하니, 사람의 목숨은 하늘에 달려 있으나 이 어찌 슬프고

애통하지 않으리오.

공명의 목소리가 사람들의 심금을 울렸다. 사람들은 긴 조사와 절절한 명문으로 이어진 조문을 듣고 통곡하지 않으려 해도 통곡하지 않을 수 없었다.

이 량亮은 재주 없는 사람인데, 그대가 죽었으니 이제 누구에게 계책과 지혜를 얻을 수 있겠는가. 어찌 오吳를 도와 조조를 치고 유劉의 안온을 도모할 수 있으리오. 그대가 있어 서로 도우며 머리와 꼬리가 호응할 수 있다면 무엇을 걱정하고 무엇을 바라겠소. 그대의 넋이 여기 있다면 나의 마음을 굽어살피시오. 이제 나를 알아주는 이는 다시 없을 것이니, 아아, 이 어찌 슬프지 않으리.

공명은 조사를 다 읽은 후 다시 땅에 엎드려 크게 통곡하며 애도를 표했다. 보는 이들도 마음이 저려왔다. 좌우에 있는 오의 부장들은 함께 눈물을 흘리며 속으로 생각했다.

'주유와 공명은 서로 사이가 나빠 주유는 항상 공명을 죽이려 하고, 공명도 주유를 해하려 한다고 들었다. 그런데 오늘 공명의 모습은 마치 혈육을 떠나보내는 듯하구나. 어쩌면 주유의 죽음은 공명의 책임이 아니라 오히려 주유 자신의 협량함이 스스로를 죽음으로 몰고 갔다고 할 수 있을 것이다.'

부장들의 살의는 오히려 존경으로 바뀌었다. 노숙을 비롯해 모든 부장들이 공명의 귀환을 만류했지만 공명은 오래 머무는 것은 의미가 없다며 바로 배에 올라 돌아갔다. 그러자 다 떨어진 옷을 입고 대나무 관을 쓴 초라한 낭인이 성문 그늘에 숨어 있다 공명의 뒤를 쫓았다.

노숙은 강가까지 나가 공명을 배웅했다. 공명이 노숙과 헤어지고 배에 오르려 할 때였다. 죽관의 낭인이 기다리라고 소리쳤다. 갑자기 달려온 낭인은 팔을 뻗어 공명의 어깨를 붙잡고는 큰 소리로 말했다.

"주 도독을 죽였으면서 모른 체하고 조문을 사칭하여 오에 오다니, 우리가 그리 어리석게 보이는가?"

낭인이 한 손으로 검을 뽑아 공명을 찌르려 했다. 그때 노숙이 그 모습을 보고는 소리쳤다.

"뭐 하는 짓인가? 무례하다."

노숙이 서둘러 달려가 낭인의 팔을 붙잡아 뿌리쳤다. 그러자 낭인은 껄껄 웃으며 농담이라고 말했다. 그러고는 검을 칼집에 집어넣었다.

낭인은 키가 작고 용모와 풍채가 실로 보잘것없는 인물이었다. 공명이 웃으며 말했다.

"누군가 했더니 방통 아니신가."

공명이 다가가서 친근하게 방통의 어깨를 두드렸다. 노숙도 그제야 방통을 알아보고 안심한 듯 말했다.

"장난이 지나치십니다. 오의 부하인 줄 알고 깜짝 놀랐소이다."

노숙은 껄껄 웃은 뒤 성으로 돌아갔다.

방통은 자가 사원士元으로 양양의 명사 중 하나였다. 공명이 양양 부군의 융중에 머물던 때부터 식자들 사이에서 와룡으로 불렸다면 그는 봉황의 새끼로 불리며 촉망받는 선비였다.

공명은 형주가 망한 후 방통이 떠돌다 오에 들어온 이야기를 일찍이 소문으로 듣고 있었다. 하지만 그곳에서 그렇게 만날 줄은 몰랐다.

공명은 배의 밧줄을 푸는 동안 서찰 한 통을 쓰더니, 그것을 방통에게 건네며 말했다.

"필시 그대의 큰 재주는 오에서 쓰이지 못할 것이오. 그대도 평생 낭인으로 보낼 생각은 아닐 테니, 만일 뜻이 있다면 이 서찰을 가지고 언제라도 형주로 오시오. 유 황숙께서는 관대하고 인자한 분이라, 반드시 그대가 모실 만한 분이오."

공명의 배는 강을 거슬러 올라 멀리 사라졌다. 배가 보이지 않을 때까지 방통은 강가에 서 있다가 이윽고 어디론가 사라졌다.

그 후 오에서는 주유의 영구를 무호蕪湖로 보냈다. 무호는 주유의 고향이었으며, 그곳에 주유의 적자와 딸이 있었다. 마을 사람들이 통곡하며 슬퍼했다.

아무리 사후의 제사를 성대하게 치러도 고인에 대한 그리움을 잊지 못하고 밤낮 슬픔에 빠져 있는 사람은 손권이었다. 대업을 향해 가면서, 적벽대전의 대승을 거두고 철석같이 믿었던 주유를 잃어버렸으니, 그 정신적 충격은 쉽사리 치유될 리 없었던 것이다.

손권은 주유를 대신해 노숙을 대도독으로 임명했지만, 노숙의 온후하고 독실한 성품이 이 난세를 뛰어넘어 오의 위업을 달성할 수 있을지 의심스러웠다. 그 점은 그 누구보다 노숙 자신도 잘 알고 있었다.

"나는 본시 그저 평범한 인물에 불과하다. 주 도독의 유언으로 일단 도독의 자리를 받아들였지만, 절대로 천하에 인재가 없는 것이 아니다. 반드시 공명을 능가하는 인물을 찾아 도독의 자리를 물려줄 것이다."

노숙은 그렇게 말하고는 자신에게 반문했다.

"대체 그런 인물이 어디에 있단 말인가."

* * *

며칠 동안 노숙은 깊이 고민한 후 손권에게 말했다.

"적임자가 한 사람 있습니다. 대대로 양양의 명망가로 자는 사원이 며 도호道號는 봉추인 방통 선생이 있습니다."

"아, 방통 선생 말이오? 일찍부터 이름은 익히 듣고 있었는데, 주유 와 비교해서 어떻소?"

"고인과 비교해 논할 순 없지만 공명도 그의 지혜에는 고개를 깊이 숙이고 있습니다. 또한 양양의 인사들 사이에서 공명과 방통을 두고 누가 낫다 평하기 어렵다고 합니다."

"그렇게 뛰어난 인물이오?"

"위로는 천문에 정통하고 아래로는 지리를 깨우쳤으며, 모략은 관중 과 악의에 뒤지지 않고, 정무의 재는 손자와 오자와 어깨를 나란히 한 다 해도 과언이 아닐 것입니다."

손권은 방통을 찾아오라고 명했다. 곧바로 노숙은 방통을 찾아다녔 고, 그사이 손권은 방통을 찾았느냐며 몇 번이나 재촉했다.

이윽고 노숙이 방통을 찾아 손권의 앞에 데리고 왔다. 하지만 손권은 방통을 보고는 크게 실망한 표정을 지었다. 얼굴은 마마자국으로 울퉁불퉁하고 코는 납작하여 짜부러졌고 콧수염은 수염이라고 할 수 없을 정도로 짧고 듬성듬성했다.

'저리 못난 사람도 드물 것이다.'

손권은 속으로 생각하며 방통에게 한두 가지 질문을 던져보았다.

"그대는 무엇을 익히셨소?"

방통이 대답했다.

"밥을 먹고 시간이 흐르면 죽는 것이겠지요."

"그럼 그대의 재주는 어떻소?"

"그저 임기응변으로 대처할 뿐입니다."

방통은 퉁명스럽게 말했고, 손권은 그를 업신여기며 물었다.

"주유와 비교했을 때 그대는 어떠하오?"

"진주와 진흙일 것입니다."

"어느 쪽이 그렇단 말이오?"

"어느 쪽이겠습니까?"

손권은 방통이 스스로 진주임을 자처하는 듯한 표정을 짓자 역정이 나서 안으로 들어가버렸다. 그리고 노숙을 불렀다.

"저런 자는 빨리 내쫓으라."

노숙은 손권의 선입견을 없애고 감정을 되돌리려 노력했다.

"얼핏 보면 광인과도 같고 풍채도 볼품없지만 그 재주와 학식은 누구보다 뛰어납니다. 고인의 공을 깎아내리려는 것은 아니지만, 적벽대전에서 주 도독이 연환계로 큰 공을 세운 이면에는 바로 방통의 지략이 있었기 때문입니다."

"소용없소. 나는 그를 쓸 생각이 없소."

"어찌 그리 말씀하십니까?"

"천하에 인재가 없지 않소. 그대도 있지 않은가. 그런데 어찌 저런 자를……."

"알겠습니다."

밤이 되었다. 노숙은 미련을 버리지 못하고 직접 성문까지 나와 방통을 배웅했다. 그리고 사람들이 없는 곳에서 방통에게 위로의 말을 전했다.

"어제의 일은 제 불찰입니다. 선생께서도 자못 불쾌하셨으리라 생각됩니다."

방통은 그저 웃기만 할 뿐이었다. 노숙은 다시 물었다.

"선생은 이번 기회에 오를 떠나시겠지요?"

"떠날지도 모르겠소이다."

"나라 밖으로 나가 만일 주군을 섬기신다면 누구에게 가시렵니까?"

"물론 위의 조조겠지요."

깜짝 놀란 노숙이 서찰 한 통을 소매에서 꺼내며 말했다.

"형주의 유비에게 가십시오. 반드시 선생을 중용할 것입니다."

노숙은 유비의 덕을 칭송하며 소개장을 건넸다.

"아하하하, 조조에게 간다는 말은 장난이었습니다. 잠시 선생의 마음을 헤아려본 것뿐이오."

"그럼, 안심입니다. 선생이 유비를 도와 조조를 치는 날이 빨리 온다면 오에서도 크게 기뻐할 일입니다. 그럼 무사를 빌겠습니다."

"그럼, 이만."

두 사람은 인사를 나누고 헤어졌지만 몇 번이고 뒤를 돌아보았다.

* * *

동오를 떠난 방통이 형주를 찾았을 때 공명은 없었다. 새로 얻은 네 군의 민심을 살피고 각 지방의 산물 등을 시찰하기 위해 형주를 떠나 있었던 것이다.

"나를 만나고 싶어 하는 자가 있다?"

"아무래도 관직을 바라고 찾아온 듯합니다."

"이름이 뭐라 하던가?"

"양양의 방통이라고 했습니다."

"아니 그럼, 봉추 선생?"

공명에게서 익히 방통의 명성을 들어왔던 유비가 놀라며 어서 공손히 모시라 명했다. 이윽고 방통이 안내를 받으며 들어왔다. 하지만 어쩐 일인지 방통은 무례하게도 두 손을 마주 잡고 눈높이만큼 올린 뒤 허리만 굽혀 인사할 뿐 절을 하지 않았다.

유비는 마음속으로 방통에 대한 의구심이 생겼다. 게다가 풍채도 볼품없고 얼굴도 추한 것이 유비 또한 실망한 빛이 역력했다. 유비가 방통에게 불퉁하게 물었다.

"먼 길을 오신 듯한데 무슨 일로 예까지 오셨소?"

방통은 공명에게 받은 서찰과 노숙의 소개장을 지니고 있었지만, 일부러 그것을 내놓지 않았다.

"유 황숙께서 새 땅에서 새 정치를 펼치려고 널리 인재를 구한다는 소식을 듣고 혹 인연이 될까 하여 왔습니다."

"그것참, 공교롭게도 형주는 이미 치안과 질서가 잡혔고, 지금은 관직도 다 찼소이다. 혹여 동북 지방의 시골이긴 하나 뇌양현耒陽縣의 현령 자리가 하나 비어 있는데, 거기라도 괜찮다면 맡아보시겠소이까?"

"시골 현령 말입니까? 그것도 한가로워 좋지 않을까 싶습니다."

그날 바로 방통은 부임지로 향했다. 형주에서 동북으로 약 130리 떨어진 작은 시골이었다.

그런데 현령 자리에 있으면서도 그길로 방통은 전혀 공무를 보지 않았다. 지방 현령의 공무란 대부분 백성들의 민원이었는데, 송사를 전혀 돌보지 않아 서류에 먼지만 쌓여갈 뿐이었다. 당연히 백성들의 원성과 비난이 들끓었다. 이윽고 형주의 유비에게도 그 소식이 전해졌다.

"참으로 못났고 썩어빠진 작자로구나."

온후한 유비도 그만 화가 치솟았다. 즉시 장비와 손건에게 뇌양현을 시찰해보고 만일 관의 불법과 태만 등의 잘못이 있다면 엄하게 다스려 바로잡고 오라고 명했다.

"명대로 하겠습니다."

두 사람은 감찰의 자격으로 병사 수십 명을 데리고 떠났다. 그 소식을 전해 들은 백성과 아전 들이 기다렸다는 듯 모두 마중을 나왔는데 현령의 모습만 보이지 않았다.

"관리는 없는가?"

장비가 고함을 치자 그중 한 명이 벌벌 떨며 고했다.

"여기 대령해 있습니다."

"너희를 말하는 것이 아니다. 현령은 어디 있느냐?"

"그것이…… 저희도…….."

"너희를 벌하기 위해 온 것이 아니니 분명히 고하라."

"현령은 부임하신 이래 오늘뿐 아니라 내내 한 번도 공무를 보신 적이 없어서…….."

"그러면 매일 무엇을 하고 있단 말이냐?"

"매일 술을 마시고 계십니다."

"매일 술에 절어 있단 말이냐?"

장비는 잠시 부러운 듯한 표정을 짓고는 이내 정색하며 말했다.

"괘씸한 놈!"

그길로 장비 일행은 당장 현청으로 달려가 고함쳤다.

"방통은 어디 있느냐?"

그러자 안에서 방통이 새빨간 얼굴에 의관도 갖추어 입지 않은 채 비틀비틀 걸어나왔다. 그는 대낮부터 술 냄새를 풍기며 말했다.

"내가 방통이오만."

"네가 현령 방통이냐?"

"그렇소."

"태도가 불손하구나."

"자, 좀 앉으시구려. 그렇게 소리만 치니 귀가 다 아프군. 그대가 장비인가?"

방통은 전혀 놀라지 않았다. 장비는 자신을 보고도 꿈쩍 않고 놀라지 않는 사람을 본 적이 없었다.

"한잔하시겠는가?"

"나는 유비 형님의 명을 받고 온 감찰사이다. 너는 부임 이래로 관무를 전혀 돌보지 않았다고 하더구나."

"슬슬 조금씩 하려던 참이오."

"괘씸하구나. 공사 소송이 산더미처럼 밀려 있는데 어찌 태만을 부린단 말이냐?"

"그런 것쯤이야 마음만 먹으면 일도 아니오. 정사政事란 여타의 일과는 다른 법이니 간단할수록 좋소이다. 즉 백성의 선한 마음을 고취하고 악한 마음을 억제하는 것이라 할 수 있소. 하나 억제하는 것만이 능사가 아니라 악한 마음을 잊게 하는 것이라 할 수 있소. 어떻소? 내 말에 잘못된 점이 있소이까?"

"입만 살았구나."

장비가 벌떡 일어나 고함을 치며 말했다.

"좋다. 그럼 내일 중으로 그 결과를 내게 보여라. 그럼 네 말을 믿어주마. 그렇지 않을 시에는 네 죄를 문초하겠노라."

"좋소이다."

방통은 대답하고 술을 따라 마셨다.

장비와 손건은 일부러 민가에 머물렀다. 그리고 다음 날, 현청에 나가보니 현청 대문부터 큰길까지 긴 줄이 늘어서 있었다.

"대체, 무슨 일이냐?"

장비가 물어보니 오늘 새벽부터 방통이 현청 마당에서 백성들의 송사를 일일이 판결하고 있다고 했다.

방통은 전답 다툼, 물건의 거래 소송, 싸움, 가족 문제, 도난, 인사 등 잡다한 문제를 백성들에게 듣자마자 이내 물이 흐르듯 처리했다. 저녁 무렵에는 그동안 산처럼 쌓였던 송사들이 한 건도 남지 않고 처리되었다.

"어떻소이까, 장군?"

방통이 웃으며 장비에게 저녁을 같이 들자고 권했다. 장비가 마룻바닥에 엎드려 어제의 말을 깊이 사죄했다.

"내 일찍이 대형과 같은 명관을 본 적이 없소이다."

방통은 장비가 돌아갈 때 서찰 한 통을 건네며 유비에게 전해달라고 했다. 노숙에게서 받은 소개장이었다.

유비는 장비의 이야기를 듣고 깜짝 놀랐다.

"아아, 하마터면 큰 인재를 잃을 뻔했구나. 참으로 사람은 겉모습만 보고는 알 수가 없다."

그때 공명이 네 군의 시찰을 끝내고 돌아왔다. 공명은 방통이 형주에 왔다는 소문을 듣고는 방통이 있는 곳을 물었다. 유비가 난처한 표정을 지으며 뇌양현 현령으로 보냈다고 하자 공명이 다시 물었다.

"그와 같은 큰 인물을 그런 지방에 있는 작은 현에 보내니, 시간이 남아돌아 술만 마시고 있지 않았습니까?"

"맞소, 군사의 말 그대로이오."

유비가 그동안의 사정을 이야기했다.

"저도 그에게 주군께 천거하는 서찰을 건넸는데, 그것을 보이지 않았습니까?"

"보이지도 않았고 말도 하지 않았소이다."

"어찌 됐든, 현령 자리에는 다른 이를 보내고 빨리 형주로 불러오는 게 좋겠습니다."

이윽고 방통이 형주로 돌아왔다.

유비는 무례를 사죄하고 공명과 방통에게 술을 내리며 진심으로 말했다.

"지난날, 사마휘 선생께서 제게 와룡과 봉추 둘 중 한 사람만 얻으면 천하에 이루지 못할 일이 없을 거라 말씀하신 적이 있습니다. 한데 그 두 분을 다 얻게 되었으니 제게는 그저 과분하고 황송할 따름입니다."

80
불구대천不俱戴天

조조는 서량태수 마등에게 형주의 유비를 치라는 조서를 버리고,
마초는 부친인 마등이 조조에게 죽임을 당하자 군사를 일으킨다

그날부터 방통은 부군사중랑장副軍師中郎將을 맡게 되었다. 이는 전군의 사령司令을 겸하며, 최고참모부에서 군사 공명의 오른팔과 같은 중책이었다.

건안 16년 초여름 무렵, 위의 수도에 파발을 띠운 첩자가 승상부에 새로운 사실을 보고했다.

"형주의 발흥 세력은 절대로 무시할 수 없습니다. 공명을 필두로 그 밑에 관우, 장비, 조자룡 세 명의 호걸에다. 최근에는 방통이 부군사로 가세했습니다. 이는 형주의 유비가 용과 봉황을 좌우에 거느리게 된 형세라 할 수 있습니다. 또한 근래에는 군사를 확충하여 매일 병마를 조련하고 있으며 군수의 축적에 전력을 기울여 교통과 상업 등의 부흥이 실로 눈부시기 그지없습니다."

곧 조조의 귀에도 그 소식이 들어갔다.

"이제 유비는 위에게 있어 가장 큰 화근이 되었다. 순유, 그대는 어찌 생각하는가?"

"그대로 방치해둘 수도 없고, 그렇다고 해서 당장 대군을 일으키는 것도 무리입니다. 우리 군은 아직 적벽에서 패한 충격에서 완전히 벗어나지 못했습니다. 그러니 갑자기 무리해서 출병할 수도 없습니다."

순유는 항상 조조의 옆에서 아군의 형세를 파악하고 있었다. 조조도 고개를 끄덕이며 솔직히 말했다.

"실은 나도 무엇보다 그 점을 가장 걱정하고 있었소."

순유는 계책 하나를 말했다.

"서량주西涼州(감숙성甘肅省·협서陝西 일대)의 태수 마등馬騰을 불러 그가 거느리고 있는 흉노에게 유비를 치게 하는 한편, 각지의 제후에게도 칙명을 내려 함께 참전하라 하십시오."

"그렇지. 변경의 오지에는 아직 병력과 재원이 풍부할 터이니."

조조는 바로 서량에 파발을 띄우고 사자를 보내 출병을 재촉했다.

서량은 중국 대륙 깊숙이 자리한 오지였다. 황하의 상류 저 멀리 몽강蒙疆과 경계를 둔 수원綏遠, 영하寧夏와 인접하며, 문화는 미개하여 중원처럼 화려하지 않았고, 몽골족의 피가 섞여 있었다. 또한 군사는 용맹하고 활과 창을 잘 쓰고 말을 잘 다루며, 북방족의 전통에 따라 항상 남쪽으로 진출하려는 본능을 가지고 있었다.

태수 마등의 자는 수성壽成으로 신장은 8척이 넘고 얼굴과 코는 늠름하고 성품은 착하고 어질었다.

본래 마등은 한제漢帝를 섬기던 복파장군伏波將軍 마원馬援의 자손이었다. 아버지 마숙馬肅은 관직에서 물러난 후 마등을 낳았다. 그래서 마등의 핏속에는 몽골인의 피가 섞여 있었다. 장남의 이름은 초超이며 차남은 휴休, 삼남은 철鐵이었다.

"황제의 조서이니 가지 않으면 안 된다."

마등은 세 명의 아들은 남겨두고 생질인 마대馬岱를 데리고 허창으로 출발했다. 허창에 도착한 마등은 먼저 조조를 만나 형주 토벌의 명을 받았다. 하지만 조조가 내린 명은 칙명이라 했는데 그것은 조조의 뜻이지 절대로 황제의 뜻이 아니었다. 마등은 다음 날 조정에 올라가 황제를 배알했다.

마등이 칙명을 복창하자 황제는 아무런 말도 없이 그를 데리고 기린각麒麟閣으로 올랐다. 그리고 아무도 없는 곳에서 그에게 말했다.

"그대의 선조 마원은 청사에 길이 남을 충신이었네. 그대가 선조를 욕되게 하는 일은 하지 않을 거라 믿고 있네. 생각해보게. 유비는 한실의 종친이네. 그러니 한조의 역신은 유비가 아닌 바로 조조이네. 조조야말로 짐을 괴롭히고 한실을 욕보이는 대역 죄인이네. 마등! 그대는 진정 누구를 징벌하러 온 것인가?"

황제의 눈에서 눈물이 흐르고 있었다. 황망히 엎드린 마등은 황실이 얼마나 쇠락했는지 알았고, 또 그런 황제의 심경을 뼈저리게 느낄 수 있었다.

허창의 승상부와 조조의 권위는 드높아서 저 동작대의 낙성식과 같이 자자하지만, 한조의 황실은 끝 모를 바닥으로 쇠락하고 있었다. 누대는 거미줄로 뒤덮이고 주렴珠簾은 찢기고 난간은 썩었으며, 황제의 어의는 추위를 막기에 힘겨워 보였다.

"마등, 지난날 짐이 동승董承과 그대에게 내린 의대衣帶의 밀서를 기억하고 있는가? 당시엔 미연에 발각되어 뜻을 이루지 못했지만, 이번에 그대가 온다는 말을 듣고 짐이 얼마나 그대를 학수고대하며 기다리고 있었는지 아는가?"

"반드시 황제의 뜻을 받들겠사옵니다. 부디 마음을 강건히 다잡으소서."

마등은 젖은 눈가를 사람들에게 숨기고 궐문을 나왔다. 그런 다음 집에 돌아오자마자 몰래 일족을 불러 황제의 뜻을 전했다.

"이런 줄도 모르고, 지금 조조는 내게 병마를 내어주며 남방을 치라 한다. 이것이야말로 하늘이 내려주신 기회가 아니겠느냐."

마등은 조조를 치기 위한 거사를 계획했다.

그로부터 사흘 뒤, 조조의 문하시랑門下侍郎 황규黃奎가 마등을 찾아와 재촉했다.

"남벌 출병은 시급을 요하는 사안으로 본인이 행군 참모로 참가하게 되었소. 한데 출정일은 언제로 하실 생각이오?"

"모레에는 출병할 생각입니다."

마등은 술을 내와서 황규를 접대했다. 황규는 술이 취해 고시를 읊고 시무를 논하다가 문득 말을 꺼냈다.

"장군은 진정으로 징벌해야 할 자가 누구라고 생각하시오?"

마등은 황규를 경계했다. 그러자 황규는 마등의 비겁함을 꾸짖듯 눈을 흘기고 입술을 깨물며 말했다.

"내 선친인 황완黃琬께서는 지난날 이각李催과 곽사郭汜가 난을 일으켰을 때, 궁궐을 끝까지 지키신 충신입니다. 그 충신의 아들이 지금은 간적에게 굴복하여 그 녹을 먹고 있다니 실로 한심할 따름이오. 하지만 장군은 서량주를 기반으로 용맹한 병사를 많이 거느리고 있으면서도 어찌 불충한 간웅에 굴복하고 있는 것이오?"

황규는 마등을 책망하는 듯했다. 마등은 시치미를 떼며 말했다.

"간적과 불충이라니! 그것은 대체 누구를 두고 하는 말이오?"

"바로 조조이오."

"목소리를 낮추시오. 승상은 그대의 주군이 아니오?"

"나는 한의 명장의 자식이고, 장군도 한조의 충신 마원馬援의 자식이 아니오. 그런 두 사람이 역신의 명으로 한조의 종친인 유비 현덕을 어찌 칠 수 있단 말이오?"

"진정 제정신으로 그런 말을 하는 것이오?"

"아, 슬프도다. 장군은 내 진심을 의심하고 있는 듯하구려."

황규는 손가락을 깨물어 피로써 하늘에 맹세했다. 그것을 본 마등이 마침내 자신의 본심을 밝혔다. 황규가 그 말을 듣고는 무릎을 치며 기뻐했다.

"다른 이도 아닌 장군이 그럴 리 없다고 생각했소이다. 황제의 밀서까지 받으셨소이까? 아아, 드디어 때가 온 듯하오."

두 사람은 우선 관서의 병사를 독려하는 격문을 만들었다. 출정하는 날 아침, 조조에게 열병을 청한 후 조조가 나오면 신호로 징소리를 보내 조조를 죽이기로 의논했다.

황규는 밤늦게 술에 취해 집으로 돌아갔다. 그에게는 아내가 없고 질녀 이춘향李春香이 그와 함께 살며 수발을 들고 있었다. 이춘향에게는 결혼하고 싶은 남자가 있었는데, 숙부인 황규는 마음씨가 좋지 않다며 허락하지 않았다. 오늘 밤에도 그 남자가 놀러왔다. 춘향은 어슴푸레한 복도에서 남자와 이야기를 주고받았다.

남자가 춘향의 귀에 속삭였다.

"오늘 밤 숙부의 모습이 어딘지 이상하지 않아?"

"그런 거 같지 않은데요."

"아니야, 내 동생이 마등의 집에서 오랫동안 일을 하고 있는데 동생이 이상한 말을 하더군. 춘향, 너는 하나밖에 없는 조카딸이니 네가 물어보면 숙부가 말해줄 거야. 네가 한번 넌지시 물어봐."

춘향은 세상물정을 모르는 소녀였다. 그날 밤 그녀는 남자의 말대로 숙부의 마음을 넌지시 떠보았다. 그러자 황규가 놀란 표정을 지으며 말했다.

"내 어디가 이상하단 말이냐? 아직 세상물정을 모르는 네가 어디 가서 무슨 말을 하겠느냐."

황규는 탄식하며 그만 조카딸에게 실은 거사를 계획하고 있다고 비밀을 털어놓았다.

"이 일을 성공하면 나는 단숨에 제후의 반열에 오르겠지만, 만에 하나 실패하면 목숨을 부지하기 어려울 것이다. 그렇게 되면 너는 즉시 고향으로 도망쳐 당분간 숨어 지내야 할 것이다."

밖에서 한 남자가 몰래 엿듣고 있다가 춘향이 방에서 나오자 사라져버렸다. 그 남자는 한밤에 마을을 질풍처럼 달려 승상부의 문을 두드렸다.

"큰일입니다. 모반을 일으키려는 무리가 있습니다."

마등과 황규의 거사는 한밤중에 조조의 귀에까지 들어가게 되었다.

"지금 당장 그자를 청문각廳聞閣으로 데려오라."

조조는 벌떡 일어났다. 깊은 잠에 빠져 있던 승상부 회랑의 만등萬燈이 대낮처럼 환히 밝혀졌다. 마등의 격문을 받은 관서의 병사와 군마는 속속 허창으로 향했다. 마등은 조조에게 다음과 같은 내용의 서찰을 올렸다.

며칠 내 출병의 준비를 마칠 것이며, 출정하기 전 승상께서 직접 열병하시어 정도에 오르는 군병들을 격려해주실 것을 청합니다.

조조가 쓴웃음을 지으며 말했다.

"누가 그런 속임수에 넘어가리."

조조는 즉시 병사들을 보내 황규를 포박하고 마등의 집을 기습하여 두 사람을 사로잡았다.

승상부 마당에서 황규의 얼굴을 본 마등이 울부짖으며 말했다.

"어리석은 자로구나. 어찌 대사를 입 밖에 냈단 말이냐. 아아, 하늘이 한조를 버리셨구나. 두 번 모두 미연에 발각되어 실패하다니."

조조는 마등의 그런 모습을 손가락질하며 비웃었다. 그러고는 병사에게 명하여 마등과 황규의 목을 쳤다. 또한 군사를 마등의 집으로 보내 집을 불태우고 뛰어나오는 가신과 노약자와 시종 등을 모조리 붙잡아 목을 쳤다. 그중에는 부친의 뒤를 따라 본국에서 온 마등의 두 아들도 있었다. 생질인 마대만이 간신히 도망쳤다.

한편 거사를 밀고하여 포상을 받으려 했던 묘택苗澤은 조조에게 이춘향을 아내로 삼고 싶다고 청했다. 그런 그에게 조조가 코웃음을 치며 따로 내릴 것이 있다고 말했다. 그러고는 거리 한복판에 그를 세워놓고 목을 쳤다. 그런 다음 의롭지 못하고 간교한 자는 어떻게 되는지 보라며 며칠 동안 그의 시체를 그대로 놓아두었다.

* * *

승상부에 형주에서 온 중대한 보고가 올라왔다.

"형주의 유비가 드디어 촉을 공략한다고 합니다. 목하 형주는 전쟁준비에 여념이 없습니다."

조조는 그 소식을 듣고 가슴이 아팠다. 만약 유비가 촉을 취한다면 연못의 용이 구름을 타고 하늘로 오르는 것이며, 강가의 고기가 대해로 나간 것과 같으니 다시는 그를 굴복시킬 수 없을 것이었다. 또한 위에게 위협이 되는 강국이 새로 출현하는 것이었다. 조조는 며칠 동안 두문불출 대책을 강구했다.

그때 승상부의 치서시어사참군관治書侍御史參軍官을 맡고 있으며, 자가 문장文長인 진군陳群이 조조에게 말했다.

"유비와 오의 손권은 속으로는 친밀하지 않지만 겉으로는 입술과 이와 같은 순망치한脣亡齒寒의 관계입니다. 그러니 유비가 촉으로 출정하면 승상은 반대로 대군을 이끌고 오를 공략하면 좋을 듯합니다. 그러면 오는 틀림없이 유비에게 도움을 청할 것입니다."

"흠, 그렇게 하면 유비는 나아가려 해도 나아가지 못하고 물러서려 해도 물러서지 못하는 사면초가에 빠질 것이라는 말인가. 아니, 그렇지 않다. 유비에게는 공명이 있으니 가벼이 오의 요청에 움직이거나 진로를 망설이지 않을 것이다."

"그것이야말로 저희 위가 바라는 바지 않습니까. 만일 유비가 촉의 공략에만 몰두하여 오를 돌보지 않으면 이 또한 절호의 기회입니다. 그렇게 되면 군사를 증강하여 일거에 오를 수중에 넣을 수 있으니 금상첨화입니다. 위와 오가 싸운다면 결과는 불 보듯 뻔할 것입니다."

"과연 그렇도다. 내가 너무 복잡하게 생각하고 있었던 듯하다."

조조는 즉시 30만 대군을 남으로 이동시켰고, 합비성에 있는 장료에게 선봉이 되어 오를 치라는 격문을 띄웠다.

위의 대군이 오를 향해 오고 있다는 보고가 손권에게 도착했다. 손권은 급거 회의를 소집해 대응책을 논의했다. 그 결과 즉시 유비에게 사자를 보내 도움을 청하자는 의견이 모아졌다. 이내 노숙의 서찰을 지닌 사자가 형주로 급파되었다.

유비는 일단 오의 사자를 역관에서 대접하고 공명이 돌아오기를 기다렸다. 남군 지방에 있던 공명이 유비의 부름을 받고 서둘러 돌아왔다. 공명은 유비에게 자세한 경위를 듣고 노숙의 서찰을 본 후 어떻게 답을 했는지 물었다.

"군사의 생각을 들어본 후에 결정하는 것이 좋을 듯하여 아직 답을 하지 않았소이다."

"그럼 이 일은 제게 맡겨주시겠습니까?"

"그렇게 하시오."

유비가 고개를 끄덕이며 승낙하자 공명이 서찰을 썼다.

오국은 베개를 높이 하고 안심하시길 바라오. 만일 위군 30만명이 온다면 공명이 여기 있으니 즉각 그들을 격퇴할 것이오.

오의 사자는 서찰을 받아서는 돌아갔다. 하지만 유비는 마음이 편치 않았다.

"군사, 그렇게 호언장담을 해도 괜찮겠소?"

"괜찮습니다."

"어찌 그리 자신하시오?"

"얼마 전 서량의 마등이 허창에서 죽임을 당했다 합니다. 그의 두 아들도 화를 당했지만, 적자인 마초가 살아남았다고 합니다. 주군께서 마초에게 밀사를 보내십시오. 지금 마초를 움직이게 하는 것은 지극히

쉽습니다. 오직 마초만 움직이게 하면 조조의 휘하 30만 대군은 허창을 떠나지 못할 것입니다."

* * *

어느 날 밤 서량주의 마초는 길몽인지 흉몽인지 모를 이상한 꿈을 꾸었다.

다음 날 그는 팔기八旗의 대장에게 꿈에 대해 이야기했다. 팔기의 대장이란 여덟 명의 뛰어난 친위부대장으로 후선侯選, 정은程銀, 이담李湛, 장횡張橫, 양흥梁興, 성의成宜, 마완馬玩, 양추楊秋를 말했다.

"글쎄, 길몽인지 흉몽인지 도통 모르겠습니다."

모두 무인들이라 마초의 꿈을 제대로 판단할 사람이 없었다. 마초는 어젯밤 꿈에서 눈 속에 쓰러져 있다가 사나운 호랑이 떼가 덮쳐 그를 물려고 하는 순간 눈을 떴다. 길몽 같기도 하고 악몽 같기도 했다.

"그 꿈은 흉몽입니다."

갑자기 장막을 걷고 들어온 사람이 있었다. 남안南安 환도獂道 사람으로 자는 영명令明이고 이름은 방덕龐德이었다.

"예로부터 눈 속에 호랑이를 만나는 꿈은 불길한 징조라 했습니다. 허창에 계신 대장군님께 좋지 않은 일이 일어난 것이 아닐까 싶습니다."

방덕의 말에 마초는 근심에 싸였다. 서량에 남아 있던 팔기의 대장들도 모두 주군이 걱정되어 마음이 심란했다.

"하지만 꿈은 반대라는 말도 있으니 너무 안 좋은 쪽으로 해석해 걱정하지 마십시오. 본래 꿈이란 믿을 것이 못 됩니다."

방덕은 일부러 술자리를 마련하여 마초의 마음을 달래주었다. 하지만 그 꿈은 역시 흉몽이었다. 그날 밤, 허창에서 도망친 사촌 동생 마대가 도착했다.

"숙부님이 조조에게 죽임을 당하셨습니다. 그뿐 아니라 집에 불을 놓아 두 자제분과 다른 일족 등 8백 명 모두 죽임을 당했습니다. 저는 간신히 담을 넘어 이처럼 거지로 변장해 도망쳐왔습니다."

마대가 눈물을 흘리며 참사를 전했다.

"뭐? 아버지가 살해당하셨단 말인가?"

마초가 깜짝 놀라 외쳤다. 그리고 창백한 얼굴로 하늘을 우러러 통곡하다 혼절하고 말았다. 마초는 이내 의식을 되찾았지만 밤새 통곡을 멈추지 않았다.

그런 와중에 형주에 있는 유비가 보낸 밀사가 당도하여 마초에게 밀서를 건넸다. 공명이 쓴 밀서는 한실의 쇠락을 근심하고 마등의 애통한 죽음을 절절히 애도했다. 또한 조조의 대역과 죄과를 통렬히 비난하면서 마초의 비탄을 위로하며 독려했다.

조조는 장군과 같은 하늘 아래 살 수 없는 아버지의 원수이며, 사민四民에게는 악정과 전횡을 일삼는 도적이며, 한실에는 나라를 어지럽히고 황제의 위엄을 훼손하는 간신이오. 이를 벌하지 않고 어찌 무가의 대의명분이 서겠소이까. 바라건대

장군이 서량에서 들고일어나면 저 유현덕이 북으로 밀고 올라
갈 것이오.

다음 날, 아버지 마등과 친우였던 진서장군鎭西將軍 한수韓遂가 마
초에게 은밀히 사람을 보내왔다. 그를 따라가자 아무도 없는 방에서
한수가 마초를 기다리고 있었다.

"실은 조조에게서 이런 밀서가 왔구나."

한수는 마초에게 그것을 보였다.

만일 마초를 사로잡아 보내면 그대를 서량후에 봉하겠다.

마초는 검을 내려놓으며 말했다.

"장군의 손에 걸린 이상 방도가 없을 듯합니다. 자, 허창으로 압송하
시지요."

한수는 마초를 꾸짖었다.

"그럴 마음이었다면 일부러 예까지 자네를 부르지도 않았네. 만일
자네에게 부친의 원수인 조조를 칠 마음이 있다면, 의로써 나도 돕고
자 하네. 과연 자네의 결의는 어떠한가?"

한수가 마초의 본심을 물었다.

마초가 깊이 감사의 마음을 전한 후 말했다.

"그에 대한 대답은 집에 돌아가서 올리겠습니다."

집으로 돌아온 마초는 바로 조조의 사자의 목을 베어 한수에게 보

냈다.

"과연, 마등의 아들이다. 자네의 결심이 그러하다면⋯⋯."

그날 바로 한수는 마초군에 합류했다.

마침내 서량의 수만 정예병이 동관潼關(협서성陝西省)을 공격했다. 장안長安(협서성·서안西安)의 대장 종요鐘繇는 화들짝 놀라 조조에게 파발을 보내 사태를 알렸고, 서량군의 선봉 마대에게 패한 후 장안성 으로 들어가서는 나오질 않았다.

지금 장안은 쇠락했지만 옛날 한의 황조가 위업을 이룬 왕성王城으 로 요새화되고 지리적 이점도 있었다.

방덕이 나서며 말했다.

"장안성이 오래 번성하지 못한 원인은 두 가지 결점 때문입니다. 첫 째는 토질이 거칠고 딱딱하여 물이 짜 먹을 수 없습니다. 둘째는 산과 들에 나무가 부족하여 항상 연료가 부족합니다. 그러니 다음과 같은 계책을 쓰면 어려움 없이 함락시킬 수 있습니다."

마초는 방덕의 계책을 받아들여 급히 포위를 풀고 진영을 수십 리 후퇴시켰다.

"적이 포위를 풀었다고 해서 함부로 성 밖으로 나가면 안 된다. 적이 무슨 계책을 쓸지 모른다."

종요는 병사와 백성들에게 경계를 늦추지 말 것을 명했다. 하지만 사흘이 지나고 나흘이 지나도 아무 일이 없자 성문 하나를 열었다. 그 러자 동문과 서문에서도 백성들이 물을 푸러 가거나 땔감을 구하러 나 갔다 오고 식량 등을 앞다퉈 들이기 시작했다.

"적이 멀찌감치 물러갔으니 아무 일도 없습니다."

"만일 적이 보인다 해도 성안으로 도망칠 시간은 충분합니다."

모든 것이 평온했다. 이윽고 잡상인들까지 자유롭게 출입하기 시작했다. 그때 갑자기 서량군이 공격해왔다. 군사와 백성 들은 소나기를 만난 것처럼 성안으로 도망쳐 들어왔다. 마초가 서문 아래에서 말을 멈추고 소리쳤다.

"이 문을 열지 않으면 성안에 있는 자들을 모조리 불태워 죽이겠다."

서문을 지키고 있던 종요의 동생 종진이 껄껄 웃으며 성루에서 놀렸다.

"마초야, 어디 한번 그 입으로 성을 빼앗아보아라."

해가 질 무렵, 성의 서쪽 산에서 수상한 불이 일어났다. 종진이 앞장서서 불을 끄는데, 저편 어스름한 곳에서 큰 소리가 들렸다.

"서량의 방덕, 이미 며칠 전부터 성안에서 오늘을 기다렸다."

적군인지 아군인지 구분할 수 없는 혼잡한 상태에서 종진은 칼을 맞고 쓰러졌다. 방덕의 부하들이 서문을 열자 마초와 한수의 대군이 한꺼번에 밀려들어오더니 하룻밤 사이에 성을 점령해버렸다. 종요는 동관으로 도망친 후 허창에 '원군이 오지 않으면 장안은 버틸 수 없다'는 파발을 보냈다.

조조가 놀란 것은 두말할 필요도 없었다. 참모부에서는 즉각 방침을 바꿔 '정오남벌征吳南伐'의 출병을 연기했다. 그리고 조홍과 서황에게 병사 만 명을 내주며 동관으로 갈 것을 명했다.

그때 조인이 조조에게 조홍과 서황은 너무 젊어 혈기만 앞서고 공을 탐하다 잘못을 범할까 걱정된다며 자신도 함께 가겠다고 했다. 하지만 조조는 조인에게 자신을 따라 군량 운송을 관장하는 임무를 명했다.

그로부터 열흘 뒤, 조조는 군비와 전열을 충분히 갖추고 출정에 나섰다. 그만큼 조조는 서량의 군사를 강하게 생각하고 있었다.

"우리가 왔으니, 이제는 적들에게 한 치의 땅도 밟게 하지 않을 것이다."

조홍과 서황은 군사 만 명을 이끌고 동관에 도착한 후 종요와 합세했다. 그들은 오로지 수성에만 몰두하며 조조가 오기를 기다렸다.

그러자 서량의 군사가 정면공격을 멈추고, 매일 해자의 건너편에 나타나서 하품을 하고 코를 풀고 엉덩이를 두드리며 큰 소리로 욕을 해댔다. 그리고 풀밭에 드러누워 잠을 자고 일어나 싸우지 않는 조홍과 서황 등을 겁쟁이라 놀려댔다.

날마다 이를 지켜보던 조홍이 노발대발하며 성을 나가 공격하려는 것을 서황이 말렸다.

"열흘 동안 오로지 지키기만 하고 나서서 공격하지 말라는 승상의 말씀을 잊었소이까?"

젊고 혈기 방장한 조홍이 서황의 만류를 뿌리치고 대군을 이끌고 나갔다. 서량의 군사가 당황하며 허둥지둥 도망치자 동관의 대군이 그들을 추격하며 그동안 쌓였던 울분을 풀었다. 서황도 어쩔 수 없이 부대를 이끌고 나갔지만 조홍에게 너무 멀리까지 추격하지 말라며 조언했다.

그때 긴 방죽 쪽에서 돌연 천지를 뒤흔드는 북소리와 징소리가 울리더니 한 무리의 군마가 나타났다.

"서량의 마대가 여기 있다."

깜짝 놀란 조홍이 전열을 재정비하는데 방통이 퇴로를 끊었다는 보고가 들어왔다. 조홍이 급히 말 머리를 돌려 후퇴하려 했지만 때는 이미 늦고 말았다. 어느새 마초와 한수가 관문을 공격하고 있었다. 이미 서황과 조홍이 관문을 나온 뒤라 성을 지키는 병사는 적었고 서량군은 성벽을 기어오르고 있었다. 종요는 벌써 도망을 쳤고, 조홍과 서황도 더는 버티지 못하고 동관을 포기한 채 도망을 쳤다.

마초, 방덕, 한수, 마대의 만여 대군은 관중을 돌파하자 동관을 점령하는 일을 뒤로 미루고 오로지 도망치는 적을 섬멸하기 위해 밤낮을 쉬지 않고 추격했다.

조홍과 서황은 도망치면서 많은 병사를 잃었다. 마침내 허창으로 도망치다 조조 본군의 선봉을 만나 간신히 목숨을 부지할 수 있었다.

조조는 그들의 말을 듣고는 중군 두 사람을 불러 패전의 원인을 물었다.

"열흘 동안 반드시 수비만 하고 함부로 싸우지 말라 했는데, 어찌 적의 꼬임에 넘어가 경솔히 군사를 움직였느냐? 조홍은 아직 젊으니 그렇다 쳐도 서황은 대체 무엇을 했느냐?"

조조의 문책에 서황은 변명을 늘어놓았다.

"승상의 분부대로 제가 극구 만류했지만 조 장군이 좀처럼 듣지 않았습니다."

조조는 화를 내며 검을 뽑아들고 사촌 동생 조홍의 목을 베려 했다.

"소장도 같은 죄를 지었으니 벌을 내리신다면 저도 똑같이 벌하여 주십시오."

서황이 배복하며 말하자 주위의 부장들도 조홍의 목숨만은 살려주기를 청했다.

"앞으로의 싸움에서 공을 세운다면 용서하겠다."

조조는 마음을 돌려 조홍의 징벌을 잠시 유예했다.

81
서량의 금마초와 호치 허저

동관潼關에서 마초와 싸우던 조조는 퍼하자 얼음성을 쌓고 계책에 골몰하고,
마초와 허저는 자웅을 겨루지만 좀처럼 승패가 나지 않는다

다음 날, 조조의 본진과 서량의 군사가 동관의 동쪽에서 대치했다.

조조는 군을 삼군으로 편제한 후 자신은 그 중앙에 자리했다. 조조가 말을 타고 나아가자 오른쪽의 하후연과 왼쪽의 조인이 징과 북을 치며 기세를 올렸다.

"오랑캐의 아들아, 어디로 가려고 하느냐? 자, 어서 나오너라. 사람의 도리를 깨우쳐주마."

조조의 말이 건너편 서량의 진영에 울려 퍼졌다.

"마등의 아들, 자는 맹기孟起, 마초가 이제야 아버지의 원수를 만났

190

구나. 조조야, 거기 꼼짝 말고 있거라.”

우렁찬 소리와 함께 북소리가 울리더니, 허리가 가늘고 얼굴이 푸른 약관의 젊은 장수가 은갑銀甲과 선홍빛 전포를 입고 흰 반점이 박힌 말을 타고 들판을 가로질러 뛰어나왔다. 그의 양쪽으로 방덕과 마대, 그리고 팔기의 대장들이 말 머리를 나란히 한 채 달려나왔다.

“저것이 마초인가?”

조조는 내심 적잖이 놀란 모습이었다. 문화가 다른 북쪽 변방의 오랑캐라고 무시했지만 절대로 마초는 미개한 오랑캐가 아니었다.

“마초야, 너는 나라가 있고, 그 나라들 위에 황제가 있다는 것을 모르느냐?”

“그 입 닥쳐라! 황제가 계신다는 걸 잘 알고 있다. 또 황제를 능멸하고 조정을 제멋대로 주무르며 폭정을 휘두르는 역적이 있다는 것도 잘 알고 있느니라.”

“중앙의 병마는 바로 조정의 병마다. 역적이 되고 싶은 것이냐?”

“그 역적은 바로 네놈이다. 황제를 능멸한 죄! 더군다나 죄도 없는 부친을 죽인 죄! 어느 누가 마초의 깃발을 보고 불의라 하며 반란이라 하겠느냐.”

마초의 말은 누가 들어도 논리정연하고 정당했다. 조조는 말로는 안 되겠다고 느꼈는지 좌우의 장수들에게 마초를 붙잡으라고 명령했다.

우금과 장합이 동시에 마초에게 달려들었다. 마초는 그 둘의 공격을 가볍게 받아넘기고 뒤에서 달려오던 이통李通을 창으로 찔러 고꾸라뜨렸다.

마초가 유유히 창을 들어 올리며 고함을 치자 그동안 바위처럼 꼼짝
도 하지 않던 서량의 대군이 한꺼번에 공격해왔다. 그들의 태산처럼
중후하고 끈질긴 전투력은 도저히 조조의 병사와는 비교가 되지 않았
다. 조조군은 바로 뒤로 물러나며 흩어지기 시작했다.

"이 손으로 조조의 목덜미를 붙잡아 끌고 오겠다."

마대와 방덕이 도망치는 조조군을 헤치고 중군 속으로 들어가 혈안
이 되어 조조를 찾았다. 그때 서량의 병사들이 말했다.

"붉은 전포를 입은 자가 적장 조조다."

그 말을 들은 조조는 당황하며 전포를 벗어 던졌다. 그러자 조조를
쫓던 서량의 병사들이 소리쳤다.

"조조는 수염이 특이하다. 수염이 긴 자가 조조다."

그 순간 조조는 자신의 검으로 수염을 잘라버렸다.

마대와 방덕보다 더 혈안이 되어 조조를 찾는 사람은 바로 마초였
다. 마초는 아버지의 원수인 조조의 목을 치지 않고는 물러서지 않겠
다는 듯 말을 내달렸다. 그러자 부하 한 명이 마초에게 고했다.

"수염이 긴 자를 찾아도 소용없습니다. 조조는 수염을 자른 후 도망
쳤습니다."

그때 조조는 도망치는 아군 병사들 속에 섞여 마초의 바로 옆을 지
나가고 있었다. 그 말을 들은 조조는 깃발로 얼굴을 감싼 후 말에 채찍
을 가했다.

"얼굴을 감싼 놈이 조조다."

사방에서 소리가 들렸다. 조조가 혼비백산하여 숲 속으로 뛰어들자

누군가 창을 던졌다. 그런데 다행히도 창은 나무 둥걸을 파고들었다. 조조는 그 틈을 타 간신히 도망쳤다.

* * *

진중에 돌아온 조조가 하후연에게 물었다.

"오늘 난전 중에 계속 내 뒤를 보호하며 마초의 추격을 막은 것은 누구인가?"

하후연이 조홍이라고 대답하자 조조가 기뻐하며 말했다.

"조홍이라고? 나도 그리 생각했다. 그렇다면 이전의 죄는 오늘의 공을 참작하여 용서해주겠다."

조조는 이내 조홍을 불러 몇 번이나 죽음을 각오했는지를 토로했다.

"내가 전쟁에서 몇 차례 참패를 당한 적이 있지만, 오늘과 같은 치열한 싸움은 본 적이 없다. 마초라는 자는 비록 적이지만 참으로 훌륭한 장수이다. 그대들은 절대로 그를 가벼이 봐서는 안 된다."

조조는 병사들을 다시 규합하고 강을 마주한 기슭 일대에 가시나무 울타리를 둘러쳤다. 그런 다음 그곳에 '함부로 움직이는 자는 참수에 처한다'라는 군령을 적은 팻말을 세웠다.

건안 16년 가을, 8월도 다 지나가는데 조조군은 오로지 수비에만 치중할 뿐 아무런 움직임도 보이지 않았다.

"오랑캐 놈들이 또 강 건너편에서 욕설을 해대고 있구나. 지긋지긋한 놈들이다."

조조 진영의 부장들은 넌더리를 치며 조조에게 진언했다.

"북이北夷의 병사는 긴 창술에 능하고 좋은 말을 가지고 있어 접전에서는 용맹무쌍하지만, 활은 잘 쓰지 못합니다. 오직 궁노수로만 일전을 겨뤄보는 게 어떻겠습니까?"

조조가 떨떠름한 표정을 지으며 말했다.

"싸우는 것도, 싸우지 않는 것도 모두 내 마음에 달린 것이지 적에게 달린 것이 아니다. 이를 어기는 자는 엄벌에 처할 것이니, 오로지 수비에만 전념할 뿐 진영 밖으로 한 발짝도 나가서는 안 될 것이다."

조조의 속내를 헤아리지 못한 부장들은 귓속말을 하며 고개를 갸웃거렸다.

"어쩐 일인가. 아무리 마초에게 쫓겨 혼쭐이 났다고는 하지만 이렇게까지 소극적인 전법을 고집하는 연유가 무엇이란 말인가."

"나이 때문일지도 모르겠소. 이번 동작대의 연회 때 보니 흰머리가 조금씩 보이는 듯했소이다. 꽃과 같이 인간에도 성쇠가 있고, 세월은 거스를 수 없는 법이 아니오."

과연 그들의 말처럼 조조가 늙어버리기라도 한 것일까. 범인의 객관과 영웅의 주관에는 괴리가 있기 마련이며 신념에도 차이가 있는 것이었다.

조조는 자신이 늙었다고는 꿈에도 생각하지 않았다. 젊었을 때보다 자신의 육체와 정신이 조금 더 빨리 지치는 건 사실이지만, 그런 기분이 들 때면 조조는 억지로라도 자신은 아직 젊다고 믿었다.

며칠 후 척후병이 조조에게 고했다.

"동관의 마초군에게 새로 2만 명의 군사가 합세한 듯합니다. 게다가 이번의 군사들도 모두 북방 정예인 강족羌族 오랑캐들뿐입니다."

보고를 들은 조조가 웬일인지 홀로 크게 웃었다.

"승상, 적의 군세가 한층 강해졌다는데 어찌 그리 웃으시는 것입니까?"

"우선은 주연을 열고 축하하도록 하자."

조조는 그날 저녁에 주연을 열어 부장들과 함께 술을 마셨다.

그런데 이번에는 부장들이 낄낄 웃는 것을 보고 조조가 취한 눈으로 그들을 보며 말했다.

"그대들은 내가 마초를 칠 계책이 없다고 생각하며 웃는 것이 아닌가?"

부장들이 두려워하며 입을 굳게 다물자 조조가 다그치며 말했다.

"남을 비웃을 만큼 계책을 가지고 있는 자가 있으면, 어디 한번 여기서 말해보라. 나도 한번 들어보겠노라."

부장들은 서로 얼굴만 쳐다보았다. 그때 서황이 자진해서 대답했다.

"이대로 동관의 적과 대치만 해서는 1년이 지나도 승부를 가릴 수 없습니다. 제가 생각하기에 적은 위수渭水 상류와 하류에 대한 방비가 소홀합니다. 이에 한 무리의 군사들이 하서河西의 포판진蒲板津을 건너고 승상이 하북에서 일거에 공격하면 적은 앞뒤를 막기에 급급하여 자중지란으로 궤멸당할 게 틀림없습니다."

"서황의 말이 지극히 옳다. 그럼 그대에게 병사 4천 명을 내릴 테니 주령朱靈을 대장으로 삼아 강의 서쪽을 건너 강안의 골짜기에 숨어 내

신호를 기다리라. 나도 즉시 위수의 북쪽을 건너 호응할 기회를 엿볼
것이다."

조조는 서황을 칭찬하고는 즉시 임무를 나누었다. 그로부터 얼마 지
나지 않아 서량의 정탐꾼이 마초에게 보고를 했다.

"조조 진영에서 배와 뗏목을 만들어 강을 건널 준비를 하고 있습니
다."

그 보고를 들은 한수가 손뼉을 치며 말했다.

"장군, 적이 드디어 제 스스로 무덤을 파고 있소이다. 병법에 따르면
적이 강을 반쯤 건너게 한 뒤에 친다 했소."

한수의 말을 들은 마초는 각 부장들에게 빈틈없이 대비할 것을 명령
했다.

마초는 사방에 간자를 풀어 조조군이 강을 건널 지점을 감시하게 했
다. 조조는 그런 줄도 모르고 대군을 세 부대로 나눈 후 위수의 흐름에
따라 먼저 한 부대를 상류의 북쪽에서 건너게 했다. 그들이 무사히 강
을 건너자 조조는 흡족해했다.

"계책이 순조롭게 풀리는 듯하구나."

조조는 강가에 앉아 시시각각 들어오는 전황을 전해 들었다.

"강을 건넌 아군은 요소마다 병영을 갖추고 흙벽을 쌓고 있습니다."

전령들의 보고가 속속 들어왔다.

"지금 남쪽에서 적인지 아군인지 모를 한 무리의 군사가 말을 달려
이쪽으로 오고 있습니다."

이윽고 또 다른 전령이 보고를 올렸다.

"하얀 은갑과 하얀 전포를 입은 장군을 선두로 적병 2천 명이 강을 건너 역습을 해오고 있습니다."

그때 조조의 군사는 모두 강을 건너가고 조조에게는 불과 백여 명밖에 남아 있지 않았다.

"마초다!"

남은 병사들이 당황하며 소란을 떨었지만 조조는 미동도 하지 않았다. 그때 허저가 배를 되돌려와서는 조조에게 말했다.

"승상, 적이 배후에서 오고 있습니다. 빨리 배에 오르십시오."

"마초가 온다고 한들 아직 일전을 겨뤄보지도 않았는데 왜 그리 호들갑을 떠느냐."

조조는 태연자약泰然自若했지만, 이미 마초와 방덕을 비롯한 서량의 팔기가 백 보 안까지 쳐들어온 상태였다.

허저는 사태가 급박하다는 걸 깨닫고 조조에게 달려갔다. 그러고는 조조를 등에 업고 강가까지 단숨에 내달렸다. 하지만 배는 이미 떠내려가고 있었다. 허저는 조조를 등에 업은 채 몸을 날려 간신히 배를 잡아탔다. 남아 있던 백여 명의 병사들이 배에 들러붙자 허저는 그들을 노로 떼어내며 도망쳤다. 하지만 물살이 거세 배는 하류로 떠내려갈 뿐이었다.

"놓치지 마라."

"조조가 저기 있다."

서량의 병사가 쏜 화살이 비처럼 쏟아졌다. 허저는 한 손에는 말의 안장을 들고, 또 한 손에는 갑옷을 들어 조조를 보호했다.

조조가 구사일생으로 목숨을 건질 정도였으니, 다른 곳에서의 조조 군의 피해는 말할 필요도 없었다. 위수의 강물이 빨갛게 변한 것으로 그 피해를 충분히 짐작할 수 있었다. 강물에 떠내려가는 인마의 대부분은 위의 병사들과 말들이었다. 그나마 위남渭南 현령 정비丁斐가 남산南山 위에서 위군의 다급함을 보고 목장의 우마를 일시에 산에서 내몰아 피해가 절반으로 줄었다. 정비가 풀어놓은 소와 말 들이 서량군 한가운데로 뛰어들었다. 우마가 날뛰기만 했다면 서량군의 전투력에 아무런 피해도 주지 않았을 것이다. 하지만 본래 북적北狄 기질의 병사들이라 좋은 말을 보고는 잡으려고 하고, 또 좋은 소를 보고는 맛있겠다며 뒤를 쫓기에 여념이 없었다. 그 모습을 본 서량의 마초 등은 뿔피리를 불며 퇴각할 수밖에 없었다.

그 무렵 조조는 북쪽 강기슭에 올라 한숨을 돌리고 있었다. 그곳으로 위의 부장들도 하나둘 모여들었다. 허저는 도롱이를 입은 것처럼 온몸에 활을 맞았지만 다행히도 갑옷을 입고 있어 큰 상처는 없었다. 그는 치료도 거부하고 조조에게 먼저 안부를 물었다.

"승상, 다친 곳은 없으십니까?"

"내 몸은 아무 이상이 없네."

그제야 부장들이 조조를 병영으로 데려가 눕혔다. 조조는 부장들의 문안을 받으면서 오늘의 위기를 화제로 삼아 쾌활하게 이야기를 나누었다. 그러다 문득 생각난 듯 위남 현령을 불러오라 일렀다. 정비가 오자 조조가 물었다.

"오늘 남산의 목장을 열어 관의 우마를 모두 내쫓은 것이 그대인가?"

정비는 당연히 죄를 묻는 줄 알고 대답했다.

"예, 소인입니다. 승상의 처벌을 달게 받겠습니다."

"응당 처벌을 내릴 것이다."

조조는 우필祐筆을 돌아보며 속삭였다. 우필은 바로 무언가를 종이에 적어 정비에게 건넸다.

"정비, 펼쳐보라."

그것은 정비를 전군교위典軍校尉로 임명한다는 증서였다. 교위 정비는 감읍하며 말했다.

"오랫동안 위남 현령을 지내 이곳 지리는 잘 알고 있습니다. 비록 보잘것없는 지혜라도 긴히 써주신다면 그보다 더 광영이 없을 것입니다."

정비는 자신이 생각하고 있는 계책 하나를 조조에게 진언했다.

한편 아까운 기회를 놓친 서량의 마초가 한숨을 쉬며 한수에게 말했다.

"조조를 거의 사로잡기 직전에 웬 장수가 조조를 둘러업고 배로 뛰어오르는 바람에 놓치고 말았습니다. 아직도 눈앞에 선합니다. 적이지만 그 장수의 움직임은 비범했습니다."

한수는 몇 번이고 고개를 끄덕였다.

"그자는 위의 유명한 장수 허저이네."

"허저라고요?"

"우리에게 팔군의 대장들이 있는 것처럼 조조도 정예 중의 정예를 뽑아 호위군虎衛軍이라 이름 짓고 친위대로 삼았네. 호위군의 대장에 두 명의 장수를 두었는데, 한 명은 진국陣國 사람 전위典韋라네. 그는 무게가 80척이나 나가는 창을 잘 쓰고 용맹하여 이름을 천하에 떨쳤지만 이미 죽고 말았네. 또 한 명은 초국譙國 사람, 바로 허저인데, 힘이 세기가 이를 데 없네."

"그렇군요."

"허저는 힘이 장사라 사나운 소의 꼬리를 잡아끌 정도라네. 그래서 세상 사람들이 그의 별명을 호치虎痴 또는 호후虎侯라고 부른다네."

"앞으로 혹시 그자를 선두에서 보게 되면 섣불리 일전을 겨루지 않는 것이 좋을 듯하네."

한수는 마초에게 진지하게 충고했다.

척후의 보고에 따르면 그 후에도 조조군은 강을 건너 서량의 배후를 치려는 태세를 취하고 있었다.

한수가 마초에게 거듭 말했다.

"아군에게는 한 가지 골칫거리가 있네. 그것은 싸움이 길어져 조조가 지금의 진지에 난공불락의 영채를 쌓고 오로지 수비에만 치중하면 위수를 공략할 수 없을 것이네."

한수의 말에 마초도 동감했다.

"공격을 한다면 지금이 적기입니다만……."

"내가 날랜 병사들을 이끌고 조조의 중군을 공격하겠네. 자네는 북쪽 기슭을 막고 적들이 강을 건너오지 못하도록 이곳의 본진을 견고히 지키고 있게."

"적을 막는 데에는 저 혼자만으로도 족하니 방덕과 함께 가시는 것이 좋을 듯합니다."

한수와 방덕은 즉각 군사 천 명을 선발한 후 한밤중에 출발해 새벽에 걸쳐 조조의 진영을 기습했다. 하지만 그 계획은 조조의 계략에 완전히 넘어가고 말았다. 일찍부터 그들의 계획을 예상한 조조가 전군교위 정비의 책략에 따라 강변의 제방에 가짜 진채를 만들고 허수아비로 만든 병사와 가짜 깃발을 늘어놓고, 본군을 다른 곳으로 이동시켰기 때문이다. 그뿐 아니라 부근 일대에 수로를 판 뒤에 흙을 덮어 함정을 만들어놓기도 했다. 그것도 모르고 서량의 군사들이 일제히 함성을 올리며 달려들자 한순간에 땅이 꺼지면서 서량군은 함정에 빠져버리고 말았다.

방덕은 함정에서 간신히 기어 올라와 10여 명의 적병을 단숨에 베어버렸다. 그리고 한수의 이름을 부르며 찾아 헤매던 중에 적장 조인의 일가一家인 조영曹永과 맞부딪쳤다. 방덕은 단칼에 조영을 베고 그의 말을 빼앗아 적진으로 달려갔다.

한수도 함정에 빠져 위험한 상황이었지만 방덕이 잠시 적을 물리친 사이에 간신히 빠져나와 말을 잡아타고 도망쳤다. 이번 기습은 대참사로 끝난 셈이었다. 마초가 패군을 수습하여 피해 상황을 살펴보니 천여 기병 중 3분의 1을 잃었다.

숫자로만 보면 큰 피해는 아니지만, 그보다 마초의 마음에 더 큰 상처를 준 것은 팔군의 대장인 정은과 장횡 두 사람의 어이없는 죽음이었다. 하지만 마초는 이에 굴하지 않고 바로 두 번째 기습을 도모했다.

"이렇게 된 이상, 조조가 영채를 구축하기 전에 격파하지 않으면 영원히 승산이 없을 것이다."

그날 밤 마초는 스스로 선두에 서고 마대와 방덕을 후군으로 삼아 재차 위의 진영을 기습했다. 하지만 백전노장인 조조는 밤에 적이 다시 기습해올 것을 예측하고 있었다. 마초의 성격과 첫 번째 기습에서 적의 손실이 적었던 점을 이용해 준비를 한 터라 마초의 두 번째 기습도 아무런 성과가 없었다.

서량의 기습군이 6리의 길을 우회해 조조의 중군을 노리고 불시에 들이닥쳤지만, 그곳에는 깃발만 있을 뿐 적병이 한 명도 없었던 것이다. 서량군이 당황하며 철수하려는 순간, 굉음 소리와 함께 사방에서 복병이 일시에 나타났다.

"마초를 살려 보내지 마라."

그때 서량군의 장수 성의成宜가 하후연의 칼에 쓰러지고, 나머지 군사들도 끊임없이 공격을 받았다. 마초, 방덕, 마대 등이 선전을 했지만 결국에는 패퇴할 수밖에 없었다.

이렇듯 서량군과 조조군은 위수를 사이에 두고 계속 전투를 벌였지만 좀처럼 승패가 나지 않았다.

* * *

위수는 큰 강이었지만 수심이 얕고 무수히 갈라져 흐르고 모래밭이 많았다. 곳에 따라 깊은 못도 있지만 얕은 여울은 말은 물론이고 사람이 걸어서도 건널 수 있었다.

그런 곳을 사이에 두고 북쪽의 평야에 진영을 치고 서량군과 대치하다 보니 조조는 밤낮으로 적이 공격해오지 않을까 불안했다.

"조인, 빨리 서두르라."

조조는 견고한 영채를 구축할 것을 끊임없이 재촉했다.

조인이 모든 작업을 지휘하고 있었다. 그는 밤낮으로 2만 명의 인부에게 돌과 나무를 운반시켜 위수의 못에 다리를 놓고 연안 세 곳에 임시 성을 세우기 위해 여념이 없었다.

그것을 알게 된 서량의 마초는 우선 그대로 두라고 명한 뒤, 영채가 완성될 기색이 보이면 강의 남북에서 건너와 불을 지르거나 기름을 흘려보내 불을 놓았다. 그러면 뗏목은 불타 가라앉고 부교는 불길에 휩싸여 허물어졌다.

서량군의 방해공작에 조조는 골머리를 앓고 있었다. 그즈음 순유가 조조에게 말했다.

"위수의 제방을 이용하여 토대를 높이 쌓고 몇 리에 걸쳐 해자와 흙벽으로 둘러싼 후 지하에 성을 만들어야 합니다."

"지하성? 그렇군. 흙으로 만든 지하성이라면 불에 타지 않을 것이다."

조조는 인부 3만 명을 더 투입하여 땅을 파게 했다.

갱坑에서 퍼 올린 흙으로 두터운 흙벽을 쌓고 몇 개의 제방과 단을 만든 다음 성을 쌓기 시작한 지 한 달이 지났다. 피라미드와 같은 토성의 모습이 조금씩 드러났다. 서량군도 그것을 보았지만 그들은 팔짱을 끼고 있을 뿐 공격하지 않았다.

그런데 위수의 강물이 날마다 마르기 시작하더니 비가 계속해서 내려도 강물의 양은 늘지 않았다. 큰비가 내린 다음 날 아침, 경계병이 소리쳤다.

"해일이다!"

"홍수가 났다."

사람과 말을 높은 지대로 옮기자마자 저 멀리 상류 쪽에서 시커먼 물보라를 일으키며 격랑이 밀려왔다. 먼 상류 쪽에서 이미 반 달 전부터 서량군이 제방을 쌓아 강물을 막고 있었던 것이다. 자갈이 섞인 모래밭 위에 쌓은 토성은 하루아침에 무너져버렸다. 해자와 갱도 메워져 흔적조차 없었다.

9월로 접어들자 눈이 내리기 시작했다. 회색빛 짙은 구름이 하늘을 뒤덮더니 며칠 동안 눈을 뿌렸다. 어쩔 수 없이 양군 모두 숨을 죽이며 서로를 노려보기만 했다.

"서량의 오랑캐들은 추위에도 강하고, 동관에 틀어박혀 있으니 상관없겠지만, 아군은 이 허허벌판에서 눈과 비를 맞으며 견딜 수밖에 없다. 무슨 좋은 방도가 없는가?"

조조와 부장들이 머리를 맞대고 의논을 하고 있는데, 그곳으로 한 사람이 찾아왔다.

"저는 종남산終南山에 은거하는, 도호가 몽매夢梅라 하는 거사입니다."

그의 외관이 범상치 않았다. 조조가 무엇 때문에 왔는지 묻자 몽매가 말했다.

"승상은 여름부터 위수의 북쪽에 성곽을 쌓고 계십니다. 하여 불과 물에 견딜 수 있는 성을 만들 방법을 하나 알려드리려고 왔습니다."

204

몽매 거사가 이어 말했다.

"앞으로 반드시 북풍이 불 것입니다. 자갈이 섞인 모래흙이라도 서둘러 성을 쌓은 다음에 곧바로 물을 끼얹어두면 하룻밤 사이에 얼어붙을 것이고, 한번 얼어붙으면 내년 봄까지 풀리지 않을 것입니다. 얼음으로 된 성이니 불에 타지도 않을 것이요, 강물에 떠내려갈 걱정도 없을 것입니다."

몽매 거사는 말을 다 마친 후 이내 어디론가 사라졌다.

하루 종일 북풍이 불었다. 조조는 몽매 거사의 말에 따라 낮부터 인부 3, 4만 명을 준비시켜놓고 날이 저물기를 기다렸다.

이윽고 날이 저물자 조조가 명령했다.

"새벽까지 토성을 쌓아라."

그날 밤 장병들까지 모두 동원되어 토성을 쌓기 시작했다. 본래 기초는 다져놓았던 곳이라 새벽 무렵에 토성이 거의 완성되었다.

"토성에 물을 부어라."

미리 준비해둔 수만 개의 비단주머니와 가죽 부대로 강물을 퍼서 일렬로 늘어선 사람들이 손에서 손으로 건네며 토성에 부었다.

새벽이 밝자 서량의 군사가 강 건너를 바라보고는 깜짝 놀랐다.

"앗, 성이다."

"아니, 언제 성을 쌓았지?"

"하룻밤 사이에 어떻게 성을 쌓았단 말인가."

"저건 토성이 아니다. 얼음으로 된 성곽이다."

마초와 한수 등도 뛰어나와 손 그늘을 만들어 바라보았다.

"음, 조조의 농간이 틀림없다. 어서 저 성을 무너뜨려야겠다."

마초는 병사들을 이끌고 강을 건넜다.

"오랑캐의 자식들아, 왔느냐?"

조조는 말을 탄 채 기다리고 있었다. 마초는 조조의 목을 치러 달려오려다 조조 옆에 있는 장수를 보았다. 그 장수는 붉은빛이 도는 얼굴에 호랑이 수염을 하고 매서운 눈으로 노려보고 있었다.

"저자가 호치라는 별명을 가진 허저구나."

마초는 자중하며 넌지시 상대를 떠보았다.

"내 듣자니 조조는 입만 나불대며 삼십육계에 능하다고 하는데, 조조는 도망가지 말고 이 마초와 일전을 겨룰 용기가 있느냐?"

"내 곁에는 항상 맹장 호치 허저가 있다는 것을 네놈이 촌놈이라 아직 모르는가 보구나. 어찌 하찮은 쥐새끼 따위를 무서워하겠느냐?"

조조의 말이 끝나자마자 곁에 있던 허저가 나서며 말했다.

"내가 초군譙郡의 허저이니라. 마초는 나와 일전을 겨룰 용기가 있느냐?"

그의 목소리는 사람이었지만 기백은 백수의 왕과 같았다. 마초는 한수의 말을 떠올리고 마음속에 두려움이 일었다. 마초는 나중에 볼 것을 기약하며 말을 돌려 군사들을 물렸다. 이를 본 양군의 병사들이 서로 말했다.

"대체 허저가 얼마나 강한 장수이기에 마초조차 저처럼 두려워한단 말인가."

조조는 얼음성에 들어가서는 부장들을 불러들여 허저를 치켜세웠다.

"오늘 모두 호후虎侯를 보았는가? 실로 내 오른팔이라 할 것이다."

허저는 득의만면하여 말했다.

"내일은 반드시 마초를 산 채로 잡아들이겠습니다."

허저는 그날 바로 마초에게 '내일 나오지 않으면 천하에 웃음거리가 될 것이다'라고 쓴 결투장을 보냈다.

마초는 분노하며 내일 결판을 내자는 회신을 보냈다. 그러고는 날이 밝자마자 방덕, 마대, 한수 등을 이끌고 공격하러 나아갔다.

허저는 기다리고 있었다는 듯 말을 타고 달려나가 마초를 불렀다. 이번에는 마초도 분연히 나가 싸웠다. 백여 합을 싸우자 서로의 말이 지친 기색을 보였다. 두 사람은 일단 진중으로 돌아갔다 말을 갈아타고 재차 싸우기 시작했다.

승패는 끝이 나지 않았다. 불꽃이 튀고, 창이 부러지면 다시 창을 바꾸면서 백여 합을 겨루었다. 양군은 숨을 죽이고 손에 땀을 쥐며 바라보고 있을 뿐이었다.

"호치 허저를 상대로 맞서 싸우는 마초도 대단하지만, 서량의 마초를 상대로 싸울 수 있는 자도 허저가 아니면 없을 것이다."

양군의 병사들이 두 사람의 싸움을 보며 감탄했다.

"아, 덥구나. 이렇게 땀이 많이 나서야 눈을 뜰 수도 없구나. 마초, 잠깐 기다려라."

갑자기 허저가 아군의 진영으로 물러갔다. 모두가 의아해하며 기다리고 있는데, 허저가 갑옷과 전포를 벗어 던지고 맨몸으로 다시 큰 칼을 들고 나타났다. 그사이에 마초는 땀을 닦고 새로운 창을 집어 들고 한숨을 돌리고 있었다.

이윽고 먼지를 일으키고 벽력같은 고함이 울리며 용호쌍박의 세 번째 일전이 시작되었다.

허저가 말을 타고 적에게 달려들자 마초가 재빨리 창을 휘두르며 맞섰다. 칼과 창이 맞부딪히면서 끊임없이 날카로운 소리가 울렸다. 마초가 창을 빼자 허저가 다시 칼을 휘두르며 달려들었다. 마초가 몸을 재빨리 돌려 허저의 가슴 쪽을 노리고 맹렬히 찔렀다. 허저는 급히 옆으로 피하며 칼을 땅에 던지고는 마초의 창을 잡아서 옆구리에 끼었다.

창을 빼앗으려는 자와 뺏기지 않으려는 자, 두 사람의 들숨과 날숨이 흡사 천둥과 번개가 구름 속에서 으르렁거리는 듯했다. 창을 빼앗기는 자는 그 즉시 그 창이 자신을 찌를 것이라는 사실을 잘 알고 있었다.

그때 창이 뚝 하고 부러졌다. 말들이 뒤로 주춤거리며 물러나더니 앞발을 구르며 울부짖었다. 어느새 두 사람은 부러진 창의 반쪽씩을 들고 다시 맹렬히 싸웠다.

"퇴각의 징을 울려라."

그때 조조가 소리쳤다. 만에 하나 허저에게 무슨 일이 생기면 전군의 사기가 떨어질 것이라 생각했기 때문이다.

그 순간 방덕과 마대의 군사가 단숨에 조조의 진영으로 쳐들어왔다. 하후연과 조홍 등이 혼신을 다해 맞섰지만 서량군의 사기와 기세에 눌려 물러설 수밖에 없었다. 난전 중에 허저는 팔꿈치에 화살을 두 대 맞았다.

"계속 지키기만 하고 앞으로 나가지 말라."

조조는 얼음성을 닫았다. 이윽고 마초가 군사를 수습하여 물러가며 말했다.

"어릴 때부터 수없이 강한 상대들과 대적해왔지만, 여태 허저와 같은 자는 본 적이 없었다. 참으로 그는 호치구나."

그 후 조조는 서황과 주렴에게 군사 4천 명을 내려 위수의 서쪽에 숨겨두고, 자신은 강을 건너 정면을 치려고 했다. 하지만 마초가 먼저 수백 명의 기병을 이끌고 성 앞으로 몰려와 각 진영을 유린한 뒤 사라졌다.

창밖으로 그 모습을 보고 있던 조조가 쓰고 있던 투구를 던지며 말했다.

"실로 마초는 범상치 않은 적이다. 그가 살아 있는 한 내가 편할 날이 없겠구나."

조조의 말을 들은 하후연이 말했다.

"아군의 진중에도 인걸이 많은데, 어찌 마초 하나 때문에 그토록 불안해하십니까. 제가 맹세코 마초를 죽이고 오겠습니다."

그날 밤 하후연은 조조의 만류도 뿌리치고 기병 천 명을 이끌고 공격에 나섰다.

얼마 지나지 않아 예상한 대로 하후연의 군사가 고전하고 있다는 보고가 들어왔다. 조조는 그대로 두고 볼 수만은 없어서 직접 군사를 이끌고 나갔다.

조조를 본 적들은 조조가 왔다며 오히려 사기가 충천했고, 마초는 조조의 중군을 직접 공격해 들어가 조조를 쫓았다.

처음부터 당해낼 수 없다는 것을 잘 알고 있던 조조는 다시 성으로 도망쳐 들어갔다. 하지만 마초는 그사이에 한 무리의 병력을 모아 위수의 서쪽을 통해 강을 건너게 했다.

"조조야, 나오너라. 네놈은 도망치기만 하는구나."

마초는 얼음성 밑까지 쫓아가서 욕을 해댔다. 그러던 중에 후군의 한수에게서 후방에 이상이 생겼다는 전령을 받았다.

마초는 즉시 전군을 수습하여 진지로 돌아갔다. 그날 새로운 보고가 올라왔다.

"어젯밤 위수의 서쪽을 건넌 대군이 아군의 배후로 돌아가서 진지를 구축하고 있습니다."

"배후로 돌아갔는가? 드디어 뒤쪽으로!"

한수가 깜짝 놀라며 외쳤다.

한수는 모든 것이 수포로 돌아갔다고 생각했는지, 마초에게 전략을 전면 수정할 것을 조언했다. 즉 이제까지 취한 땅을 일시적으로 조조에게 돌려주고 화친을 맺은 후 겨울 동안 휴전을 하고 봄에 다른 계책을 세우자는 것이었다. 놀라운 상황 판단이었다. 양추와 후선 등의 부장들도 동조하여 마초에게 간했다.

며칠 후, 양추는 서찰 한 통을 지니고 조조의 진영에 사자로 갔다. 화친을 청하기 위해서였다. 조조는 내심 쾌재를 부르며 사자를 돌려보낸 후 책사 가후賈詡에게 의견을 구했다.

"거짓임이 분명합니다. 그렇다 해도 거부하는 것 또한 좋지 않습니다. 화친을 맺은 후 별도로 수단을 강구해야 합니다."

"그 수단이 무엇인가?"

"마초가 강한 것은 한수의 전략이 있기 때문이며, 한수의 작전은 마초가 용맹하기 때문에 빛을 발합니다. 둘의 사이를 이간질하여 멀어지게 하면 서량의 군사는 마른 나뭇잎을 쓸어 담는 일보다 쉬울 것입니다."

다음 날, 마초에게 화친을 맺겠다는 조조의 회신이 왔다. 하지만 마초는 조조의 회신을 믿지 않았다.

"조조군은 요 2, 3일 동안 후방의 하류에 부교를 만들며 허창으로 철수할 것처럼 행동하고 있습니다. 하지만 이는 아무리 봐도 거짓인 듯합니다. 조조의 부하 서황과 주렴의 군사는 여전히 위수의 서쪽에 있지 않습니까."

한수도 마초의 뜻에 동의하여 군사를 서쪽과 조조의 정면으로 나눠 경계하며 방심하지 않았다. 서량의 경계 태세에 대한 보고를 받은 조조가 가후를 돌아보며 웃었다.

"일단은 성공한 듯하구나."

이윽고 약속한 날이 되자 조조는 의관을 갖추고 수하의 장수와 무사들을 이끌고 화친조약을 맺기 위해 성을 나섰다.

여태까지 그처럼 호화찬란한 군대를 본 적이 없는 서량의 군사들은 신기한 것이라도 본 듯 손을 가리키며 웅성거렸다. 준마를 타고 금관과 은포를 입은 조조가 좌우의 시종에게 웃으며 말했다.

"서량의 병사들이 나를 보고 마치 진귀한 것이라도 본 듯하는데, 보아라 나는 눈이 네 개도 입이 두 개도 아니다. 단지 저들과 다른 것은 지모가 조금 뛰어날 뿐이다."

조조가 농담을 했지만 서량의 군사들은 조조의 웃는 얼굴에 겁을 집어먹은 듯 모두 입을 다물고 말았다.

82
조조의 반간계反間計로 패주하는 마초

위수를 사이에 두고 일진일퇴를 거듭하던 어느 날,
한수에게 조조의 친필 서찰이 전해지고, 마초는 한수를 의심하게 되는데……

한수의 막사에 불쑥 조조의 사자가 왔다. 사자는 조조가 자필로 쓴
서찰을 건넸다.

그대와 나는 본래 원수가 아니오. 그대의 부친은 내 아저씨뻘
이며, 그대와 나는 오래전 역사와 병법을 논하고 천하를 위해
함께 일을 도모하고자 맹세한 벗이었소. 그런데 어느새 적으
로 나뉘어 창과 활을 겨누고 있지만 옛정을 하루라도 잊은 적
이 없소. 이제 다행히 화친을 맺어 나는 이곳 위수에 있소. 바

라건대 옛 벗이여, 나를 한번 찾아주길 바라오.

"아아, 조조도 잊지 않고 있었구나."

한수는 옛정에 마음이 동하여 다음 날 갑옷도 입지 않고 병사도 없이 홀로 조조를 찾았다.

"오, 어서 오시오."

조조는 웬일인지 한수를 안으로 들이지 않고 진중 밖에서 친근하게 대하며 평소의 소원함을 사과했다.

"장군의 선친과는 함께 효렴孝廉에 천거되어, 젊은 시절 신세를 많이 졌소이다. 장군도 대학大學을 나와 함께 관도에 나가고 나서는 너무 소원했던 듯하오. 지금 춘추가 어떻게 되시오?"

"저도 벌써 마흔입니다."

"지난날 허도許都에 있었을 때에는 한창 젊었을 때라 종종 책을 논하기도 하고, 집을 나서서는 백마금안白馬金鞍으로 꽃을 찾아 놀기도 했는데, 장군도 어느새 중년이 되고 말았구려."

"승상도 변하셨습니다. 머리에 흰머리도 보입니다."

"하하하, 언제 다시 태평 시절을 얻어 그 옛날 동심으로 돌아가고 싶구려. 아, 오늘은 내가 모셔놓고도 마침 막사 안에서 부장들이 회의를 하고 있어서 이거 실례를 범하게 되었소이다."

"아닙니다. 또 뵙도록 하지요."

한수는 가벼운 마음으로 돌아갔다. 그리고 그 일은 곧바로 마초에게 전해졌다.

마음이 편치 않았던 마초는 다음 날 다른 일을 핑계로 한수를 불러 냈다.

"어제 위수 강변에서 조조와 장군께서 친밀한 듯 밀담을 나누셨다 는데, 그 연유가 무엇입니까?"

"밀담?"

한수는 눈을 크게 뜨며 손을 내저었다.

"벌건 대낮에 밀담이라니 터무니없는 말이네. 군무에 대해서는 손톱 만큼의 얘기도 나누지 않았네."

"장군께서는 말씀하지 않으셨더라도 조조는 무슨 말을 하지 않았는 지요?"

"젊은 시절 함께 허도에서 있었던 일들에 대해 이야기하고 헤어졌 을 뿐이네."

"그렇군요. 그렇게 오래전부터 조조와 친밀한 관계였습니까?"

마초는 의심스러운 눈길을 보냈지만 한수는 아무것도 거리낄 게 없 다는 듯 이런저런 이야기를 하고 돌아갔다.

그날 밤, 조조는 몰래 자신의 방으로 가후를 불러들였다.

"오늘 계책을 어떻게 보았는가?"

"기상천외했습니다."

"서량군의 귀에도 들어갔을 테지?"

"물론입니다. 벌써 마초의 귀에도 들어갔을 것입니다. 하지만 한 가 지 부족한 게 있습니다. 이 정도로는 마초가 한수를 진심으로 의심하 지 않을 것입니다."

"그럼 어떻게 하면 좋겠는가?"

"승상이 다시 한번 한수에게 친서를 보내십시오."

"흠, 용무도 없는데 친서를 보내는 것은 이상하지 않겠나?"

"상관없습니다. 글로 상대를 움직이는 게 목적이 아닙니다. 친서는 일부러 불명하게 쓰시되, 중요한 대목은 흘려 쓰거나 알아보지 못하도록 덧칠하거나 고쳐 쓰십시오. 다시 말해 얼핏 보면 복잡하고 중요한 내용인 것처럼 보이도록 하면 됩니다."

"흠, 어렵구먼."

"병마를 부리는 일을 생각하신다면 그 정도 수고는 아무것도 아닐 것입니다. 친서를 받아본 한수도 대체 무슨 내용인지 고민하다 반드시 그것을 마초에게 보일 것입니다. 그렇게만 되면 계책은 성공한 것과 마찬가지입니다."

한편 마초는 한수의 진영에 몰래 심복을 보내 누가 드나드는지 감시했다.

"오늘 저녁 또 조조의 사자가 한수의 영내에 서찰을 전하고는 황급히 떠났습니다."

심복에게 보고를 받은 마초가 의심이 들어맞았다는 듯 저녁도 먹지 않고 한수를 찾아갔다.

"이 밤에 홀로 무슨 일인가?"

한수는 한가롭게 저녁을 먹고 있었다.

"예, 마침 휴전 중이라 한가하기도 하고 술이나 한잔할까 해서 왔습니다."

"미리 연락이라도 했으면 음식과 술을 마련해놓았을 것 아닌가."

"뭐, 이렇게 갑자기 찾아 술을 나누는 것도 재미있지 않습니까."

"특별히 차린 건 없지만 같이 들겠는가?"

"예, 좋습니다."

마초가 자리에 앉아 술을 한 잔 마신 후 물었다.

"그런데 그 이후로 조조에게는 아무 연락도 없었는지요?"

"그 후로 만나지 못했지만, 방금 이상한 서찰을 보내왔다네. 술을 마시며 무슨 뜻인지 고민하던 참이네."

한수는 탁자 위에 펼쳐놓은 서찰을 보며 대답했다. 마초는 그제야 그것을 본 듯한 얼굴로 손을 뻗어 서찰을 집어 들었다.

"무슨 뜻인지 도무지 알 수 없는데 자네는 알겠는가?"

마초는 대답도 없이 물끄러미 서찰을 바라보았다. 문장도 불분명하고 군데군데 흘려 쓰거나 덧쓴 것으로 보아 내용이 의심스러웠다. 마초는 서찰을 소매에 넣으며 빌려가겠다고 말했다.

한수는 그러라고 했지만 마초가 왜 서찰을 가져가는지 몰라 의아한 표정을 지었다.

다음 날, 한수에게 사자가 와서 마초가 만나기를 청한다고 전했다. 한수는 이내 마초를 찾아갔지만 마초의 표정이 심상치 않았다.

"어젯밤에 돌아와서 조조의 서찰을 등불에 비춰보니 불온한 문자가 보였습니다. 장군은 설마 저를 조조에게 넘길 생각은 아니겠지요?"

한수는 어불성설이라며 고개를 내저었다.

"그것 때문에 어제부터 자네의 태도가 그러했는가? 나를 의심하니 변명을 해도 듣지 않을 듯하네."

"아닙니다. 해명하실 게 있다면 말해보십시오."

"그럼 내일 내가 조조를 찾아가 일전처럼 영외에서 담소를 나눌 테니, 자네는 부근에 숨어 있다가 불시에 조조를 치게나. 조조의 목을 베면 나에 대한 의심은 저절로 풀어질 것이 아닌가."

"분명 그리하겠습니까?"

"걱정하지 말게."

한수는 다음 날 바로 휘하의 이담, 양추, 후선 등을 데리고 조조를 찾아갔다. 조조는 한수가 왔다는 연락을 받고 조인과 귓속말을 나누더니 대신 조인을 내보냈다.

조인은 부장들을 데리고 영문을 나와서는 말 위에 있는 한수의 곁으로 다가갔다.

"어젯밤에 보내주신 편지에 감사드립니다. 승상도 지극히 기뻐하고 계십니다. 하지만 사전에 발각되면 위험하니 신중을 기하여 마초가 눈치채지 않도록 조심하십시오."

조인은 말을 끝내자마자 훌쩍 자리를 뜨고는 한수가 무슨 말을 하기도 전에 영문을 닫아버렸다. 뒤편에 숨어 있던 마초가 크게 화를 내며 한수의 목을 치려 했지만, 부장들이 만류하여 잠시 검을 거두었다.

한수는 풀이 죽어 자신의 진영으로 돌아갔다. 팔기의 다섯 대장이 그를 위로했다.

"저희는 장군의 충성을 잘 알고 있습니다. 그런 만큼 가슴이 더 아픕니다. 마초는 용맹하지만 지혜가 모자라 조조의 적이 될 수 없습니다. 어차피 이리된 것 조조에게 항복하여 안위를 보전하는 게 어떠하신지요?"

"말을 삼가게. 내가 군사를 일으킨 것은 마초의 선친인 마등과의 우의 때문이었네. 한데 어찌 지금에 와서 그를 저버리고 조조에게 항복을 하겠는가."

"그건 장군의 마음뿐입니다. 마초는 이미 장군을 의심하고 있는데, 그 절의를 대체 누구에게 다하려 하십니까?"

양추, 이담, 후선 등이 번갈아가며 한수를 설득했다. 다섯 대장은 이미 마초를 포기하고 있었던 것이다.

일이 이렇게 되자 드디어 한수의 마음에도 변화가 생겼다. 그날 밤, 은밀히 양추를 조조에게 밀사로 보냈다.

조조는 손뼉을 치며 기뻐했다. 그러고는 면밀한 계책 하나를 회신으로 보내왔다.

내일 밤 마초를 불러 주연을 열고, 연회장 주변에 마른 잡목을 쌓아 불을 지르시오. 그 불을 보고 나는 신속히 군사를 이끌고 가서 그대를 도와 마초를 사로잡을 것이오.

다음 날 한수는 다섯 장군을 불러 조조의 계책에 대해 논의했다. 조조의 계책이 완전하다고 생각되지 않았기 때문이다.

"지금 마초를 불러도 이곳으로 오지 않을 것입니다."

한수가 걱정하는 것도 그 점이었다.

"아닙니다. 장군이 사죄를 한다고 전하면 의외로 올지도 모릅니다."

양추가 말하자 우선이 거들었다.

"마초는 아직 젊으니 말을 잘하면 올 것입니다."

그 말에 이담이 자신 있게 말했다.

"제가 마초를 꼭 데리고 오겠습니다. 저희에게 맡겨주십시오."

그 후 그들은 장막을 치고 마른 잡목을 주변에 보이지 않게 쌓고 주연 준비를 마쳤다. 그리고 결의를 다지며 술을 한 잔씩 마시는데, 갑자기 누군가가 안으로 들이닥치며 소리쳤다.

"반역의 무리는 꼼짝 말아라."

바로 마초였다. 허를 찔려 허둥지둥하는 한수를 향해 마초는 검을 빼들고 달려들며 소리쳤다.

"네 이놈, 어젯밤부터 무슨 작당을 하고 있었느냐."

한수는 창을 들 여유가 없어 왼쪽 팔을 들어 마초의 칼을 막았다. 마초의 칼은 한수의 왼팔을 잘라냈다.

"어디를 도망가느냐."

마초가 한수를 잡으러 쫓아가는데 팔기의 다섯 대장이 좌우에서 마초에게 달려들었다. 장막 밖에서는 불길이 일었다. 마초는 피가 묻은 칼을 들고 혈안이 되어 한수를 찾았다. 마초의 앞을 막아선 마완이 단칼에 그 자리에서 고꾸라졌다. 마초를 따라온 방덕과 마대도 한수의 부하들을 닥치는 대로 주살했다.

그때 갑자기 세 편으로 나뉘어 위수를 건너온 기병 부대가 쏜살같이 달려와 마초를 잡으라고 소리쳤다.

"적병은 상관 말고 오직 마초만을 잡아라!"

허저를 비롯하여 하후연, 서황, 조홍 등 조조의 맹장들이 모두 출정했다.

"이놈들이 미리 준비를 하고 있었구나!"

위험을 느낀 마초는 급히 진영 밖으로 뛰어나왔다. 하지만 방덕과 마대의 모습을 찾을 수 없었다. 이렇듯 마초가 당황했을 정도니 서량군의 혼란이야 말할 필요도 없었다. 진영의 여기저기에서 검은 연기가 피어올랐다.

날이 저물자 위수의 하늘은 검게 그을리고, 강물은 새빨갛게 물들어 있었다.

* * *

아군끼리 의심하는 것을 경계해야 했다. 그것은 자신도 모르는 사이에 같은 편을 적으로 만들어버리는 무서운 계책인 것이었다. 하지만 반간계反間計를 쓴 조조의 편에서 보면 그야말로 서량의 마초군에 대해 적중작란의 계략이 성공한 셈이었다. 내부가 분열되면서 화친도 결렬되었다.

마초는 제 스스로 초래한 화禍에 쫓겨 위수의 가교까지 간신히 도망쳐왔다. 방덕과 마대와는 뿔뿔이 흩어졌고 뒤따르는 병사는 백 명도 되지 않았다.

그리고 저 멀리 이담이 군사를 이끌고 달려오고 있었다. 서량을 떠나올 때까지 그는 팔기의 수장으로 마초와 믿고 지내는 사이였다. 하지만 지금은 선두에 서서 창을 비껴들고 마초를 죽이려고 달려들었다.

"네놈도 역적의 무리와 한패구나."

마초가 격노하여 이담에게 달려들었다. 그 기세에 놀란 이담이 말을 되돌렸다. 그때 멀리서 조조의 부하 우금이 마초를 겨냥해서 활을 쏘았다. 활시위 소리와 동시에 마초가 몸을 숙였다. 뜻밖에도 화살은 마초의 몸을 그대로 지나쳐 이담의 등을 꿰뚫었다. 이담은 말에서 고꾸라져 죽고 말았다.

마초는 곧바로 우금을 향해 말을 달렸다. 그리고 우금의 병사를 물리친 후 위수의 다리 위에 우뚝 섰다.

이윽고 날이 새기 시작했다. 마초는 다리 위에 진을 치고 아군이 집결하길 기다렸지만, 그를 기다리는 것은 적의 함성과 화살뿐이었다. 적들은 다리 근처에 단단히 포위망을 치고 있었다.

마초는 다리 위에서 분투하며 몇 번이나 적의 대군을 향해 돌격을 시도했다. 하지만 몸에 상처만 입고 다리 위로 되돌아올 수밖에 없었다. 게다가 몇 안 되는 부하들은 다리 위로 돌아오지도 못하고 눈앞에서 화살을 맞고 쓰러져갔다.

"여기서 죽음을 맞이할 바에야 다시 한번 최후의 돌격을 감행하자. 성공하면 재기를 꾀할 수 있을 것이다. 만일 실패하고 죽는다 해도 여기서 온몸에 화살을 맞고 허무하게 죽는 것보다는 나을 것이다."

마초는 남은 부하들을 격려하여 최후의 돌격을 감행했다.

"계속 돌격하라."

"흩어지지 말라."

마초의 병사 4, 50명이 죽을 각오로 달려들어 포위망을 뚫는 데 성공했다. 사람이 사람을 짓밟고, 말이 말을 짓밟았다. 조조군은 한쪽이 허물어지면서 물러나기 시작했다. 하지만 마초를 뒤따르던 부하들이 하나둘 쓰러졌고, 어느새 마초는 혼자 남겨지고 말았다.

"누구든지 가까이 오면 모조리 목을 벨 것이다."

마초의 창은 부러져서 벌써 어딘가에 내던져지고 없었다. 마초는 적의 창을 빼앗아 적을 찌르고, 적의 활을 빼앗아 적을 쏘았다. 말과 사람 모두 선혈을 뒤집어쓴 듯 온통 붉게 물들었다. 이런 상황에서는 아무리 천하의 마초라 해도 체력에 한계가 있었다.

'이젠 끝났구나.'

마초는 힘이 빠져 잠시 주춤하다가 다시 용기를 냈다. 여기서 포기할 수 없다는 오기가 생긴 것이었다. 마초는 나약한 자신을 질타했다.

"아직 내 숨이 붙어 있지 않은가!'

마초는 다시 몰려오는 적들과 싸웠다. 그때 서북쪽에서 한 무리의 군사들이 마초가 있는 곳으로 달려왔다. 마대와 방덕이었다. 두 사람은 조조군의 측면을 공격해 조조군을 멀리 쫓았다. 그리고 그 틈을 이용해 방덕이 마초를 태우고 도망쳤다.

＊＊＊

적중작란의 계책이 성공한 후 조조는 말을 타고 전선으로 나왔다. 그는 마초를 놓쳤다는 보고를 받고는 화룡점정이 빠졌다며 아쉬워했다.

"지금 마초의 병사는 어느 정도인가?"

"방덕, 마대 등 천 명 정도입니다."

한 장수가 대답했다.

"뭐라, 천 명? 그 정도면 이제 병사가 없는 것과 마찬가지구나. 그대들은 주야를 불문하고 마초를 추격하여 큰 공을 세우라. 마초의 목을 가져온 자에게는 상금 천 냥을 주겠노라. 또 마초를 생포해서 잡아온 자에게는 신분을 불문하고 만호후萬戶侯에 봉하여 일약 제후의 반열에 오르도록 하겠다."

그것은 큰 포상이었다. 장수에서 일반 병사까지 기세를 올리며 앞다퉈 마초를 쫓았다. 어느새 마초는 조조군의 욕망과 탐욕의 먹잇감이 되어버렸다. 사방팔방에서 적이 쫓아오다 보니 마초의 군사는 30여 명으로 줄어 있었다. 마초는 제대로 잠도 자지 못하고, 제대로 먹지도 못하고 오로지 서량을 향해 도망쳤다.

방덕과 마대는 도중에 마초와 헤어진 후 멀리 농서隴西 지방을 향해 패주했다. 조조는 그들이 지방에 숨어버릴 경우 훗날의 화근이 될 것이라며 그들을 끝까지 쫓게 했다. 조조군이 장안 부근까지 왔을 때 허도의 순욱에게서 파발이 왔다.

남과 북의 정세가 심상치 않으니, 승상께서는 한시라도 빨리
병사를 거두어 허도로 돌아오시길 간합니다.

조조는 일단 전군을 수습하여 돌아가기로 했다. 왼쪽 팔을 잃은 한수를 서량후로 봉하고, 그와 함께 항복한 양추와 후선 등을 열후로 삼은 후 위수를 지키라 명했다.

그때 양주涼州의 참군參軍을 지낸 양부楊阜가 조조에게 자신의 생각을 말했다.

"마초의 용맹함은 옛날 한신韓信과 영포英布에게도 뒤지지 않습니다. 지금 그를 살려둔 채 돌아가시는 건 산불을 꺼러 가서 산중에 불씨를 남겨두고 돌아가는 것과 같으니, 이보다 위험한 일은 없을 것입니다."

"내 그것을 모르지는 않네. 마초의 목을 친 후 돌아가면 좋겠지만, 수도의 사정과 남방의 형세가 그것을 허락지 않네."

"예전에 저와 함께 양주 자사를 지낸 이강韋康이라는 인물이 있습니다. 형주의 사정에 정통하고 민심을 얻고 있으니, 그에게 군사를 주어 기성冀城을 지키게 하시면 설사 마초가 재기를 노린다고 해도 그 뜻을 이루지 못할 것입니다."

"그럼 그 자리는 그에게 맡기도록 하겠소. 그대와 위강이 잘 협심하여 마초가 다시 세력을 떨치지 못하도록 하시오."

"그러시다면 일부의 군사를 주둔시켜 장안의 요새를 굳게 지키셔야 할 것입니다."

"물론 장안의 경계를 위해 충분한 병력과 적당한 장수를 배치할 것이오."

조조는 하후연에게 그 임무를 맡겼다.

"옛 수도인 장안에는 한수를 머물게 하겠지만, 그는 왼팔을 잃어 몸을 움직이기 힘들 것이다. 장군은 내가 믿는 사람으로, 나를 대신하여 장안을 잘 지키라."

조조의 말에 하후연이 답했다.

"고릉高陵 태생으로 자가 덕용德容인 장기張旣라는 인물이 있습니다. 그를 경조윤京兆尹으로 삼아주시길 청합니다. 소장이 그와 협력하여 승상께서 다시는 서량 땅을 근심하시는 일이 없도록 하겠습니다."

조조는 하후연의 청을 받아들였다.

"좋소. 장군 뜻대로 하시오."

* * *

허창으로 돌아가기 전날 밤, 조조는 제장들과 술자리를 함께했다. 여기서 한 장수가 조조에게 물었다.

"후학을 위해서 여쭙겠습니다. 합전 초기에 마초의 군사가 동관에 있어 위수의 북쪽은 차단된 형태였습니다."

"음, 그렇소."

"당연히 강의 동쪽을 공격할 거라 생각했는데, 승상께서는 야전의 위험을 감수해야 했고, 나중에는 북안에 영채를 세우셨습니다. 아무래도 전법에 문제가 있는 듯 보였습니다."

"그것은 어려운 곳을 공격하지 않고 쉬운 곳을 먼저 친다는 병법을 그대로 따른 것뿐이오."

"그것은 알고 있습니다만, 이번 경우는 그 반대로 행한 듯 여겨집니다. 저만의 생각인지요?"

"처음에는 일부러 적의 정면을 공격하는 것처럼 보이게 해서 적의 병력을 아군의 정면으로 집중하게 만들고 서황과 주렴 등의 별동대를 이용해 적의 수가 적은 강의 서쪽부터 건너게 한 것이오."

"과연 승상이십니다. 승상의 주목적은 별동대에 있었던 게 아닙니까."

"뭐, 그런 셈이오."

"후일 저희 주력이 북쪽을 건너 제방을 따라 영채를 구축한 후 실패를 겪고 얼음성까지 쌓았습니다. 그렇다면 승상도 처음에는 싸움이 이렇게 빨리 끝날 줄 예상하지 못하셨던 것인지요?"

"아니오. 일부러 아군의 약점을 많이 보여 적을 자만에 빠지게 만들기 위해서였소. 또 서량의 군사는 사나운 말처럼 성격이 조급하니, 그들의 기세를 역이용한 것이오. 다시 말해 느긋하게 보여 그들을 초초하게 만들려고 했던 것이오."

"그렇다면 적중작란의 계책은 이전부터 생각하고 계셨는지요?"

"전기戰機는 그 시기를 헤아리는 게 중요하오. 전쟁 전에 작전을 짤 때는 신중을 기하기 때문에 그저 지지 않으려고 하는 경향이 강하오. 그런데 막상 전쟁에 임하면 신속함이 요구되는 법이오. 또 서전에서는 양군 책사의 지모가 비등하여 팽팽히 균형을 유지하기 마련이오. 그사이에 전기를 헤아려 먼저 적의 상도常道를 뒤엎는 것이 승패의 갈림길이오. 병을 부리는 전략과 전술을 어찌 말로 다 설명할 수 있겠소."

조조의 설명은 제자들에게 가르침을 주듯 절절했다. 부장들이 조조에게 다시 물었다.

"출정 초기에 서량군의 병력이 시시각각 증강되고, 그중에는 팔기의 수장과 맹장도 있다는 보고를 들었을 때, 승상께서는 손뼉을 치며 기뻐하셨는데, 이는 무슨 연유 때문입니까?"

"서량은 땅이 험하여 중앙에서 멀리 떨어져 있소. 그러니 군주의 덕이 미치지 않는 포악한 군사들이 절로 한곳에 모이지 않겠소. 이는 사냥터에 사슴과 멧돼지 들이 절로 찾아드는 것과 마찬가지가 아니오."

"하하하, 과연 지당하신 말씀입니다."

"만일 그들이 서량을 나오지 않고 군주의 위엄에도 굴하지 않고 그저 변경에만 머물고 있어 그들을 치기 위해 원정을 간다면 막대한 군비와 병력과 시간이 필요할 것이오. 아마 1, 2년이 걸려도 이번과 같은 전과를 올릴 수는 없었을 것이오. 그에 서량군이 대군을 이루어 쳐들어온다고 들었을 때, 그토록 기뻐한 것이오. 이를 의아하게 여겼던 그대들도 이제야 조금은 병법을 논할 눈을 갖게 되었구려. 앞으로도 실전에 임하여 평소의 작은 지혜에 얽매이지 말고 보다 큰 지혜를 갈고 닦도록 하시오."

조조는 그렇게 말하고는 술잔을 들었다. 부장들이 조조의 말에 감탄하며 진심으로 축하했다.

조조가 허창에 돌아오자 헌제獻帝는 두려운 마음에 몸소 어가를 타고 나와 개선군을 맞이했다. 또한 조조를 한漢의 상국相國(재상宰相)이었던 소하蕭何와 같이 대접하라는 칙명을 내렸다. 이제 조조는 신발을 신은 채 전상殿上에 오를 수 있으며 칼을 차고 조정을 드나들 수 있게 되었다.

83

장송의 서촉 41주 두루마리

장송은 조조를 만나 촉을 바치려 하지만 그의 인물됨에 실망만 하고,
유비를 찾아간 장송은 '서촉 41주 두루마리'를 건네며 촉을 취하라 간한다

근래에 들어 한중漢中(협서성·한중)의 백성들 사이에서 도교道敎가
성행하고 있었다. 사람들은 이를 오두미교五斗米敎라 불렀는데, 신도가
되려면 쌀 다섯 되를 바쳐야 했기 때문이다.

집에 병자가 끊이지 않거나 계속 재난을 당해서, 또는 앉은뱅이가
일어섰다거나 대문에 오두미교의 부적을 붙였더니 신기하게 도둑이
들지 않아서 등 미신과 속설로 언제부터인가 한중에서 도교의 세력이
군주의 세력을 능가하게 되었다.

교주를 사군이라 불렀는데, 사군인 장로張魯는 촉의 곡명산鵠鳴山에

서 도교를 널리 보급한 장형張衡이라는 인물의 아들로 자는 공기公棋
라 했다. 그 장로가 한중에 와서는 이른바 오두미교를 만들어 백성들
에게 전파했다.

"불쌍한 백성들이여, 모두 나를 따르라. 내가 너희의 고난을 모두 사
라지게 해주겠다."

그때만큼 백성들의 고충이 심했던 시대가 없었다. 사방천지를 둘러
봐도 온전히 가정을 이루고 평안한 날들을 보내는 사람들이 없었다.
무식하고 희망이 없었던 백성들은 장로야말로 하늘이 내린 사람이라
고 믿었다. 백성들은 쌀 다섯 되를 들고 와 묘당廟堂 앞에 장사진을
이루었다.

사군인 장로를 정점으로 하여 치두대좨주治頭大祭酒라고 하는 도인
이 있고, 그 밑에 귀졸鬼卒이라고 하는 제관祭官이 몇백 명이나 있었다.

불구나 병자가 기도를 부탁하면 참회하라며 암실에 넣었다. 그런 다
음 7일 뒤에 이름을 적은 부적 세 개를 만들어 하나는 산 위에 묻어 천
신에게 올리고, 또 하나는 평지에 묻어 지신地神에게 올리고, 마지막
하나는 물속에 넣어 '네 죄업은 수신에게 빌어 용서를 받았다'고 말한
후 돌려보냈다.

사람들은 그것을 정말로 믿었다. 그런 맹신이 때때로 기적을 일으켰
다. 그럴 때면 성대하게 제사를 올렸다. 한중의 거리마다 도교가 장악
해 묘당에는 돼지, 닭, 직물, 사금, 차와 같은 갖가지 봉납이 산을 이루
었고, 열 개의 창고에는 오두를 담은 주머니가 가득했다.

그렇게 창궐한 사교는 해마다 세를 불려 올해로 벌써 30년이 되었다.

중앙에서도 도교의 악폐를 듣고 있었지만 파촉巴蜀은 중앙에서 너무 먼 땅이라 칙명으로 금지할 수도, 병사를 일으켜 소탕할 수도 없었다. 그런 탓에 중앙에서는 오히려 교주인 장로에게 회유책을 썼다. 장로에게 진남중랑장鎭南中郞將이라는 관직을 내려 한녕漢寧태수로 봉하는 대신 해마다 공물을 바치게 한 것이었다. 그렇게 해서 오두미교는 중앙정부에서 인정한 도교로 뿌리내렸고, 파촉 지방은 그들의 나라가 되어 있었다.

그러던 어느 날이었다. 한중의 백성 하나가 자신의 밭에서 황금옥쇄를 발굴하고는 깜짝 놀라 관청에 신고를 하러 갔다. 그것을 본 장로의 군신들이 입을 모아 장로에게 왕위에 오르라고 권했다.

"이것이야말로 하늘이 사군을 한녕의 왕으로 삼기 위해 내리신 것입니다."

그러자 염포閻圃가 진언했다.

"지금은 중앙의 조조가 서량의 마초를 무찌른 후라 그 기세와 교만함이 하늘을 찌를 듯합니다. 이에 먼저 촉의 41주를 병합한 후에 조조에게 맞서는 게 옳을 것입니다. 사군께서는 어찌 생각하시는지요?"

염포의 말을 듣고 장로의 아우인 장위張衛가 말했다.

"염포의 계책은 실로 그럴듯합니다."

장위가 앞으로 나서더니 염포의 계책을 뒷받침하며 호언장담했다.

"서량의 마초가 패한 이래 영내는 혼란에 빠지고 서량주의 백성들은 뿔뿔이 흩어져 한중으로 옮겨온 자가 이미 수만 호에 이른다고 합니다. 여기에 기존에 있던 한천漢川의 백성은 10만 호가 넘고 재물과 양식은 넉넉합니다. 또 사방의 산과 계곡, 길이 험준하여 필부 한 명이 능히 만 명의 적을 당해낼 수 있습니다. 이때 촉을 취하여 통치하면서 군력을 늘리고 어진 정치를 펼치면 지금이야말로 천년의 기업基業을 열 수 있을 것입니다. 바라건대 제게 촉을 칠 병사를 내려주시면 천년의 대업을 펼쳐보이겠습니다."

두 사람의 말에 장로가 고개를 끄덕이며 허락했다.

한중의 병마가 촉을 칠 기회를 엿보고 있을 때, 촉의 상황은 이러했다. 파촉巴蜀, 즉 사천성四川省은 장강 천 리의 상류인 양자강 강물을 가로막고 있는 험준한 세 협곡을 벗어나 한참을 거슬러 올라가다 보면, 푸른 강물이 갑자기 풍광명미風光明媚한 땅속으로 접어들고, 그렇게 며칠을 배를 저어가면 눈앞에 홀연히 드넓은 고원지대가 펼쳐졌다. 아시아의 지붕인 파미르 고원에서 발하는 곤륜崑崙산맥의 지맥이 중국 서부로 이어져 민산岷山산맥이 되고, 그 봉우리들을 에워싸고 흐르는 강은 민강岷江, 금타강金江沱, 부강涪江, 가릉강嘉陵江 등으로 나뉘어졌다가 다시 양자강의 대동맥으로 합류했다. 하천 유역의 분지는 쌀, 보리, 동유桐油, 목재 등이 풍부하고, 기후는 온난했다. 한대漢代 초기부터 많은 한민족이 들어와 이른바 파촉 문화의 부흥을 일으켰다. 그곳의 행정 중심부는 성도成都였다. 하지만 이 지방은 교통이 많이 불편했다. 북방, 협서성으로 나오려면 유명한 검각劍閣의 험준한 봉우리와 산길을 넘어야 했고, 남쪽은 파산巴山산맥이 가로막고 있고, 관중關中으로 나오는 네 길과 파촉으로 통하는 세 길도 험준산령의 계곡에 다리를 걸쳐 간신히 사람과 말이 지날 수 있을 정도였다. 그래서 사람들은 이를 '촉의 잔도棧道'라 불렀다.

그렇다 해도 이제 촉은 더 이상 시대와 무관하게 동떨어진 채 살아가는 별천지가 아니었다.

촉의 유장劉璋은 유언劉焉의 아들로 한의 노공왕魯恭王의 후예라고 알려졌는데, 무사안일한 세월에 익숙한 게으르고 나약한 우군愚君이었다.

"한중의 장로가 공격해온다는데, 어찌해야 하겠는가."

유장은 태어나서 처음으로 적이라는 존재가 바로 옆에 있다는 사실을 알게 되었다. 촉의 제장들도 모두 두려워했다. 그러자 한 사람이 자리를 떨치고 일어나 말했다.

"제가 세 치 혀를 움직여 장로의 군사를 물리치겠습니다. 너무 심려치 마십시오."

그의 키는 5척도 될까 말까 하는 단신이었고, 코는 삐뚤어지고, 이빨은 뻐드렁니였고, 이마는 넓적했지만, 목소리만은 우렁찼다. 게다가 그의 목소리는 종을 치는 듯 여운과 깊이가 있었다.

"아, 장송이 아닌가. 그대는 얼마나 자신이 있어 그리 호언장담을 하는가?"

유장과 장수들이 반신반의하며 물었다.

"백만의 병사를 움직이는 것은 한 사람의 마음입니다. 그 한 사람을 제 혀로써 설복시키면 어찌 이루지 못하겠습니까."

장송은 자신이 허창으로 가서 조조를 만나 장래의 이해손실을 따져 대계를 올리고 이를 전화위복으로 삼겠다는 흉중의 계책을 피력했다.

장송의 계책은 받아들여졌고, 그는 사자가 되어 허창으로 가게 되었다. 장송은 떠날 채비를 했고, 자신의 집에 화공을 불러 서촉 41주의 정밀한 조감도를 두루마리에 담도록 했다.

화공은 닷새 만에 그림을 완성시켰다. 41주에 걸쳐 있는 촉의 산천 계곡과 도시촌락, 7도 3도의 통로, 배와 말 들의 분포, 산물의 집산지 등이 수십 자의 두루마리에 상세히 담겨져 있었다.

"이것을 펼쳐보면 촉을 직접 보지 않고도 한눈에 파악할 수 있겠구나. 아주 잘 그렸다."

장송은 화공을 칭찬하고는 즉각 유장을 알현하고 출발 준비가 끝났다고 보고했다. 유장은 조조에게 바칠 예물로 황금구슬과 비단을 일곱 마리의 백마에 쌓아 그에게 맡겼다.

이윽고 장송은 수많은 험준한 산과 계곡을 넘어 허창으로 향했다.

그때 조조는 동작대에서 주흥을 즐긴 뒤 허창으로 갓 돌아온 상태였다. 강남의 정세는 한층 예측할 수 없는 상황이었지만, 서량의 마초를 물리친 조조의 기세는 하늘 높이 솟아 바야흐로 세상은 조조 일가의 것이나 마찬가지였다.

"과연, 한漢의 수도로다."

장송은 깜짝 놀랐다. 찬란한 위의 문화를 보니 백마 일곱 마리에 쌓아온 예물을 조조 앞에 내놓기가 부끄러웠다. 장송은 우선 여관에 짐을 푼 후 상부相府에 나가 이름과 관직 등을 기록하고 조조를 배알하기를 청했다.

승상이 부를 때까지 기다리라는 사령의 말을 믿고 기다렸지만, 며칠이 지나도 상부에서는 연락을 주지 않았다. 장송이 이상하게 여기자,

요정의 관주가 이름을 적을 때 관리에게 뇌물을 주지 않았기 때문이라고 가르쳐주었다. 장송은 바로 객사의 주인을 통해 막대한 뇌물을 상부의 관리에게 보냈다.

드디어 닷새째 되는 날, 장송은 조조를 만날 수 있었다.

조조는 곁눈질을 해가며 죄를 문책하듯 물었다.

"촉은 어찌 매년 공물을 바치지 않는가?"

"촉의 길이 험준하기 이를 데 없기도 하고, 그러다 보니 도중에 도적의 무리가 많아 도저히 공물을 보낼 방법이 없습니다."

조조가 불쾌한 표정을 지으며 말했다.

"중국의 위엄은 만천하에 이르고, 내가 각 주의 위협을 일소하여 천하를 다스리는데, 어찌 도적의 무리가 출몰하겠느냐?"

"아닙니다. 절대로 아직 천하를 평정했다고 할 수 없습니다. 한중에 장로가 있고, 형주에 유비가 있으며, 강남에는 손권이 있습니다. 거기에 더해 녹림산야 중에 도적들의 소굴로 변한 곳이 얼마인지 알 수도 없을 것입니다."

조조는 자리에서 벌떡 일어나 후각으로 들어가버렸다. 무척 화가 난 모습이었다. 장송은 그저 조조의 모습을 지켜보고 있었다. 이를 본 조조의 근신들이 장송의 어리석음을 비웃었다.

"멀리 촉에서 사신으로 와서는 승상의 심중을 거슬리게 하다니 참으로 어리석군. 불호령이 떨어지기 전에 어서 빨리 촉으로 돌아가시오."

그러자 장송이 삐뚤어진 코로 코웃음을 지었다.

"위국 사람들은 모두 거짓말에 능하신 듯 보입니다. 우리 촉에는 그런 간사한 아첨꾼이 없소이다."

"입 조심하라. 위나라 사람이 아첨꾼이란 말이냐?"

장송이 놀라 뒤를 돌아보자 젊은 남자가 걸어나와 장송 앞에 섰다. 그의 나이는 스물네댓으로 보였는데, 얼굴은 희고 총명해 보였으며, 가는 눈썹에 눈매는 시원스러워 보였다. 그는 홍농弘農 사람으로 육상삼공六相三公을 배출한 명가인 양진楊震의 손자 양수楊修로 자는 덕조德祖라고 했다. 현재 조조를 섬기며 양랑중楊郎中이라 불리며 창고의 주부主簿를 맡고 있었다.

"외국의 사신이라 해서 잠자코 듣고 있었더니 참으로 괘씸한 말을 하는구나. 내 그대와 그 부분에 대해 논할 의사가 있으니 나를 따라오시오."

양수는 그렇게 말한 후 장송을 서원으로 끌고 갔다. 장송은 어쩐지 마음이 끌려 아무 말 없이 양수의 뒤를 따라갔다.

* * *

"이곳은 서원의 깊은 곳으로 아무도 드나들지 않으니, 조용히 이야기를 나눌 수 있을 것이오. 자, 앉으시지요."

양수가 장송에게 자리를 권하고 차를 달여 건넨 후 먼 여정을 위무했다.

"촉의 길은 세상에서도 험하기로 소문이 자자하니, 수도까지 오는데 고생이 이만저만하지 않았을 것입니다."

장송이 고개를 내저으며 답했다.

"군명을 받고 사신으로 오는데 어찌 만 리가 멀다 하겠습니까. 가시밭길도 마다하지 않을 것입니다."

양수가 장송에게 다시 물었다.

"촉의 국정이나 지리는 노인들에게서나 듣고 서책으로나 알 뿐, 촉나라 사람에게 직접 들은 적이 없소이다. 청컨대 촉에 대한 이야기를 들려주지 않겠습니까?"

"예, 촉은 대륙의 서부에 위치하며 험준한 금강錦江을 끼고 있습니다. 지세는 검각의 만봉으로 둘러싸여 있고, 둘레는 208정程이요, 종횡 3만여 리에 이릅니다. 닭 울음소리와 개 짖는 소리가 들리는 인가와 저잣거리가 곳곳에 산재해 있습니다. 또한 땅이 비옥하고 수풀이 우거져 장마와 가뭄 걱정이 적으며, 나라는 풍요롭고 백성들은 태평하여 집마다 음악 소리가 끊이질 않고, 백성들은 서로 교류하며 인정이 두텁고 문文을 사랑하고 무武를 숭상하여 평생 환난을 모르는 나라입니다."

"말을 듣기만 해도 한번 유람 삼아 가보고 싶어집니다. 그런데 그대는 촉에서 어떤 직책을 맡고 계시는지요?"

"너무 미천하여 부끄럽습니다만, 유장의 가문에서 별가別駕의 직책을 맡고 있습니다. 외람되지만 공은 어떤 직책이신지요?"

"승상부의 주부主簿를 맡고 있습니다."

"양가楊家는 누대에 걸쳐 고관대작을 배출한 명문가로, 조부는 모두 재상과 대신의 벼슬에 계시지 않았습니까? 그러한 가문의 자제분이 어찌 묘당에 서서 천자를 보좌하며 사해의 정사에 신명을 받치시지 않고, 한낱 승상부의 관리가 되어 미천한 조조의 부림을 받고 계시는지요?"

"……."

양수의 얼굴이 부끄러운 듯 붉어졌다. 그러더니 잠시 고개를 숙이고 있다 대답했다.

"아니오. 승상의 문하에서 군중병량의 실무를 배우고, 서고를 맡고 있어 평소에 수많은 서책을 자유로이 볼 수 있으니 큰 공부가 되오."

"하하하, 조조에게 배울 것이 과연 있겠습니까? 승상은 문文에 있어서는 공맹의 도道도 깨우치지 못했고, 무武에 있어서는 손오孫吳에 미치지 못한다고 들었습니다. 그러니 문무 중 그 무엇도 얻지 못하고 단지 잘하는 것은 철저히 강권으로 패도覇道를 추구하는 신념뿐이라고 하더군요."

"그것은 공이 멀리 변방에 살아 잘못 알고 있는 것이오. 승상의 대재는 도저히 헤아릴 수 없을 만큼 깊소이다."

"아닙니다. 중앙의 문화에 심취하여 흡사 그것을 만능으로 생각하고 천하를 보는 사람의 주관에는 종종 병적인 독선이 있게 마련입니다. 조조의 대재가 대체 어느 정도인지 그것을 증명할 길이 있다면 들려주시지요."

"좋소이다. 그럼 이것을 보십시오."

양수는 서고의 선반에서 서책 한 권을 꺼내 장송에게 건넸다. 제첨題簽에 '맹덕신서孟德新書'라고 쓰여 있었다. 장송이 책을 펼쳐 대강 훑어보니 모두 병법에 관한 것인 듯했다.

"이것은 누가 지은 것입니까?"

"승께서 군무에 쫓기는 와중에도 후세의 병가를 위해 몸소 붓을 들어 지으신 서책입니다."

"하하, 참으로 간교하오."

"고학古學을 참작하여 근대의 전술을 논하고, 손자 13편에 견주어 맹덕신서라 제목을 붙였소. 이 책만 봐도 승상의 지모의 깊이를 엿볼 수 있을 것이오."

장송은 양수의 손에 서책을 건네면서 웃으며 말했다.

"우리 촉에서는 세 살배기 아이도 이 정도 내용은 외고 있고 서당에서도 읽고 있소이다. 그런 것을 맹덕신서라 칭하며 사람들을 현혹시키다니……."

"무슨 말이오? 그럼 이 서책과 같은 책이 전에 있었다는 것이오?"

"춘추전국시대에 이미 이와 똑같은 저서가 나왔습니다. 누가 썼는지 모르는 탓에 승상이 그대로 옮겨 적은 것이지요. 마치 자신이 직접 쓴 것처럼 무학의 자제들에게 자랑하고 있다니, 참으로 어처구니없는 일이 아닐 수 없소이다."

장송의 비웃음이 멈추지 않았다.

양수는 장송에게 다소 호의를 가지고 있었지만 그의 노골적인 비웃음과 말투에 반감을 느꼈다. 양수가 경멸 어린 시선으로 말했다.

"세 살배기 아이가 이러한 어려운 서책을 왼다는 것은 터무니없는 말이오. 허풍이 너무 심한 게 아니시오?"

"제 말이 거짓 같습니까?"

"어느 누가 참으로 받아들이겠소? 그럼 공은 암송을 할 수 있소이까?"

"세 살배기 아이도 할 수 있는 것을 어찌 제게 하라 하시는지요?"

"공의 말이 사실이라면 그도 한 방법이 아니겠소이까."

"좋소이다. 그럼 잘 들어보십시오."

장송은 가슴을 펴고 무릎에 손을 얹고 동자가 서책을 읽듯이 맹덕신서를 처음부터 끝까지 한 자도 틀리지 않고 외웠다.

양수는 깜짝 놀랐다. 그리고 급히 자리에서 내려와 장송에게 공손하게 절을 올렸다.

"참으로 놀랐습니다. 이제껏 저도 유명한 학자나 현자를 많이 만났습니다만, 공과 같은 인물을 만난 것은 처음입니다. 잠시 여기서 기다려주십시오. 승상께 말씀을 올려 다시 한번 뵐 수 있도록 청하고 오겠습니다."

양수는 흥분한 얼굴로 즉각 조조에게 갔다. 그리고 촉의 사신에게 왜 그렇게 냉담하게 대했는지 이유를 물었다.

"한번 보면 알 수 있지 않은가. 그자는 키가 작고 팔이 길어 마치 원숭이 같지 않던가."

"외모만으로 인재를 고른다면 진정한 인재를 놓치시게 됩니다. 승상은 예전에 예형과 같은 기인도 받아들이지 않으셨습니까?"

"예형은 당대의 문재로서 그는 문文을 빌려 민심을 얻을 능력이 있었기 때문이다. 대체 장송에게는 어떤 재주가 있단 말인가?"

"장송의 재주는 미루어 짐작하기 어렵습니다. 바다를 움직이고 강을 거꾸로 흐르게 할 재주가 있습니다. 승상께서 지으신 맹덕신서를 단

한 번 보고는 경을 읽듯 암송해버렸습니다. 그뿐 아니라 박식하기가 그 끝을 모를 정도입니다. 맹덕신서는 춘추전국시대 이름 없는 선비가 지은 것으로, 촉에서는 삼척동자도 다 알고 있다고 했습니다."

양수는 장송을 조금 과장되게 칭찬했다. 아직 젊어서인지 승상이 어떤 표정으로 자신의 마지막 말을 듣고 있었는지 알아차리지도 못하고 과하게 칭찬을 해댔다.

"우리 중국 문화에 대해 어두운 변방의 사신에 지나지 않을 뿐이다. 대국의 기상氣象과 위엄을 몰라서 그렇게 허무맹랑한 말을 하는 것이리라."

조조는 양수에게 다시 말했다.

"내일 위부衛府의 서교장西敎場에서 병사들의 조련을 열병할 것이니 그대는 장송을 데리고 나오너라. 그자에게 위의 군대의 위용을 보여주리라."

다음 날 양수는 장송을 데리고 서교장으로 향했다. 그날 조조는 위부의 서교장에서 5만 명의 군대를 통솔하여 열병하고 있었다. 조조의 투구와 갑옷은 햇빛에 번쩍였고, 몸 위에 두른 전포는 휘황찬란했다. 호위군虎衛軍 5만 명, 창기병 3천 명, 의장대 천 명, 전차, 궁노수, 고수, 철궁대 등의 네 개 군단이 8열로 학익진을 펼쳤다가 5열로 다시 분산해 조운진鳥雲陣으로 변화했다. 그야말로 조조군의 훈련은 웅장하고 장대했다. 훈련이 끝난 뒤 조조는 관람대 밑으로 말을 타고 돌아왔다. 그리고 득의만면한 얼굴로 장송을 불러들였다.

"어떠한가? 촉에는 이런 군대가 있는가?"

장송이 실짝 웃으며 말했다.

"없습니다. 촉은 문치와 도의로 다스리다 보니 위국과 같이 군대가 필요하지 않았습니다."

양수는 또 조조의 마음이 상할까 봐 조바심이 났다.

* * *

패자覇者는 자신을 능가하는 자를 꺼리는 법이었다. 조조는 처음부터 장송의 눈길이나 태도가 마음에 들지 않았다. 게다가 자신이 자랑하는 5만 호위군의 위용을 눈앞에서 보고도 냉소하자 노기를 감출 수 없었다.

"장송! 지금 그대는 촉이 인정으로 나라를 다스리기 때문에 강대한 병마가 필요 없다고 말했다. 만일 내가 서촉을 취하러 이 정예병을 이끌고 쳐들어간다면 어찌하겠느냐? 모두 쥐새끼처럼 도망쳐 숨는 재주를 자랑하겠느냐?"

"하하하, 무슨 말씀이십니까?"

장송이 입을 삐죽거리며 대답했다.

"듣자하니, 위의 승상 조조께서는 지난날 복양濮陽에서 여포에게 농락당하고, 완성宛城에서 장수와 싸우다 패주하고, 또 적벽에서 주유를 두려워하고, 화용도에서 관우를 만나 읍소하여 목숨을 부지한 일이 있다고 하더이다. 또 가깝게는 위수의 동관에서의 합전에서 수염을 자르고 전포를 벗어 던져 간신히 도망치시지 않았습니까. 휘하에 이름난 장수와 더불어 설사 백만, 2백만 군사를 이끌고 촉을 공략한다고 해도 촉의 천혜 지형과 촉병의 용맹으로 능히 감당하는데 무슨 수고가 필요하겠습니까. 승상이 촉의 산천풍광의 아름다움을 아직 보지 못하셨다면 언제라도 유람 오시길 바랍니다. 모르긴 몰라도 두 번 다시 동작대로 돌아갈 날이 없으실 듯합니다."

누가 위협을 당하고 있는지 모를 정도였다. 조조도 타국의 사신을 많이 만나봤지만 이렇듯 당당하게 말을 하는 사람은 한 번도 보지 못했다.

조조는 노발대발하며 양수에게 소리쳤다.

"무례한 놈. 저자의 목을 친 후 소금통에 절여 촉으로 보내라."

양수는 전력을 다해 변명했다. 불손하지만 장송의 기재는 실로 헤아릴 수 없으니 부디 관대하게 처벌해달라고 간절히 탄원했다.

"안 된다. 결코 용서할 수 없다."

조조는 양수의 말을 듣지 않았다. 하지만 순욱까지 나서서 인재를 죽인 일이 세상에 알려지면 승상의 부덕을 드러내는 일이 되니 죽이는 일만은 그만두는 편이 좋다고 간절히 간했다.

"그렇다면 곤장을 친 후 멀리 내쫓아라."

병사들은 즉각 장송을 연병장으로 끌고 가서 흠씬 몽둥이찜질을 한 후 쫓아냈다.

"무상하구나."

장송은 바로 촉으로 돌아가려다 자신이 위에 온 심사를 곰곰이 생각했다. 지금의 우군인 유장은 도저히 촉을 다스릴 위인이 못 되었다. 그러다 보니 머지않아 한중의 침략을 받을 운명이었다. 그는 다행히 조조의 사람됨이 좋다면 촉을 위에 병합시키든 속국이 되든 조조가 취하는 것도 좋다고 판단했다.

"내 촉을 떠나올 때 사람들 앞에서 호언장담하고 왔는데 이렇게 허무하게 치욕을 안고 돌아갈 수 없다."

장송은 부어오른 얼굴을 치료하고 바로 다음 날, 상부에 알리지도 않고 시종을 데리고 허창을 떠났다.

"촉의 소인이 더 작아져서 촉으로 돌아갔다."

사람들은 비웃기만 할 뿐, 장송이 도중에 길을 바꿔 형주로 향한 것은 꿈에도 몰랐다. 이윽고 장송이 영주郢州 근처까지 오자 저편에서 한 무리의 군사가 다가왔다.

"거기 계신 분은 촉의 별가 장송이 아니신지요?"

앞에 선 장수가 묻자 장송은 그렇다고 대답했다. 그러자 장수가 훌쩍 말에서 내리더니 예를 갖추며 말했다.

"저는 형주의 신하 조자룡이라고 합니다. 주군의 명을 받고 여기까지 마중을 나왔습니다. 원로에 고생이 여간 많지 않으셨으리라 생각됩니다. 자, 제가 안내하겠습니다."

조자룡이 안내한 객사에는 목욕 준비에 술과 차가 마련되어 있었다.

장송은 위에 사신으로 가서 임무를 다하지 못하고 실의와 치욕을 안고 떠나온 자신을 정중히 환대하는 게 의아했다.

"어찌 유 황숙께서는 저를 이처럼 두텁게 맞아주십니까?"

조자룡이 대답했다.

"딱히 공에게만 이렇게 대하는 것이 아닙니다. 저희 주군께서는 손님을 귀히 여기는 분이십니다."

그 후로 장송은 조자룡의 안내를 받으며 가는 게 전혀 불안하지 않았다. 며칠 후 형주의 경계를 지나 저녁 무렵 역관에 도착했다. 문밖에 백여 명의 병사가 두 열로 나뉘어 정렬해 있었는데, 장송의 모습을 보고는 일제히 북을 치고 징을 울리며 환영했다. 장송이 깜짝 놀라 걸음을 멈추자 한 장수가 긴 수염을 휘날리며 앞으로 나와 말했다.

"이렇게 귀한 손님을 모시게 되어 영광입니다."

장수는 환영의 예를 취한 후 직접 말의 고삐를 쥐고 이끌었다. 그러자 장송이 당황하며 말에서 내렸다.

"혹시 관우 장군이 아니십니까?"

"예, 그렇습니다. 처음 뵙겠습니다."

"이거 황송합니다. 제가 몰라뵙고 그만 말 위에서 실례를 범했습니다. 용서해주십시오."

"당치 않습니다. 저는 주군의 명을 받고 귀빈을 마중 나온 일개 신하에 지나지 않습니다. 무엇이든 시킬 일이 있으면 말씀하십시오."

객사에 들어간 후에도 관우는 밤새 정성을 다해 장송을 접대했다.

다음 날, 드디어 형주에 들어갔다. 장송이 보니 길은 티끌 하나 없이 정결히 치워져 있었다. 그리고 저편에서 오색 비단 깃발을 펄럭이며 한 무리의 인마가 다가왔다.

유려한 나팔 소리가 흘러나왔다. 맨 앞에서 말을 타고 다가오는 사람을 보니 유현덕이었다. 좌우에는 복룡 공명과 봉추 방통이 보였다.

장송이 놀라 급히 말에서 내린 후 길 위에 엎드려 예를 갖추려 하자 유비가 말에서 내려 그의 손을 잡으며 말했다.

"일찍부터 대부의 고명은 우렛소리처럼 듣고 있었지만 저 멀리 구름과 산이 가로막고 있어 가르침을 얻지 못했습니다. 그러던 중 오늘 고국으로 돌아가신다는 소식을 듣고 이렇게 간절히 기다리고 있었습니다. 부디 제 성으로 발걸음을 하시어 그동안 깊이 흠모해오던 회포를 잠시나마 풀게 해주십시오."

"이 초라하고 가난한 객을 위해 여기까지 몸소 왕림하시다니 제겐 너무 과분하여 황공스럽습니다."

조조의 앞에서는 더없이 불손했던 장송도 유비의 앞에서는 실로 겸허했다. 사람 간의 응대는 거울과 같기에 교만은 교만을 비추고 겸손은 겸손을 비추기 마련이었다. 상대의 무례함에 화를 내는 것은 자신의 투영에 화를 내는 것과 마찬가지인 셈이었다.

성안에서의 환영은 화려하지는 않지만 운산만리를 헤쳐온 빈객이 따뜻한 마음을 느끼기에 충분했다. 더군다나 유비는 세상 얘기만 할 뿐, 촉에 대한 얘기는 일절 묻지 않았다. 오히려 장송이 먼저 말을 꺼내며 질문했다.

"지금 황숙께서 다스리는 땅이 형주를 중심으로 몇 주나 되는지요?"

공명이 곁에서 답했다.

"주와 고을 모두 빌린 땅입니다. 주군께 이를 취하여 다스리는 일은 전혀 불의가 아니라 말씀 올리고 있지만, 주군께서는 오후 손권의 누이동생을 부인으로 맞이했기에 의를 중히 여기시어 형주를 취하지 않고 계십니다."

방통도 옆에서 거들었다.

"저희 주군은 세상 사람들이 알고 있는 바와 같이 한조의 종친이시면서도 이를 전혀 내세우지 않으십니다. 지금 한조의 조정에서 가장 높은 관직에 있으면서 국정을 마음대로 농락하고 있는 자와는 그 근본이 다릅니다."

방통은 그렇게 말하고 장송에게 술잔을 내밀었다.

장송은 술잔을 받으면서 몇 번이나 고개를 끄덕이며 공감했다.

"오로지 덕이 있는 사람에 의해서만 천하는 잘 보존될 수 있습니다. 또한 백성들이 안심하고 편히 지낼 방법도 그밖에 없습니다. 제가 생각건대 유 황숙께서는 한조의 종친으로 인덕을 겸비하시고 사민들도 그 높은 인격을 알고 있으니, 형주를 취하는 데 머무르지 않고 정통을 이어 제위에 오르신다 한들 아무도 비난하지 않을 것입니다."

유비는 아무 말도 듣지 못한 듯 그저 손을 마주 잡은 채 온화한 얼굴을 옆으로 흔들었다.

"선생의 과찬은 만부당하십니다. 어찌 제게 그와 같은 일을 감당할 덕망이 있겠습니까?"

유비는 그렇게 말하며 웃어 보였다.

장송이 형주에 머문 지 사흘이 되었지만 그동안 단 하루, 아니 일각이라도 불쾌한 일이 없었다. 나흘째 되던 날 장송은 석별을 고하고 촉으로 떠날 채비를 했다. 유비가 이별을 아쉬워하며 10리 밖까지 몸소 배웅했다. 그리고 그곳에서 잠깐 쉬며 조촐한 소연을 열었다. 서로 함께 술잔을 부딪치며 앞날의 무사를 비는데 유비의 눈에 눈물이 고였다.

"선생과 교우를 맺은 지 불과 사흘, 또 언제 가르침을 구할 수 있겠습니까. 촉에 돌아가서서도 항상 형주에 유비가 있다는 것을 잊지 말아주십시오. 이 유비도 기러기가 서쪽으로 날아갈 때마다 서촉에 선생이 있다는 사실을 가슴에 새길 것입니다."

그때 장송은 촉을 위해, 촉을 새롭게 세울 사람은 바로 이 사람밖에 없다고 가슴에 맹세했다.

"요 사흘간, 아침저녁으로 은혜를 입고 아무런 보답도 못 하고 떠나니 참으로 부끄럽습니다. 하지만 황숙을 위해 한마디 말씀을 올리자면 형주 땅은 절대로 황숙이 오래 머물기에 적합한 곳이 아닙니다. 남으로는 손권이 있고 북으로는 조조가 있으니, 형주를 호시탐탐 노리는 범이 웅크리고 있는 형상입니다."

"이 유비도 그것을 모르는 바가 아니지만 몸을 둘 곳이 없는 처지이니 어찌하겠습니다."

"부디 눈을 들어 서촉의 땅을 갈망하십시오. 사방이 험준하다고는 하나 협곡과 물을 넘으면 옥야가 천 리에 펼쳐지고 백성들은 참을성이 강하고 나라는 풍요롭습니다. 지금 만일 형주의 군사를 이끌고 그곳을 취하면 대사를 도모하는 데 이보다 더 좋은 길이 없을 듯합니다."

"그만두시지요. 내 그것을 모르는 바가 아니지만, 촉의 유장도 한실의 혈통을 이어받은 가문으로 동족과 마찬가지입니다. 어찌 그런 나라를 침범할 수 있겠습니까."

"아닙니다. 황숙의 생각은 소의만 알고 대의를 모른다 할 수밖에 없습니다. 본래 유장은 어리석고 나약한 태수이며 사람은 선하나 무능합니다. 결코 이 혼란한 시대를 이겨나갈 수 있는 군주가 아닙니다. 이대로라면 당장 내일이라도 한중의 장로가 쳐들어와 사악한 오두미교의 군사들에게 유린당할 처지입니다. 이런 연유로 저는 위의 조조에게 촉을 취하게 하여 장로의 침략을 막고 촉의 백성들을 보호하려 했습니다. 제가 허창으로 간 것도 그러한 결의 때문이었습니다. 말하자면 촉국을 조조에게 바치러 간 것이지요."

"……"

"그런데 허창의 부에 발을 들여놓자 의구심이 일었습니다. 문화는 너무 농익어 사람을 속이고 관리는 뇌물을 즐기는 등 그곳은 퇴폐하고 물신적인 풍조로 가득했습니다. 조조의 사람됨은 협량하고 그의 군대의 위용은 위협적이었지만, 오히려 저는 반감을 느낄 뿐이었습니다. 제 생각으로는 머지않은 장래에 조조는 반드시 한조에 커다란 화근이 될 것입니다. 황숙, 절대로 부추기거나 아첨하는 것이 아닙니다. 부디 천하만민을 위해 소의에 연연하지 마시고 대의를 품으십시오."

장송은 시종을 불러 말 등의 짐 속에서 상자 하나를 가져오게 했다. 천산만수, 험준한 산길, 도시와 고을 등을 한눈에 볼 수 있는, 바로 장송이 촉을 떠나올 때부터 지니고 있었던 '서촉 41주 두루마리'였다.

"보십시오. 촉의 지도입니다."

"아, 거리의 멀고 가까움과 지형의 고저, 산천이 험한 곳과 요충지, 관청의 창고와 전량, 호수戶數에 이르기까지 참으로 정밀하여 흡사 하늘에서 한눈에 내려다보는 듯합니다."

유비는 지도에서 눈길을 떼지 못했다.

"황숙, 한시라도 빨리 마음을 정하십시오."

장송은 곁에서 유비가 마음을 정하도록 열심히 재촉했다.

"저와 깊이 마음이 통하는 두 명의 벗이 있습니다. 자가 효직孝直인 법정法正과 자가 자경子慶인 맹달孟達입니다. 후일 이 두 사람이 찾아 뵈면 저라 생각하시고 모든 일을 상의하셔도 무방하니 부디 잘 기억하시길 바랍니다."

"청산은 늙지 않고 녹수는 길이 흐르니, 언젠가 선생의 깊은 뜻에 보답할 수 있을 것입니다."

"오늘 예로서 이 서촉 41주 두루마리를 바치니, 훗날 촉에 들어오실 때 길잡이로 삼으시길 바랍니다."

장송은 그렇게 말하고 떠났다. 유비는 10리 밖에서 되돌아왔지만 관우와 조자룡은 10리를 더 나가 장송을 배웅했다.

익주益州는 파촉 지방을 아우르는 지명이었다. 한대漢代로부터 촉은 익주 혹은 파촉으로 널리 불리고 있었다. 실로 먼 여정이었다. 장송은 드디어 본국인 익주로 돌아왔다. 수도인 성도(사천성四川省·성도)에 가까워졌을 무렵, 길가에 두 벗이 마중을 나와 있었다.

"잘 다녀오셨는가?"

"무사해서 다행이네."

장송은 그들 곁으로 다가갔다.

"아, 맹달과 법정, 나와 있었는가?"

장송은 말에서 내려 두 사람의 손을 마주 잡았다.

"그동안 촉의 차 향기가 그리웠을 것이네. 내 저기 소나무 밑에 차를 준비하여 끓이고 있었네. 잠시 쉬었다 가세."

두 사람은 장송과 함께 소나무 밑으로 갔다. 장송이 차를 마시며 여정의 이야기를 하다 문득 물었다.

"그대들도 이대로는 반드시 촉이 망할 수밖에 없다는 것을 잘 알고 있을 것이네. 만일 그렇게 되면 촉을 살릴 주인으로 어느 누가 좋을 듯한가?"

법정이 의아한 얼굴로 물었다.

"그 일로 자네는 멀리 위의 조조를 만나고 오지 않았는가? 조조와의 교섭이 잘되지 않았는가?"

"실은 잘되지 않았네. 자네들에게만 털어놓겠네만, 나는 도중에 생각이 바뀌었다네. 촉에 조조 따위를 들인다면 그야말로 촉의 파멸을 의미할 뿐 아니라 촉의 백성들이 불행해질 것이 분명하네."

"그럼 누구를 맞아들이겠다는 말인가?"

"그래서 지금 그대들의 의중을 묻고 있는 것이네. 기탄없이 말해보시게."

"정말인가?"

"내 어찌 자네들을 속이겠는가."

법정이 신음 소리를 낸 후 말했다.

"나라면 형주의 유현덕을 선택하겠네."

맹달도 눈을 빛내며 말했다.

"옳은 말이네. 조조에게 촉을 바칠 바에야 유비를 왕으로 맞아들이는 편이 훨씬 좋을 것이네. 본래 처음부터 유비에게 사신을 보내야 했었네."

두 사람의 말을 들은 장송은 빙그레 웃으며 입을 떼기 전에 주위를 둘러보았다. 그러고는 두 사람에게 얼굴을 들이밀며 허창을 떠난 후 형주에 들른 사정부터 유비와 묵계黙契를 맺고 온 사실까지 모두 털어 놓았다.

"그런가? 그렇다면 우리 셋의 생각이 일치했네. 일이 그렇게만 된다면 실로 보람이 있지 않겠나. 장 형은 부디 일을 조심히 도모하시게."

"만사는 내 가슴속에 있네. 이 일로 유장이 자네들을 부르면 잘 대처해야 할 것이네. 그럼 자네들만 믿겠네."

"걱정하지 말게나."

세 사람은 서로 굳게 다짐한 뒤 헤어졌다.

다음 날, 장송은 성도에 들어가 유장을 알현하고 사신으로 갔던 결과를 상세히 보고했다. 물론 조조에 대해서는 온갖 험담을 늘어놓았다. 조조는 예전부터 촉을 빼앗으려는 흑심이 있어서 우리 쪽의 교섭에 귀를 기울이기는커녕, 오히려 장로보다 앞서 촉을 공격하려는 속내를 보였다고 보고했다.

***

유장은 당황한 기색을 감추지 못했다.

"조조가 그런 흑심을 품고 있었다니. 장로가 촉을 노리는 늑대라면 조조는 호랑이인데, 대체 어찌하면 좋겠는가?"

나약하기만 한 유장이 아무 방책도 없이 그저 불안해하며 물었다.

"너무 심려치 마십시오."

장송이 자신만만하게 말했다.

"이렇게 된 이상, 형주의 유비에게 도움을 청하십시오. 주군과 그는 같은 동족이 아닙니까. 그뿐 아니라 이번 여정 중에 각 주의 소문을 들어보아도 유비는 인자하고 관대한 보기 드문 인물이어서 인망을 얻고 있었습니다."

"유비가 한의 경제景帝의 혈통이라는 말은 예전부터 듣고 있었지만, 그와는 지금까지 아무런 연도 없었소."

"그러니 이번 기회에 예를 갖춰 서찰을 보내시면 유비도 화친을 맺을 것이 틀림없습니다."

"그럼 누구를 사자로 보내면 좋겠는가?"

"맹달과 법정, 두 사람을 넘을 자는 없습니다."

그런데 그때 장막 밖에서 큰 소리로 외치는 사람이 있었다.

"주군, 귀 기울이지 마십시오. 장송의 말을 들었다가는 촉의 41주는 남의 손에 넘어갈 것입니다."

놀라 뒤를 돌아보니 자가 공현公衡인 황권黃權이 이마에 땀을 흘리며 들어왔다. 유장은 얼굴을 찡그리며 물었다.

"어찌 그런 말을 하느냐? 말을 삼가라."

황권은 기죽지 않고 더 강하게 말했다.

"주군, 잘 헤아려보십시오. 작금의 유비는 조조조차도 두려워하는 인물입니다. 관대하고 인자하여 사람이 잘 따르고, 좌우에 공명과 방통이라는 두 명의 군사가 있으며, 휘하에는 관우와 장비, 조자룡 등이 있습니다. 만일 그들을 촉에 맞아들인다면 민심은 이내 그들에게 기울 것입니다. 나라에 왕이 둘일 수 없듯, 위험을 자초하여 맞아들이는 것과 같습니다. 더군다나 장송은 위에 사신으로 갔으면서 도중에 형주에 들렀다는 이야기도 있습니다. 부디 잘 생각하십시오."

장송도 잠자코 있을 순 없었다. 이미 촉은 위기에 빠져 있었다.

"한중의 장로와 위의 조조가 결탁하여 당장이라도 공격해오면 어떻게 할 것인가? 다른 좋은 방책이 있으면 말해보게."

장송이 따져 물었다.

순간 다시 장막 밖에서 누군가 말했다.

"주군, 장송의 말에 현혹되지 마십시오."

종사군 왕루王累였다. 그는 머리가 땅에 닿도록 절을 하며 말했다.

"설사 한중의 장로가 나라에 해를 가해도 이는 그저 피부병에 지나지 않으나, 만일 유비를 끌어들인다면 이는 가슴과 배에 큰 병이 될 것입니다. 불치병을 자처하는 일과 같습니다. 그 일은 보류하십시오."

하지만 유장의 머릿속에는 앞서 들은 장송의 말이 깊이 뿌리내리고 있었다. 장송은 직접 눈으로 각 주의 정세를 보고 왔는데 비해 왕루와 황권은 나라 밖 실정에 어둡다고 생각했기 때문이다. 유장은 감정이 상해 왕루와 황권을 질책했다.

"잔말 말라. 인망도 없고 실력도 없는 유비라면 무엇을 구하여 손을 잡을 필요가 있겠는가? 그는 우리 가문과의 혈연도 있고 조조조차 두려워하니 나도 믿을 만하여 그의 힘을 빌리려는 것이다. 그대들은 앞으로 두 번 다시 이 일을 입에 담지 말라."

마침내 유장은 장송의 직언을 받아들였다. 사신의 명을 받은 법정은 전날 말을 맞춘 대로 장송의 생각에 동조한 뒤, 유장의 서신을 가지고 서둘러 형주로 향했다.

"뭐라, 촉의 법정이 왔다고?"

유비는 사자의 이름을 듣고 바로 장송이 헤어질 때 했던 말을 떠올렸다. 그리고 즉시 법정을 불러들여 그가 가지고 온 서찰을 펼쳐보았다. 서신의 첫머리에는 이렇게 적혀 있었다.

족제族弟 유장, 거듭 절하며 종형宗兄 되시는 장군의 휘하에 이 글을 올립니다.

그날 밤, 유비가 방에서 혼자 생각에 잠겨 있는데 방통이 찾아와 물었다.

"공명은 어디에 있는지요?"

"촉의 법정을 객관까지 배웅하러 가서 아직 돌아오지 않았소."

"그렇군요. 그런데 주군께서는 법정에게 회답을 하셨습니까?"

"아직 생각 중이오."

"장송이 떠날 때 그토록 간절히 말씀드렸는데 아직도 의심을 하십니까?"

"의심을 하는 것이 아니오."

"그럼 무엇 때문에 그토록 고민하고 계십니까?"

"생각해보시오. 지금 나와 패권을 다투는 자는 누구이오?"

"조조가 아닙니까. 조조야말로 최대의 적입니다."

"그 조조를 적으로 하여 싸우면서 이제까지는 모두 그와는 반대되는 전략을 취하였소이다. 조조가 폭력을 행하면 나는 인을 행하고, 그가 거짓을 앞세우면 나는 진심을 앞세워 왔소. 그것을 내 스스로 깨는 것이 괴로울 따름이오."

"하오면 결심이 서셨습니까?"

"장송, 법정, 맹달의 권유에 따라 촉에 들어가면 유장은 이윽고 자리를 물러나야 할 것이오. 그는 내 족제인데 그를 속이고 촉을 취하면 내가 지금까지 지켜온 인의는 사라지게 될 터. 작은 이익을 위해 천하의 대의를 잃는 것이 괴로울 뿐이오."

방통은 일소에 부치며 말했다.

"불난 곳에서 평소의 예법을 따르고 있다면 한 발도 나아갈 수 없습니다. 주군의 말씀은 천리와 인륜에 맞지만 세상은 지금 난국, 즉 불바다입니다. 어두운 곳을 취하고 약한 곳을 병합하여 난을 평정하고, 역을 취해 순리에 따르는 것이 병가의 본분이자 백성을 지키는 일이기도 합니다. 바로 촉의 상태가 이에 해당합니다. 천리를 대신하여 뜻을 세우고, 뜻을 세운 이상 대사를 이루어 의로써 그에 보답하면 될 것입니다. 지금 만일 주군이 촉에 들어가는 것을 피하셔도 내일은 다른 자가 반드시 촉을 위할 것입니다. 족제의 연에 그토록 연연하고 계시지만, 유장에게는 방금 말씀드린 것처럼 다른 방법으로 인의를 표하시면 신의를 저버리는 일은 없을 것입니다. 오히려 그러한 소의에 집착하시는 것이야말로 병가의 비굴이라 하지 않을 수 없습니다."

방통은 유비를 설득했다. 대의명분을 분명히 하는 것, 이는 큰 결단을 내리는 데 있어 중요한 일임에 틀림없었다.

유비도 마침내 고개를 끄덕였다. 그도 촉에 들어가고 싶은 마음이 간절했다. 형주는 이미 전화로 피폐해져 있었다. 지리적으로는 동남의 손권, 북의 조조가 버티고 있어 전전긍긍하며 신경을 쓰지 않으면 안 되었다. 오직 한 방향, 살길이 서쪽의 촉이었다. 게다가 장송이 남기고 간 두루마리를 보면 촉의 부강과 지리적 이점은 도저히 형주와 비교가 되지 않았다.

"잘 알겠소. 선생의 말씀이 지극히 옳소이다. 또한 장송 일행이 이렇게까지 성의를 다해 나를 맞아들이려 하는 것도 하늘의 뜻일 것이오."

"그럼 결단을 내리셨습니까?"

"공명이 돌아오면 즉시 이에 대해 논의해봅시다."

얼마 뒤 공명이 돌아왔다. 세 사람은 머리를 맞대고 상의했다.

다음 날, 법정에게도 이런 취지를 전하는 동시에 전군에 군령을 선포하여 촉으로 들어갈 준비를 했다. 유비를 중군으로 하여 관평과 유봉을 중군에 배치하고 방통을 군중의 군사로 삼았다. 또한 황충을 선봉으로 하고 위연을 후군으로 나누니, 원정군은 5만 명에 이르렀다.

하지만 무엇보다 중요한 것은 형주를 지키는 일이었다. 만에 하나라도 원정군이 패했을 경우나 남의 손권이 움직이거나 북의 조조가 이 틈을 노려 공격해오는 사태가 발생했을 때를 대비한 만반의 준비가 필요했다. 그래서 형주에는 공명이 남기로 하고, 양양의 경계는 관우, 강릉성은 조자룡, 강변 사군은 장비에게 맡겨 철벽같이 굳게 지키도록 했다.

84
서촉행

건안 16년 12월, 마침내 유비는 방통을 군사로 삼아 서촉으로 들어가고, 유장은 한중의 장로가 가맹관으로 쳐들어오자 유비에게 도움을 청한다

건안 16년 겨울 12월, 유비는 마침내 촉에 들어갔다.

국경에 다다르자 유장의 명을 받고 마중을 나온 4천여 기병이 길가에서 그를 기다리고 있었다. 그들을 이끄는 장수의 이름을 묻자 맹달이라 했다. 유비는 엷은 웃음을 지으며 맹달의 눈을 보았다. 맹달도 유비의 눈길을 받으며 의중의 인사를 했다.

유장은 유비가 원군을 승낙했다는 법정의 회신을 받고 기뻐하며 환대의 준비에 들어갔다. 그는 성도를 떠나 부성涪城까지 마중을 나와 거마와 무구武具, 장막 등을 준비하고 있었다.

"생전 본 적도 없는 나라에서 온 5만의 군사를 몸소 마중 나가시는 것은 위험합니다."

황권이 만류했다. 옆에 있던 장송은 유장이 말을 하기도 전에 책망했다.

"황권, 그대는 무슨 근거로 동맹국의 병사를 의심하고 주군과 유 황숙을 이간질하려는 것인가?"

유장도 거들었다.

"그렇다. 유비는 내 종친이며 멀리서 촉을 도우러오는 것이다. 바보 같은 소리 말라."

황권은 슬퍼하며 말했다.

"그동안 주군의 은혜를 입어왔는데 오늘 그 위험을 막지 못하다니."

황권이 머리를 땅에 찧어 피를 흘리며 다시 간언했지만 유장은 시끄럽다며 소매를 휘저었다. 황권은 유장을 붙잡으려 그의 소매를 물고 늘어지다 앞니 두 개가 부러지고 말았다. 유장이 성문을 나가려 하는데 이번에는 유장의 거마를 붙잡고 늘어지는 신하가 있었다. 그는 이회李恢였으며, 금방이라도 울음을 터뜨릴 듯 호소했다.

"예부터 천자에게 간언하는 좋은 신하 일곱만 있어도 천하를 잃지 않을 것이요, 제후에게 간언하는 선한 신하 다섯만 있어도 나라가 어지럽지도 나라를 잃지도 않을 것이요, 대부에게 간언하는 충복 셋만 있어도 집을 잃지 않을 거라 했습니다. 지금 황권의 간언을 물리치고 유비를 안으로 들이시면 스스로 파멸의 길로 들어서는 것과 같습니다."

유장은 귀를 막았다.

"어서 출발하라. 앞을 막아서면 그대로 밟고 지나가라."

그때 또 다른 시종이 절규하며 호소했다.

"저희 주인인 왕루께서 주군의 마음을 돌리시려 스스로 목을 매셨습니다. 부디 살려주십시오."

장송은 거마를 호위하는 병사들에게 말했다.

"뭣들 하느냐? 어서 빨리 출발하라."

그러고는 유장에게 다가가 속삭였다.

"저들은 모두 충의를 가장하여 추태를 부리며 주군을 위협하고 있습니다. 저들은 한중과의 전쟁을 피하여 자신들의 안위를 꾀하려는 무리입니다. 처자식과 애첩을 보전하려는 사사로운 감정에 이끌린 것이 틀림없습니다."

그러는 사이 유교문楡橋門에 이르렀다. 위를 올려다보자 한 사람이 비장한 결의를 한 듯 홀로 허공에 매달려 있었다. 울며불며 호소하던 시종의 주인 왕루였다. 그는 오른손에 칼을 들고 왼손에 상소문을 들고 있었다. 거꾸로 밧줄에 매달려 양발은 허공에, 얼굴은 땅을 향하게 한 채 앞을 노려보고 있었다.

거마가 멈추자 왕루가 입을 열었다.

"주군, 기다리십시오."

그러고는 상소문을 읽기 시작했다. 만약 받아들여지지 않으면 검으로 밧줄을 자르고 땅에 머리를 들이받아 죽을 것이라 외쳤다. 유장은 앞서 장송에게서 비겁한 신하들이 자신을 협박하는 것이라는 말을 들었기 때문에 호통을 쳤다.

"그 입 다물라. 너희의 말은 듣지 않겠다."

"오호, 통재라. 촉이여, 슬프구나."

왕루는 한마디 외친 뒤, 오른손의 검을 휘둘러 스스로 밧줄을 잘랐다. 왕루는 유장의 거마 앞에 머리부터 떨어져 골수가 터져버렸다.

유장은 시종 3만 명과 금은전량을 쌓은 수레 천 대를 이끌고 360리를 달려와 드디어 부성에 이르렀다.

한편 유비는 길가에서 관민들의 열렬한 환대를 받으며 벌써 백 리가까이 나와 있었다. 그때 장송이 보낸 파발이 밀서를 가지고 법정에게 왔다. 법정은 밀서를 몰래 방통에게 보였다.

"장송이 이 기회를 놓치지 말라고 밀서를 보냈습니다."

"대사의 승패는 지금뿐이다. 때가 도래할 때까지 저들이 눈치채지 않도록 각별히 주의를 기울여야 한다."

방통이 힘주어 말했다.

드디어 부성 안에서 유장과 유비가 대면하는 날이 왔다. 두 사람의 만남은 화기애애했다.

"세상은 변해도 종친의 피는 이렇게 세상에 남아 오늘 다시 만나게 되니 어찌 기쁘지 않겠습니까. 형제가 힘을 합쳐 다시 한조의 번영을 위해 분골쇄신하십시다."

유비가 눈물을 흘리며 말하자 유장도 힘을 얻어 유비의 손을 잡았다.

"이제 촉도 외부로부터 침략당할 걱정이 없어졌습니다."

두 사람은 서로 환대하며 이야기를 나누었다. 유비가 이끌고 온 5만명의 군사는 성 밖의 부강涪江 강변에 있었다.

유비가 돌아간 뒤 유장은 좌우의 신하들에게 말했다.

"어떤가? 듣던 것보다 훌륭한 인물이 아닌가. 사람 보는 눈이 어두운 왕루와 황권은 세상의 풍설을 믿고 내게 간하다 제 스스로 죽어버렸다. 만약 그들이 살아 있었다면 나를 볼 면목이 없었을 것이다."

촉의 문무 대장들은 유장의 말을 듣고 더욱 걱정을 했다. 등현鄧賢, 장임張任, 영포泠苞 등이 차례로 나와 방심하지 말 것을 당부했다.

"사람은 겉만 보고 알 수 없습니다. 하물며 겉이 부드러우면 속이 강하다 했습니다. 만일 무슨 일이 생기면 다시는 되돌릴 수 없습니다."

유장이 웃으며 답했다.

"그렇게 사람을 의심만 한다면 세상에 믿을 사람이 어디 있단 말인가."

이처럼 유장은 너무도 선량한 사람이었다. 하지만 촉의 태수로 백성을 다스릴 그릇은 되지 못했다.

유비가 돌아오자 방통이 물었다.

"유장을 만나보니 어떠했습니까?"

"성실한 사람이더구나."

유비가 한마디로 말했고, 방통은 그 말의 속뜻을 읽었다.

"착하긴 하나 어리석은 인물이라 할 수 있습니다."

유비는 아무 말 없이 눈만 깜박거렸다. 유장에게 연민을 품고 있는 듯한 눈길이었다.

"아, 마음이 흔들리시는군요."

방통이 유비의 마음을 이내 간파하고는 말했다.

"주군, 무엇을 위해 그 험준한 산과 강을 건너 이역만리까지 군사들을 이끌고 오셨습니까?"

방통은 단도직입으로 물었다.

"내일 답례의 연회를 열어 유장을 초대하십시오. 결단이 중요합니다. 사사로운 정에 얽매여 있을 때가 아닙니다."

그때 법정이 들어왔다.

"성도에 남아 있는 장송도 이번 기회를 놓치지 말고 일을 도모하라고 재촉하고 있습니다. 황숙이 촉을 취하지 않으시면 결국 촉은 한중의 장로나 위의 조조에게 빼앗기고 말 것입니다. 어찌 이제 와서 무엇 때문에 망설이십니까?"

유비도 여기까지 와서 생각이 바뀐 것은 아니었다. 단지 자신의 마음속 정념과 싸우고 있을 뿐이었다. 이윽고 건안 17년 봄 정월, 유비는 유장을 초대하기로 결심했다.

'장야長夜의 연연宴'이나 '주국장춘酒國長春'이라는 말은 모두 중국말이다. 중국만큼 잔치로 시작해서 잔치로 끝나는 역사를 가진 민족은 드물다. 평소에는 물론이고 전쟁 중에도 연회를 열었다. 별리환영別離歡迎, 식전장제式典葬祭, 권모술수權謀術數, 생활병법生活兵法 모두 한결같이 연회의 자리에서 이루어졌다.

임진년壬辰年 초봄, 유비가 답례로 태수 유장을 초대한 연회는 서촉이 생긴 이래 가장 성대한 연회였다. 멀리 형주에서 가져온 남방의 술과 양양襄陽의 안주로 상을 차리고, 갖가지 깃발을 진중에 빽빽이 늘어세워 장식을 한 후 유장과 촉의 문무백관을 맞아들여 대접했다.

바야흐로 연회가 절정으로 치달을 무렵, 방통은 슬쩍 법정에게 눈짓을 주고 밖으로 나갔다. 두 사람은 사람이 없는 곳으로 가 소리를 죽여 이야기했다.

"지금까지는 일이 잘 풀린 듯하오. 대사는 이미 성공한 것과 같소. 복잡하게 할 것 없이 그저 앉은자리에서 단칼에 죽이면 되오."

"위연 장군에게 다 말해두었으니 분명 잘 처리할 것입니다."

"유장의 병사들도 잘 처리하도록 하시오."

"잘 알고 있습니다."

두 사람은 아무 일도 없었다는 듯 본래의 자리로 돌아왔다.

연회는 웃음소리로 가득했고 유장의 얼굴에도 벌겋게 취기가 돌았다. 바로 그때 형주의 장수들 자리에서 위연이 벌떡 일어나 취한 듯 비틀거리며 가운데로 나갔다.

"오늘같이 좋은날 풍악이 빠진 것이 아쉽습니다. 제가 검무를 추어 태수께 올리겠습니다."

위연은 말을 하자마자 허리의 검을 빼 춤을 추었다.

"아, 위험하다."

유장의 좌우에 있던 문무백관은 모두 얼굴빛이 변했지만 위연을 말릴 방도가 없었다. 그런데 촉의 종사관 장임張任이 느닷없이 검을 빼들고 위연의 앞으로 뛰어나갔다.

"고래로 검무를 추는 데에는 반드시 상대가 필요하다 했습니다. 서툴지만 제가 상대하겠습니다."

장임은 위연과 검무를 추기 시작했다. 두 사람의 칼은 함께 어울려 허공에서 춤을 추었다. 그리고 위연이 유장에게 다가가려 하면 장임의 칼이 막아서며 살기를 뿜었다.

"위연, 만일 그대가 주군에게 위해를 가한다면 내가 그 즉시 그대의 주인 유비를 벨 것이다."

장임은 춤을 추면서 위연을 견제했다. 방통은 심각하게 그 광경을 바라보다 옆에 있던 유봉에게 눈짓을 했다. 유봉은 그 뜻을 알아차리고 두 사람 사이에 끼어들어 검무를 추었다. 그와 동시에 유장의 주위에 있던 장수들이 일제히 일어섰다. 영포, 유괴劉瑰, 등현 등도 손에 검을 뽑아들고 외쳤다.

"자, 우리도 함께 춥시다."

"어디 그럽시다."

"나도 빠질 수 없지."

"자, 오시오."

순식간에 연회 자리는 검을 든 장수로 가득했다.

놀란 유비가 검을 뽑아 높이 들어 올리며 외쳤다.

"무례하다. 위연, 유봉, 여기는 홍문회가 아니다. 내 종친과의 회동에 이 무슨 살벌한 추태인가. 물러가라."

"유비와 나는 동종의 혈육이니 쓸데없는 의심을 하는 자들은 형제의 사이를 갈라놓는 것과 같다."

유장도 가신의 무례를 꾸짖으며 힐책했다.

그날 밤의 연회는 실패처럼 보였지만 오히려 성공이었다. 유비에 대한 유장의 신뢰가 더욱더 깊어졌기 때문이다.

* * *

촉의 문무백관이 유장에게 끊임없이 간했다.

"유비에게 두 마음은 없을지 모릅니다. 하지만 그의 휘하들은 모두 촉을 호시탐탐 노리고 있습니다. 어떻게든 구실을 내세워 저들의 군사를 물리는 것이 어떠하신지요?"

유장은 여전히 받아들이지 않았다.

"그처럼 의심할 바가 없다. 그대들은 굳이 동종 간에 파란을 일으키려는 것인가?"

그렇게 유장이 말하면 가신들도 더는 할 말이 없었다. 그들은 결속하여 상대의 움직임을 경계하며 지켜볼 뿐이었다. 그러던 어느 날, 국경의 가맹관葭萌關에서 한중의 장로가 대병을 일으켜 쳐들어왔다는 급보가 전해졌다. 소식을 들은 유장은 오히려 득의만면하여 서둘러 유비에게 도움을 청했다. 유비는 조금도 주저하지 않고 군사를 이끌며 국경을 향해 달려갔다.

"이 틈에 저희는 안팎의 방비를 철저히 하고 만반의 준비를 해야 합니다."

촉의 부장들은 안심하는 한편 유장에게 계속해서 직언했다.

유장은 계속해서 걱정하는 신하들의 뜻에 따라, 즉시 촉의 명장인 백수白水의 도독 양회楊懷와 고패高沛에게 부수관涪水關의 수비를 명하고 자신은 성도로 돌아갔다.

국경의 전란은 장강 천 리의 남쪽에 있는 오에게도 전해졌다.

"유비가 드디어 야심을 드러냈구나. 그대들은 어떻게 생각하는가?"

손권이 오의 중신들을 한자리에 모아놓고 편치 않은 얼굴로 물었다.

간옹이 대답했다.

"그는 드디어 불속의 밤을 취하러 나선 것입니다. 자신의 손을 태울 것이 분명합니다. 정보는 분명치 않지만, 형주의 병력을 이분해 그중 하나는 저 멀리 촉까지 가 장도에 피곤한 병사를 이끌고 한중의 장로와 치열한 싸움을 벌이고 있다 합니다. 생각하건대 이 틈에 형주를 치면 일시에 그의 지반을 빼앗을 수 있을 것입니다."

"나도 그리 생각하던 참이오. 경들은 출정 준비를 하라."

그러자 병풍 뒤에서 누군가 나와 소리 높여 말했다.

"내 딸에게 위해를 가하려는 자가 누구인가?"

모두 놀라 그 사람을 보니 손권의 어머니 국태 부인이었다. 국태 부인은 격노했다.

"그대들은 선군의 은혜로 강동 18주의 영토를 앉은 채로 물려받아 오늘날 풍족히 살고 있으면서 이에 만족하지 못하고 형주를 취해 대체 어쩔 심산인가? 형주는 내 딸이 시집을 간 곳이오. 손권, 유비는 이 노모의 사위가 아니오?"

손권은 아무 말도 하지 못한 채 노모의 꾸지람만 듣고 있을 뿐이었다. 결국 회의는 결론을 내지 못하고 끝나버렸다.

지금이 아니면 언제 기회가 다시 올지 몰랐다. 손권은 안절부절못하며 속을 앓고 있었다. 장소가 그런 손권을 몰래 찾아와 속삭였다.

"따로 계책을 세우면 될 것입니다. 국태 부인의 꾸지람은 오로지 형주에 있는 아가씨를 걱정하고 아끼는 마음 때문입니다."

"그럼 어떻게 어머니를 달랠 수 있겠는가?"

"장수 한 명에 군사 5백 명을 내려 형주로 보내십시오. 그리고 아가씨에게 어머니가 위독하시니 당장 뵈러 오라는 밀서를 몰래 건네는 것입니다."

"흐음."

"그때 유비의 장남 아두를 데리고 오로 오신다면 그다음은 만사형통입니다. 아두를 인질로 형주를 돌려달라고 하시면 됩니다."

"실로 기묘한 계책이오. 한데 누구를 보내면 좋겠는가?"

"주선이 적격입니다. 그는 힘이 장사고 대담한 데다 비할 데 없이 충성스러운 장수입니다."

"당장 이리 부르시오."

손권은 벌써 붓과 벼루를 준비하여 누이동생에게 보내는 밀서를 쓰기 시작했다.

그날 주선은 계략에 대해 장소에게 상세히 전해 들었다. 그리고 양자강을 따라 배를 타고 출발했다. 5백 명의 병사는 모두 상인으로 변장을 했고 배도 상류에 교역을 하러 가는 상선으로 위장했으며 무기들은 배의 밑바닥에 숨겨놓았다.

이윽고 목적지인 형주에 도착한 주선은 간자와 내통하여 형주성 깊숙이 잠입했다. 그런 다음 막대한 뇌물을 써서 손 부인을 만났다.

손 부인이 깜짝 놀라 물었다.

"아니, 어머니가 내일도 기약할 수 없을 정도로 위독하시다니요?"

손권의 편지를 읽고 난 손 부인은 손을 부들부들 떨었다. 그녀의 얼굴에 핏기가 사라져 창백해졌다.

"어서 빨리 오로 오십시오. 국태 부인께서 살아 계실 때 한 번만이라도 보고 싶다며 아가씨의 이름을 밤낮으로 부르고 계십니다."

주선의 말에 손 부인은 어찌할 바를 몰라 눈물만 흘렸다. 주선은 이 틈을 놓치지 않고 재촉했다.

"아무리 장강의 물살이 빠르다 한들 배편으로는 며칠이 걸립니다. 어서 준비를 하시지 않으면 때를 놓칠 수도 있습니다."

"하지만 황숙께서는 지금 이곳에 계시지 않습니다."

"그것은 나중에 양해를 구하시면 될 일입니다. 황숙께서도 부모에 대한 효성을 어찌 나무라시겠습니까."

"또 성의 출입은 군사가 엄하게 주관하고 있는데, 군사가 뭐라고 할지 모르오."

"공명은 자신의 책임만을 중시하는 사람이니 그에게 말하면 오로 떠나시는 걸 절대 허락하지 않을 것입니다."

"나도 가고 싶지만…… 혹시 그대에게 좋은 방법이 있습니까?"

"만일을 대비해 장소張昭의 지시대로 배 한 척을 강가에 마련해두었습니다. 결심이 서시면 바로 안내하겠습니다."

마침내 손 부인은 떠날 준비를 했다. 주선은 주위를 살피며 손 부인에게 말했다.

"아, 잊고 있었는데, 도련님도 데리고 가시지요. 국태께서 평소부터 유 황숙께 사랑스러운 아드님이 있다는 소식을 듣고 꼭 보고 싶다 하셨습니다. 부인의 품에 도련님을 안겨드리면 얼마나 좋아하시겠습니까."

손 부인의 마음은 이미 오를 향해 달려가고 있었다. 그러다 보니 그녀는 무슨 말을 해도 고분고분 따를 수밖에 없었다. 한때는 사내대장부를 능가하며 기상을 자랑하던 오매군이었다. 하지만 나라밖 멀리 시집을 와서 어머니가 위독하다는 말을 듣고 어느덧 눈물을 흘리는 연약한 여자가 되어 있었다.

해가 질 무렵, 손 부인은 다섯 살 난 아두를 품에 안고 수레에 몸을 숨긴 채 성을 빠져나왔다. 동오에서 데려온 시녀 30명도 허리에 단검을 차고 활을 메고 밤길을 서둘렀다.

사두진沙頭鎭 부두에 이르자 배의 등불이 어두운 물결 속에서 흔들리고 있었다. 이윽고 배는 바람에 흔들리며 몸을 떠는 갈대를 헤치고 떠나기 시작했다. 삐걱거리는 소리와 함께 돛이 올라가고 괴조의 날개처럼 팽팽하게 바람을 품었다.

"잠깐, 기다리시오."

어두운 강기슭에서 말 울음소리와 지축 소리가 들렸다.

"서둘러라. 돌아보지 마라."

주선은 고물에 서서 외치며 수부들을 재촉했다.

강어귀에 사람들의 그림자가 점점 많아졌다. 그중에 유독 눈에 띄는 한 사람이 있었으니, 바로 강변의 수비를 맡고 있던 상산 조자룡이었다.

"기다리시오."

조자룡은 배를 뒤쫓으며 강가를 따라 말을 내달렸다. 부하들도 입을 모아 배를 놓치지 말라고 소리치며 10여 리를 쫓아왔다.

한 어촌에 앞서 다다른 조자룡은 배 한 척에 뛰어올랐다. 오의 배는 바람을 맞으며 강을 내려가고 있었다. 조자룡의 작은 배가 그에 접근하려 하자 주선은 긴 창을 휘두르며 필사적으로 외쳤다.

"다가오면 베어버려라."

뱃전에 늘어선 오의 병사들은 활을 쏘고 창을 던지며 접근하려는 작은 배를 막았다. 그리고 장강의 물살을 가르며 나아갔다.

"쉽게 보내줄 수 없다."

조자룡은 창을 내던지고 허리에 찬 청강검을 빼들며 쏟아지는 화살을 막아냈다. 그리고 배가 적선의 측면을 들이받은 순간, 고함을 치며 적선으로 달려들어 마침내 적의 배 안으로 뛰어들었다.

오의 병사는 조자룡을 두려워하여 도망치느라 정신이 없었다. 조자룡은 사위를 노려보며 큰 걸음으로 선실 안으로 들어갔다.

"부인, 어디로 가시려는 것인지요?"

조자룡이 눈을 번뜩이며 물었다.

그 목소리에 손 부인의 품에 안겨 잠들어 있던 아두가 울기 시작했다. 시녀들은 모두 한쪽 구석에서 두려움에 떨고 있었다. 하지만 과연 손 부인의 기상은 범상치 않았다.

"무례하시오. 장군, 그 태도는 무엇이오?"

"주군을 대신하여 성을 지키는 군사께 아무런 말씀도 없이 성을 나와 오의 배를 타고 떠나시다니, 부인이야말로 유 황숙의 부인으로서 온당치 않은 행동이 아니십니까?"

"오에 계신 어머니가 내일을 기약할 수 없을 정도로 중태라는 소식을 듣고, 군사와 상의할 시간도 없이 서둘러 배편에 오른 것이오. 위독한 어머니를 뵈러 가는 것이 어찌 나쁘다 할 수 있겠소."

"그러시다면, 아두 공자님을 어찌 데려가십니까? 황숙과 저희에게 단 한 분뿐인 소중한 분이십니다. 일찍이 당양에서의 싸움에서 제가 목숨을 걸고 적의 대군 속에서 구해낸 경위도 잘 아실 것입니다. 자, 공자님을 내주시지요."

"입 다무시오."

부인은 눈을 치켜뜨며 쏘아붙였다.

"장군은 진중의 일개 무사인데 어찌 유가의 집안일에 간섭을 하는 것이오. 주제넘소이다."

"아닙니다. 부인께서 오로 돌아가시는 것은 만류하지 않겠습니다. 하지만 아두 공자님을 나라 밖으로 데리고 가시는 것만은 두고 볼 수 없습니다."

"나라 밖이라니! 오와 형주는 경계만 있을 뿐 황숙에게는 처가가 아니오."

"무슨 말씀을 하셔도 공자님은 보내드릴 수 없습니다. 제게 주시지요."

"앗, 이 무슨 짓이오."

손 부인은 비명을 지르며 시녀들에게 외쳤다.

"이 무례한 자를 쫓아내어라."

하지만 조자룡은 조금도 주저하지 않고 부인의 무릎에서 아두를 빼앗아 자신의 팔로 감쌌다. 그러고는 선수까지 달려왔는데, 작은 배는 이미 떠내려갔고 부인과 시녀들은 배 안의 병사들을 부르며 뒤를 쫓았다. 그런 와중에도 오의 배는 돛에 한가득 바람을 맞으며 강을 내려갔다.

"다가오는 자는 단칼에 두 동강 낼 것이다. 목숨이 아깝지 않은 자는 다가오라."

조자룡은 한 손으로는 청강검을 휘두르고 또 한 손으로는 아두를 감싼 채 서 있었다. 활과 창 모든 무기가 조자룡을 향하며 둘러싸고 있었지만 조자룡의 무서운 기세에 감히 어느 누구도 다가가려는 사람이 없었다.

그러는 사이 건너편 작은 항구에서 10여 척의 배들이 부챗살 모양으로 펼쳐져 다가왔다. 배들이 가까워질수록 북소리와 함성 소리가 더 크게 울려 퍼졌다.

"오의 수군인가?"

조자룡은 아연실색 당황했다. 만일 적의 수군이라면 어린 공자를 안은 채 물속으로 몸을 던지든지 마지막까지 적과 싸우다 죽음을 맞기로 그는 마음먹었다.

순간 저편에서 누군가의 목소리가 들려왔다.

"오의 배는 기다리라. 주군이 없는 틈을 타서 어린 공자를 노리다니, 연인 장비가 여기 왔노라. 배를 멈춰라."

"아아, 장비구나."

조자룡은 그제야 마음을 놓았다.

"조운은 거기 있는가?"

장비와 형주군은 조자룡의 이름을 부르며 사방에서 갈퀴가 달린 밧줄을 던져 오의 배를 끌어당겼다. 장비가 오의 배로 뛰어오르자 주선이 칼을 들고 가장 먼저 달려들었지만 수레에 덤벼드는 사마귀와 같았다. 장비가 고함을 치며 장팔사모를 한 번 휘두르자 주선의 머리가 저 멀리 날아가고 말았다.

"버러지 같은 놈들."

오의 병사들은 메뚜기처럼 배 안에서 도망 다니기 바빴다.

"한 놈도 살려두지 마라."

장비는 배 안을 휘저으며 돌아다녔다. 그가 지나간 곳마다 뻘건 피가 흐르고 있었다. 그때 한쪽에서 시녀들에게 둘러싸인 채 서 있던 손부인의 모습이 보였다.

"……."

손 부인은 무서운 눈으로 장비를 내려다보고 있었다. 하지만 장비역시 불같은 눈을 치켜뜨고 부인의 눈길을 피하지 않았다. 이윽고 장비가 말했다.

"자고로 아내는 낭군이 없을 때 집을 지키는 것이 도리임에도 형주를 떠나려는 것은 무슨 행동이시오. 그것이 부녀자로서의 도리인가?"

"가신이라는 자가 주인에게 어찌 그런 말을 할 수 있는가. 그것이 너희의 도리인가?"

"주군의 가문을 지키는 일은 무인의 도리입니다. 설사 주군의 부인이라 할지라도 할 말은 해야겠소. 돌아가십시오. 돌아가지 않으면 끌고가는 한이 있더라도 반드시 형주성으로 데려가겠소."

손 부인의 몸이 부들부들 떨렸다.

"이유 없이 성을 나온 것이 아니니 용서해주시게. 어머니가 위독하시다는 말을 듣고 찾아뵈러 가는 것뿐이니. 만일 그대들이 강제로 형주성으로 데려가려 한다면 장강에 몸을 던지고 말 것이네."

"몸을 던지겠다고?"

장비도 손 부인의 말에 놀랐다.

"조운, 잠깐 이리 오시게."

"왜 그러시오?"

"상황이 이러한데 어찌하면 좋겠는가? 만일 부인이 강물에 몸을 던져 죽으면 이는 신하 된 도리에 어긋나는 일이 아니겠는가?"

"주군을 생각해서라도 부인의 죽음을 보고 있을 수만은 없을 것이오."

"그럼 공자님은 우리가 데려가고 부인은 이대로 오로 보내드리는 것이 어떻겠소?"

"그렇게 할 수밖에 없을 듯싶소."

"알았네. 그 대신 한마디 해야겠네."

장비는 손 부인의 앞으로 다가갔다.

"부인의 부군은 대한의 황숙입니다. 그래서 우리는 신하 된 도리를 지켜 부인을 욕보이게 하지 않고 보내드리려 합니다. 하지만 일이 끝나면 즉시 부군의 나라로 돌아오시길 바랍니다."

장비는 말을 마치고 배를 옮겨 탔다. 조자룡도 아두를 안고 뒤따랐다. 곧이어 그들은 가까운 유강구에 배를 상륙하고 말로 갈아탄 뒤 형주로 돌아갔다.

　장비와 조자룡에게 보고를 받은 공명은 안도의 한숨을 쉬었다.

　"다행이오. 참으로 다행이오. 무사히 공자님을 되찾은 것은 두 사람의 공이오."

　그리고 공명은 사건의 전말을 상세히 적어 촉의 가맹관에 있는 유비에게 파발을 띄었다.

| 등장인물 |

마초馬超(176~222)
촉의 오호대장군 중 한 명으로, 자는 맹기孟起이다. 서량태수 마등의 장남으로 부친의 원수를 갚기 위해 조조와 싸우다 패하고 한중으로 피신한 후, 제갈량의 계책으로 유비를 섬기게 되었다. 장비와 싸워 승부를 가리지 못할 만큼 용맹한 장수였다.

방통龐統(178-9~213-4)
양양군 사람. 촉의 책사로 자는 사원士元, 별호는 봉추鳳雛이다. 사마휘가 유비에게 와룡과 봉추 중 한 사람만 얻어도 천하를 얻을 것이라고 할 만큼 뛰어난 모사이다. 적벽대전에서 연환계를 써서 조조를 무찔렀으며, 서촉 공략 중 낙봉파에서 화살을 맞고 죽었다.

황개黃蓋(151?~?)
영릉군 천릉현 사람. 오의 장수로 자는 공복公覆이다. 동오 삼대를 모두 섬긴 노장으로 적벽대전에서 고육지계를 써서 조조에게 거짓으로 항복하여 선봉에 서서 위의 함대를 격파하는 데 공을 세웠다. 무릉태수 재임 중 병으로 죽었다.

마량馬良(187~223)
양양 의성 사람. 촉의 문신으로 자는 계상季常이다. 마씨 오상 중 넷째로 백미白眉라 불렸으며 동생 마속과 함께 유비를 섬겼다. 유비에게 형주 사군 정벌을 제안하고 이릉대전에서 유비의 8백 리 포진의 문제점을 지적했으며, 이 싸움에서 전사했다.

위연魏延(?~234)
의양 사람. 촉의 무장으로, 자는 문장文長이다. 형주의 유표를 섬기다 형주가 몰락하자 한현을 죽이고 유비에게 귀순했다. 용맹하여 많은 공을 세우지만 반골의 상을 알아본 제갈량이 죽으면서 남긴 계책으로 마대에게 죽임을 당했다.

법정法正(176~220)
사례 부풍군 미현 사람. 촉의 신하로 자는 효직孝直이다. 서촉 유장의 신하였으나 장송과 함께 유비를 설득하여 서촉을 취하는 데 공을 세웠다. 유비는 법정의 주장에 따라 한중을 취하고 한중왕에 오른 뒤, 상서령 겸 호군장군으로 삼았으며 그가 죽자 슬퍼하며 익후라는 시호를 내렸다.

장소張昭(156~236)
서주 팽성국 사람. 오의 모신으로 자는 자포子布이다. 손책이 문무의 일을 물어 처리할 만큼 정사에 밝았고, 손책의 유명을 받들어 손권을 보좌했다. 손권의 존경을 받았지만 장소의 성품이 너무 강직하여 종종 의견 충돌과 갈등을 빚기도 했다. 장소가 81세로 세상을 떠나자 손권은 문후文侯라는 시호를 내렸다.

한수韓遂(146~215)
양주 금성군 사람. 서량 지방의 군벌로 자는 문약文約이다. 의형제를 맺었던 마등이 조조에게 죽자 마초와 함께 군사를 일으켜 조조에게 대항했다. 동관전투에서 조조의 계략으로 마초의 의심을 사서 대립하다 한쪽 팔을 잃고 조조에게 귀순했다.

정욱程昱(141~220)
연주 동아현 사람. 조조의 모사로 자는 중덕仲德이다. 순욱의 천거로 조조를 섬긴 이래, 유비 휘하의 서서를 꿰어내기 위해 거짓 편지를 쓰고, 창정 싸움에서 '십면매복계'로 원소를 물리치는 등 권모술수에 능했으며 병사했다.

장송張松(?~213)
익주 촉군 성도현 사람. 촉의 신하로 자는 자교子喬이다. 유장의 신하로 조조에게 서촉을 바치러 갔다 조조에게 실망하고 유비에게 '서촉 41주 두루마리'를 주며 촉을 취하기를 권했다. 법정과 맹달과 함께 유비가 서촉을 취하는 데 큰 공을 세우지만 도중에 계획이 누설되어 처형당했다.

장로張魯(142~216)
패국 풍현 사람. 한중의 태수로 자는 공기公祺이다. 곡명산鵠鳴山에서 도교를 널리 보급한 장형의 아들로 오두미도五斗米道의 제3대 교주이다. 조조가 쳐들어오자 마초와 방덕을 앞세워 대항했지만 패하고 조조에게 투항했다.